君許諾

3

完

陸戚月 著

風文創 257

目錄

第四十八章

邊疆戰火正熾，西其國雖有大將西爾圖，但總體實力與大商國還是有一定的差距，若不是西爾圖被傳揚得神乎其神，令大商國將士一時心懷畏懼，以致接連吃了幾場敗仗，相信這場戰事也可以早點平息下來。

西其就靠著大將軍西爾圖力挽狂瀾，可他一人力量終究有限，轉眼間西其敗勢已經很明顯了；但不得不說，西爾圖的確是個將才，硬是力抗大商國軍隊，雙方一時僵持不下。

前方戰事楚明慧並不大瞭解，她只知道最終西其將軍是死在慕錦毅的槍下，中間又發生了什麼事她並不清楚。

前世，這場戰事成就了慕錦毅，同時亦是柳家的敗落之始，若她沒有記錯的話，征西元帥柳震鋒大意輕敵中了敵軍埋伏，幾千將士瞬間喪命，柳震鋒無顏面對將士，陣前自盡，也正是因為他的自盡，後來慕錦毅斬殺西爾圖就顯得相當扎眼了。

又過了一個月，前線果然傳來先鋒官慕錦毅斬殺了西其將軍西爾圖的消息，元帥柳震鋒乘勝追擊，一舉殲滅敵軍，西其王派使臣求和。

消息傳來，楚明慧十分意外，慕錦毅斬殺西爾圖在她的意料當中，但是柳震鋒竟然活得好好的，而且也未曾聽聞他中埋伏的消息，她暗自思量了一番，猜測大概是知曉前世事的慕錦毅出手挽救了這名曾經與前慕國公齊名的當世名將。

佑元帝得到信報自然驚喜萬狀，在朝堂上連連稱讚慕錦毅有乃祖之風，日後定會是一員世間少得的大將。朝臣們察言觀色，亦是異口同聲極力誇讚，一時間，慕國公府聲譽如日中天。

太夫人喜極而泣，她盼這一刻盼了大半輩子，如今總算得償所願。想到自夫君、長子命喪沙場後，慕國公府的聲譽便跌落谷底，若不是長孫年輕有為，今日京城貴族圈中哪還有慕國公府的立足之地？

處於權力中心的京城，從來不缺錦上添花者，慕國公府一時門庭若市，來來往往求見的人家絡繹不絕，這讓身懷八個多月身孕的楚明慧煩不勝煩。

太夫人也怕來往人過多累到了孫媳及她肚裡的重孫，又怕慕國公府過於扎眼引得上頭不悅，遂以孫媳有孕須靜養為由婉言謝絕了不少求見的人家。

這樣一來，來求見的人倒是少了，但送上門的禮卻沒有少，而且大多是以祝賀府上即將添丁為由，太夫人無奈，只得命人一一登記下來，想著日後還禮。

這日，楚明慧帶著燕容與盈碧回晉安侯府給即將出嫁的楚明婧添妝，楚明婧與林煒均的親事一拖再拖，如今總算可以如期舉行了。

楚明慧扶著盈碧的手進楚明婧房門，便見大姊姊楚明婉、四妹妹楚明嫻及五妹妹楚明芷正圍著準新娘說笑。

眾人一見楚明慧進來，楚明嫻便急急迎上來道：「妳身子不便，怎麼來了也不事先通知一聲，我可以與妳一塊兒來的。」

笑笑。

楚明慧笑笑。「不礙事，我有盈碧她們呢。」

「快九個月了吧？也不知三妹夫能不能在孩子落地之前趕得回來。」楚明婉溫婉地對她

「這個我也不大清楚。」楚明慧小回了她一個笑容。

「三姊夫知道妳懷了身孕嗎？」楚明芷好奇地問。

「不知道，原本祖母想著去信告訴他的，我勸阻了。」太夫人的確是想著將這天大的喜訊告訴在前方征戰的慕錦毅，但楚明慧心中有前世的陰影，前世她也是在有了身孕不久，太夫人去信告知了慕錦毅，可惜孩子最終沒有保住。

「這樣也好，三姊夫一回來發現自己多了個兒子，還不把他樂壞了？」楚明芷掩嘴笑道。

楚明慧看著三位姊妹氣色都不錯，自經歷了侯府聲譽危機及楚明雅的死後，除了早就被侯府厭棄的二小姐楚明涵，眾姊妹們的感情較出嫁前又好了些。

「三姊姊，方才我們都已經囑咐了一番七妹妹，妳還沒有說呢！」楚明嫻道。

「哦？大家都囑咐了什麼？」

「大姊姊囑咐七妹妹要對自己好一些；我囑咐七妹妹心胸要放開點；五妹妹讓她要強硬點，不要讓旁人爬到她頭上去。」楚明嫻一一將各姊妹的話道來。

楚明慧怔了一下，細細思量一番，瞬間便明白眾姊妹的一片好心。

正如陶氏曾經評價楚明婉那般，楚明婉享受了多大的讚譽，便承受了多大的壓力，她一

直是侯府最出色的姑娘，行事穩妥，待人如沐春風，嫁到衛郡王府也對府中長輩、妯娌、小姑等處處照拂，只可惜有些人，卻將她的好意當成理所當然。如今她囑咐胞妹要對自己好一點，何嘗不是想到她自身？她正是對別人太好了，才讓她自己過得不好。

而楚明嫻，一直是個大而化之的女子，心胸廣闊，處事豁達，即使前段時間她的舅母兼婆婆因侯府流言對她諸多諷刺，事後又百般討好，可她也只是一笑置之，從不過多糾結。對於這種女子，只要遇到不是人品低劣的人家，她都會過得平安富足。

至於楚明芷，前段時間與夫家鬧得那麼僵，夫君甚至揚言要休妻，可轉眼間侯府又重得了佑元帝信任，楚明芷底氣一下子足了，如今夫家個個都擔心侯府會秋後算帳，待她更是小心翼翼；是故楚明芷如今在夫家可謂是要風得風，要雨得雨，任何人也不敢再爬到她頭上去。

「我早就已經囑咐過七妹妹了，就在上次回來之時。」楚明慧低聲道。

當初侯府面臨危機，慕錦毅陪著她回來時，她對楚明婧說過，讓她待林夫人如待大伯母一般。這說的其實就是婆媳相處，她自己有那麼糟糕的婆媳關係，當然希望率真的七妹妹不會步上她的後塵。

聽楚明慧提到上回，眾姊妹一下子便沈默了，大概也是想到了今日缺席的兩人，分別是二小姐楚明涵與六小姐楚明雅；尤其是楚明雅的慘死，至今讓她們不忍回想。

對於祖父讓人傳給楚明涵的那番話，除了那日在場的楚明慧外，其他姊妹均不清楚，但自從六小姐楚明雅死後，無論侯府有什麼紅、白喜事，均不曾讓人到安郡王府去報訊，姊妹幾個就已經隱隱知道，祖父母是放棄了楚明涵。

當中的那些原因，她們不敢深想，只得這般掩耳盜鈴，裝作什麼都不知道。

「好了，那些事都已經過去了，今日是七妹妹的大好日子，不開心的事我們不要再想，往後再想如今日這般姊妹齊聚一堂，估計也不大容易了。」楚明婉壓下心頭上的沈重，勉強笑道。

自經歷娘家一番劫難，她也看清楚、看明白了，如今孩子雖仍然養在衛郡王太妃處，但夫家再無人敢對她指指點點。楚明婉痛定思痛，以雷霆手段奪走了郡王太妃手上的中饋，壓得二弟妹透不過氣，郡王太妃就算再不滿，她也絲毫不放在心上，屬於她的，她自然要死死抓到手上。

至於她的夫君衛郡王世子，也不知是怎麼想的，如今突然伏低做小，每日外出歸來都會送她一些小禮物，比如珠釵。她當然會故作驚喜地收下，只是待他轉身離開後，就直接扔到妝匣裡，眼不見為淨。

夫妻本是同林鳥，大難來時各自飛。她的夫君在她遭難時雖然沒有直接飛走，可那些探究懷疑的眼神始終是她心中的一根刺，再多的情意，經過那般的心寒，還能剩多少？

幾日後，林、楚兩家的婚禮，楚明慧因為肚子大了，太夫人不放心她出門，而她也擔心人多會衝撞到孩子，自然聽從太夫人的勸說，老老實實待在府中。

林煒均盼了快兩年，終於可以將心心念念的小妻子娶進門了，自然是人逢喜事精神爽。待他滿懷激動地挑落楚明婧的紅蓋頭，見到小妻子紅撲撲的臉蛋，心中一陣說不出的歡喜。

楚明婧偷偷抬頭瞄了他一眼，卻被林煒均捉個正著，她害羞地低下頭去，一會兒一隻修長的大手伸過來，輕輕刮了一下她的鼻子，戲謔地道：「小米蟲！」

楚明婧抬頭結結巴巴地反駁。「五哥哥說我……說我不是小米蟲了。」

林煒均笑咪咪地逗她。「那現在不是小米蟲，是什麼了？」

「五、五哥哥說……說我長大了，不小了，應該做勤勞的小蜜蜂。」

林煒均笑嘆不已，對這位與小妻子關係最好的侯府五少爺實在是感覺複雜，他就不明白侯府三老爺那般老實的一個人，怎麼就有一個滿肚子壞水的兒子。

楚明婧被他笑得面紅耳赤，弱弱地抗議道：「你、你不許笑！」

林煒均從善如流，一本正經地望著她，眼中笑意盈盈。

楚明婧被他灼灼的目光望得越發不好意思，不由得舔了一下有些發乾的嘴唇。

林煒均雙眼幽深，突然起身往一旁布置大紅桌巾的圓桌走去，順手斟滿了兩杯酒，然後一手一杯拿到楚明婧面前。

「來，交杯酒。」

楚明婧下意識地接過，未等她反應過來，對方的手就纏上了她的。

她一顆心「怦怦」亂跳，見林煒均仰頭將酒一飲而盡，遂也將自己手上的酒喝下去。

「咳咳咳！」那酒辣得楚明婧連連咳嗽。

交杯酒已經是選了酒精濃度較低的，林煒均倒想不到她的酒量竟然差到這種程度，見她咳得眼淚都飆出來了，只得無奈地抱過她，憐惜地拍著她的後背。「好了，好了，沒事了、沒事了！」

楚明婧淚眼汪汪地從他懷中抬起頭來。「好難喝。」

新娘子嫌棄交杯酒難喝，古往今來她大概是頭一個了，林煒均哭笑不得。

滿臉紅霞的新娘子，睜著一雙水汪汪的杏眼望著他，盈盈跳動的燭光映得她越發柔媚醉人。

林煒均目光灼灼，俯低身子湊到她耳邊道：「妳那五哥哥可曾跟妳說過今晚是什麼日子，嗯？」

楚明婧被他溫熱的呼吸噴得耳朵癢癢的，噴得她顫慄不已，下意識想伸出手去揉一揉，可手剛抬起來，便被對方抓住了，緊接著，一個軟軟熱熱的吻落到她的手上。

她只覺得心如擂鼓，臉上紅暈更盛，不自在地想要推開他，對方卻似乎察覺她的意圖，更用力地擁住她。

「沒有，他沒有說。」

林煒均的手在她臉上、脖子等處游移著，讓她不自覺繃緊了身子。

「嗯，沒關係，他沒有說，我來告訴妳，今晚，是我們的洞房花燭夜。」話音剛落，楚明婧驚呼一聲，人已經被對方抱了起來，緊接著被放到了床上……

新房裡的燭光跳得更歡快了……

不知過了多久，帷帳後傳來男子有點嘶啞，亦有點壓抑的聲音。「老了些？嗯？還老不老？」

他每問一句，女子呻吟得更大聲幾分，好半晌，楚明婧才氣喘吁吁、抽泣地道：「不、不，不老，不老！」

嗚嗚，三姊姊還說他是可託付終生的良人，根本就是是非不分的壞人！又不是她說他「老是老了些」的，明明是五哥哥說的，更何況，都過去這麼久了，他竟然還記得，這個小氣鬼！

慕國公府這日如臨大敵，下人們步伐匆匆，皆因世子夫人楚明慧今日要生了。

楚明慧知道女子生產如一腳踏入鬼門關，也見識過陶氏生產時的凶險，但真輪到她自己時，卻覺得整個人像要被撕裂了一般。

她也不記得這個樣子持續多久了，只知道穩婆一次次大聲鼓勵著她，要她出力再出力，翠竹及喬氏一左一右地守在她身邊，不時輕聲安慰著她，可她感到整個人都像脫力了一般，那一陣強過一陣的劇痛讓她恨不得就此暈過去，偏偏她的意識卻是清醒著。

「世子夫人，再用力點！就快見到孩子的頭了！」

楚明慧拚命想按照穩婆的意思再用點力，可她越是急越是使不上力，她慌得死死拽緊身下的被褥，搖頭哭道：「不行了，我沒力氣了。」

喬氏俯身在她耳邊輕聲道：「想想孩子，再拖下去的話對孩子是不好的，再用點力，快了，很快了，很快孩子就能出來了！」

孩子？是的，這是她期待了兩輩子的孩子，怎能讓他有一星半點兒的不好呢？

楚明慧咬緊牙關，拚命使出渾身力氣，一會兒就聽穩婆驚喜的聲音。「出來了、出來了，孩子的頭快要出來了，世子夫人再用些力！」

喬氏亦給她打氣。「來，深呼吸，用力！」

楚明慧順著她的指示，卻感到身上再無半分力氣，她不禁哭著對喬氏道：「不，不行了，真的沒力了。」

「拿參片來！」喬氏當機立斷，大聲吩咐。

屋外的太夫人急得團團轉，楚明慧已經生足了一日一夜，可孩子仍然沒有生下來，她心中一時六神無主，就怕孩子會有什麼不測。

如今聽到裡頭喬氏大叫著讓人拿參片，她猛地從太師椅上站了起來，臉色一下子慘白如紙，整個人都顫抖不已。

站在她身邊的劉嬤嬤亦是抖個不停，可仍是強扯出一絲笑意道：「太夫人，沒事的，少夫人吉人自有天相，一定會平平安安替您生個白白胖胖的重孫。」

太夫人哆哆嗦嗦地點點頭。「對對對，吉人自有天相，我這位孫媳婦一向是個有福氣的，有福氣的！」

又不知過了多久，裡面突然響起一陣嬰孩響亮的哭聲，緊接著聽到有人大呼。「生了生了，生了位小少爺！」

太夫人心頭一鬆，一下子軟倒在太師椅上，幸好幸好！

此時，楚明慧因施力過度，漸漸進入睡夢，恍惚中，似是聽到身邊有人說話。

「大夫，老身的孫媳怎麼樣了？身子可有大礙？」她迷迷糊糊地認出這是太夫人的聲音。

「太夫人不必擔心，世子夫人只是過度疲累，這才一直昏睡不醒，並不是什麼大問題；只是近兩、三年最好暫且不要有孕，否則對身子的損傷……到時只怕得不償失。」

不要再有孕？難道她的身子又有不妥了？那……那她的孩子呢？

楚明慧急得想轉醒過來問問她的孩子，可眼皮卻如千斤重一般，怎麼也睜不開。片刻，又聽太夫人道：「日後便煩勞先生了。」

當楚明慧醒過來的時候，見翠竹一臉驚喜地望著她。

盈碧見她終於醒了，抽泣地道：「總算是醒了，都睡了兩天兩夜了！再不醒，小少爺的洗三都要錯過了。」

「孩子……孩子怎麼樣？可健康？」楚明慧掙扎著問。

燕容一把制止她要坐起來的動作，輕聲道：「小少爺健健康康，沒有任何不妥，少夫人放心。」

聽到這番話，楚明慧總算是鬆了口氣。

「孩子呢？」

「剛吃過奶睡著了，奴婢命人將他抱來？」翠竹笑著道。

「好。」她也是急切盼望著能看看她的孩子。

不一會兒，翠竹抱著個大紅繈褓走了進來，然後小心翼翼地放在楚明慧手上。她又指點著楚明慧應該怎樣抱孩子，翠竹才放心收回了護在繈褓兩側的雙手。

楚明慧溫柔地望著懷中的小小人兒，心中溢滿了濃濃的歡喜，這是與她血脈相連的孩子啊！

她忍不住低下頭去，輕輕地親了一下孩子的額頭，見紅通通的小小人兒皺了皺鼻子，像是不悅有人打擾他的睡眠一般。

慕國公府喜得小少爺的消息一下子傳了出去，陶氏喜不自禁，翻著庫房要準備給外孫的見面禮；楚仲熙雖面上看起來比較鎮定，可他臉上止不住的笑意卻是出賣了他的心情。

經過前段時間的劫難，侯府長輩對慕錦毅這名女婿自是相當滿意，因此對他終於後繼有人亦是滿懷歡喜，一時之間，各房都喜氣洋洋地準備著賀禮。

凌氏懷的身孕只與楚明慧相隔一個多月，陶氏自然不敢帶她去國公府參加洗三禮，凌氏只得命陪嫁丫鬟細心準備了禮物，讓陶氏替她轉交給楚明慧。

陶氏見她準備的賀禮件件都是精心挑選過的，心中不禁暗暗點頭，能看到兒媳婦與女兒交好，她自是十分安慰，畢竟她再怎麼疼愛女兒，將來也是會比她先一步離去的，如今女兒得了娘家嫂嫂的真心實意，也等於多了一層保障。

慕國公府的洗三宴辦得極為熱鬧，太夫人喜得重孫，四代同堂，加上長孫慕錦毅又即將歸來，她自然甚為歡喜，每日樂顛顛地去逗弄一下小重孫，臉上笑出一朵花來。

楚明慧見到娘家人到來，心中又多了幾分欣喜。

陶氏拉著她的手叮囑了好些月子裡應該注意的事，而另一旁的楚明婧左顧右盼不見今日的小小主角，忍不住問楚明慧。「三姊姊，怎不見小外甥？」

楚明慧戲謔道：「妳敢抱他？不怕小六弟那事又重演？」

眾人先是一愣，瞬間想起楚明婧與那雙胞胎哥哥的趣事來，忍不住哄堂大笑。

楚明婧被她們笑得滿臉通紅。小六弟老愛尿到她身上這事，是她一輩子抹不去的恥辱啊！

陶氏見姪女被眾人笑得尷尬萬分，便笑罵女兒。「妳個促狹鬼，這些陳年舊事倒記得這般清楚，若再說，不只妳七妹妹，連妳六弟也要不依了。」

正由盈碧陪著在一旁玩耍的小六聽到娘親說到他，狐疑地望了大人們一眼，清脆地說了聲。「不依不依！」

眾人又是一陣大笑。

楚明慧好半晌才忍住笑意，她朝睜著骨碌碌的大眼好奇打量眾人的弟弟招招手。「小六來三姊姊這裡。」

小六歪著腦袋望了她一會兒，認出了這是以前最愛陪他玩耍的三姊姊，便拋掉手上的布老虎朝她跑過來，嚇得陶氏一把抱住他。「壞小子，你姊姊現在身子不適宜陪你玩耍呢！」

楚明慧笑笑地刮了一下他的小臉蛋。「平日在家中可乖？怎麼今日不見小七？」

小六膩在她身邊撒嬌地道：「可乖了。小七要喝苦苦湯，不讓來！」

楚明慧尚未反應，便聽楚明婧取笑道：「騙人，你個搗蛋鬼會乖？」

小六嘟起小嘴不悅了。「就乖就乖，祖母說的。」

陶氏好笑地拍拍他的小腦袋，對著楚明慧道：「小七受了點風寒，妳祖母不讓他來。」

「可嚴重？」聽到幼弟病了，楚明慧一臉擔憂。

「不礙事，只是小風寒，用了幾回藥已經好得差不多了，就是人有點提不起精神。」陶氏道。

一會兒，奶娘抱著今日的小小主角來了，陶氏滿心歡喜地接過外孫，心中愛極。

楚明婉等姊妹也圍上來，都爭著想要抱上一抱。

「弟弟。」不甘被冷落的小六也鑽了進來，小手指著襁褓突然出聲。

陶氏好笑。「不是弟弟，是小外甥。」

小六疑惑地望望她，又望望楚明慧，得到對方肯定的點頭後又清脆地叫了聲。「小外甥。」

眾人說說笑笑一陣子，楚明婉等人很有眼色地走了出去，將空間留給陶氏母女。

「妳那婆婆最近怎樣了？聽聞她自女兒去世後身子一直不怎麼好。」陶氏慈愛地望著女兒問。

「還是老樣子，整個人都魂不守舍，旁人叫她，她也不應，太夫人說這是心病，一時半刻也沒有什麼辦法。」楚明慧也不知道夏氏如今這般失魂落魄的模樣，到底是慕淑穎的死給她帶來的巨大打擊，還是那些息魂香的後遺症。

只是這些她也不願說出來讓陶氏擔心，夏氏如今這般模樣，早就不可能來尋她麻煩了，而就憑她是兒子的親祖母，她也會好好地替她養老送終，曾經的恩恩怨怨，讓它們隨著慕淑穎的死徹底散去吧。

「那只能盡人事，聽天命了。」陶氏嘆息道。

夏氏那性子，說實在的，她倒寧願她一直這般安安靜靜的，這樣女兒也會好過得多，雖然這種想法實在不怎麼友善，但她顧不得許多，只希望自己的女兒能安安穩穩、和和樂樂地過這一輩子。

「我聽翠竹說大夫讓妳休養幾年，這兩、三年內不要再有孕，可有此事？」陶氏問起了最擔憂的事。

「確有此事。」楚明慧也不瞞她。

陶氏滿懷憂慮。「女婿如今打了勝仗，前途不可限量，妳又只得一子，況且這兩、三年內不適宜再懷孕，自古以來子嗣都是大事，若是……若是有人以此為緣由往女婿身邊塞人，妳……」

楚明慧垂眸，這些她也想過，慕錦毅得勝歸來自然少不了巴結他的人，財錢美人從來都是最為普遍的禮物，她自然相信慕錦毅不是好色之徒，但若他的上級，或是其他拒絕不得之人塞過來，他拒絕得了一次，那第二次、第三次呢？

陶氏見她這般模樣，憐惜地撫撫她的額角。「少年夫妻，最易情深，但亦最易情傷，妳與女婿成親這麼久，他身邊始終得妳一個，若是有朝一日突然有了其他人出現在你們之間，這種苦楚，娘親亦曾經歷過。但是，這些都是女子的命，替夫家開枝散葉是本分；只是，在未曾弄明白女婿的意思前，妳千萬莫自作主張往他身邊塞人，若是他沒有這方面的意思，妳這般做，會……」

陶氏有些黯然，當年她就是主動替夫君納妾，才惹得夫君大為不滿，兩人關係曾一度降到冰點，只不過在兒女面前一直沒有表現出來罷了。

「我知道。」楚明慧低低應了聲，她曾自作聰明替慕錦毅尋了名通房，結果……這種蠢事做了一次便算了，又怎會再犯？慕錦毅將來若是要納妾，那便讓他納去，她守著兒子過下半輩子；若是他不願，她也不會為了搏那點賢良名聲而主動提起。

陶氏見她明白，也放下心來。夫妻相處，最忌一次次的寒心，再多的情意禁受一次次的打擊與心寒後，還能剩得了多少？

她慶幸她的夫君不是那等死要面子的讀書人，當年兩人關係僵成那般模樣，他也肯率先低頭求和，否則，她不敢肯定如今兩人會過成什麼樣子。

第四十九章

凱旋的大軍終於要抵達京城了，京城的民眾奔相走告。大軍進城當日，不只普通民眾，就連往日大門不出、二門不邁的名門貴女也得了許可，可以到府中事先訂好的城中酒樓客房裡觀看進城的大軍。

一時間，沿途大軍行經的酒樓生意火紅，一房難求。

楚明慧仍在月子裡，自然是無法去湊這樣的熱鬧，只能老老實實地待在房裡，而太夫人則滿懷激動地一早命人訂了房，在大軍進城當日早早帶著慕錦鴻、慕錦康、慕淑琪及慕淑怡四個孫輩等候在酒樓客房中，殷切地期盼她最為驕傲的孫兒出現。

安郡王妃楚明涵怔怔地望著不遠處小心翼翼將楚明婧護在身前的林煒均，再轉頭往窗外看看一身銀白戎裝、騎著高大棗紅馬，帶著大軍緩緩走來的慕錦毅。

陽光照射下，他更為英氣逼人，凜然不可侵犯，她定定地望著這個令自己一見傾心的男子，直到對方的身影越來越遠，直至他被跟在身後的兵士掩沒。

楚明涵垂下雙眸，心中百感交集。時至今日，慕錦毅早已處於她終其一生也觸摸不到的高度，而她放棄的林煒均，如今已是京城炙手可熱的天子近臣；看著原本應屬於她的夫君滿臉柔情地護著嫡妹，再想想殘暴的安郡王，她只覺得一陣胸悶。

慕錦毅隨著柳震鋒向佑元帝述職，佑元帝自然是一番嘉獎，慕錦毅則得了個正二品指揮使的官職。

待他參加完慶功宴返回慕國公府時，天色已經暗了下來，他匆匆命人梳洗一番後，先到太夫人房裡，見太夫人、慕國公、喬氏、夏氏及幾位弟弟妹妹都在，他不禁微濕了雙眼，恭恭敬敬地朝著長輩們叩了幾個響頭。

太夫人含淚望著他，直至他叩完頭，才拉著他的手嗚咽著道：「好好好，總算沒有墮了你祖父的威名。」

慕錦毅淚光閃閃，突然又朝著太夫人直直地跪了下來。「孫兒自小受祖母悉心教導，必不敢辜負祖母期望！」前世他令太夫人失望了，今生他怎忍心讓早已白髮蒼蒼、垂垂老矣的祖母期望落空？

「起來、起來，快快起來，祖母知道你必定不會讓祖母失望的，快起來。」太夫人老淚縱橫，顫顫巍巍地親自扶起了他。

慕國公抹抹眼角的淚水，強笑道：「如今老大得勝回朝，明明該是天大的喜事才是，怎麼個個都眼淚汪汪的呢？」

「對對對，喜事應該高興才是！」太夫人連連點頭。

慕錦毅又朝著喬氏躬了躬身。「這段日子煩勞大伯母了，全靠大伯母，姪兒才能全心全意在戰場上拚搏。」

喬氏哽咽著道：「你這孩子說什麼呢，這不是將大伯母視作外人一般了嗎？」

慕錦毅連聲道「不敢」，又連作了幾個揖，引得眾人笑聲不斷。

到了夏氏跟前，見夏氏只是怔怔地望著他，一言不發，他心中一緊，輕輕喚了聲。「母親？」

屋裡一下子安靜了下來，齊齊向夏氏望去。

夏氏一動也不動地望著慕錦毅，半晌，才恍恍惚惚地道了聲：「毅兒？」

太夫人等人有些意外，倒沒料到不管別人怎麼喚都沒有絲毫反應的夏氏居然認得出兒子來。

慕錦毅心中酸澀難當，只認為母親至今仍未走出疼愛的外甥女殺了寶貝女兒的陰影來。

「是我，我回來了！」

夏氏愣愣地望著他，片刻才「哦」了一聲，然後便移開了視線。

太夫人嘆息一聲，終究還是沒有辦法啊！

慕錦毅按下心中酸楚，又與弟弟妹妹們見了禮，環顧一周才發現妻子楚明慧竟然不在，他一怔，正想開口問時，就見太夫人臉帶一絲神神秘秘的笑意道：「你媳婦如今在文慶院正房左側間裡呢，快去吧！」

慕錦毅有些意外，左側間？

他欲問個明白，卻見在場眾人均是望著他笑，他心中疑問更甚，但到底是掛念妻子，只得告了罪匆匆回了文慶院。

進了院門，他直直往左側間去，門外的翠竹、盈碧、燕容等人見他進來，喜笑顏開地行了禮後，掩著嘴退了出去。

慕錦毅皺眉望了望古古怪怪的這幾人，搖搖頭就拋在腦後了。

「明慧！」

靠坐在榻上的楚明慧笑意盈盈地望著他，他心中一暖，幾步上前坐在她身邊，用力抱緊了她。

片刻，楚明慧才輕輕推了推他的胸膛。「可見過祖母與父親他們了？」

「見過了，妳可好？」慕錦毅輕柔地撫著她的臉龐，啞聲問道。

「好。你呢？可曾受傷？」

慕錦毅搖搖頭，片刻又點點頭。

楚明慧心中一慌。「傷到哪裡了？」

「妳莫要著急，我現在身上並沒有傷，就是……就是在與西爾圖交戰時受了些傷，如今都好了。」慕錦毅安慰道。

「西爾圖？就是那個被你斬殺的西其將軍？」

慕錦毅定定地望了她一會兒，突然輕輕環著她的纖腰，將頭擱在她頸窩處。片刻，才悶悶地道：「西爾圖並不是我殺的。他，是死在自己人手上。」

「什麼？」楚明慧大吃一驚，正想推開他問個究竟，又聽慕錦毅有些壓抑地道：「我與他交戰，只是重傷了他，並不曾想過取他性命。他雖是西其人，亦是個頂天立地的人物，我心中敬佩他，下手便避過了要害。他，他並不是死在我的槍下……」

楚明慧心中如同驚濤駭浪一般，那個赫赫有名的西其將軍竟是死在自己人手下？

「那一場大戰，我、西爾圖都受了傷，柳元帥乘勝追擊，我親眼看到了，西爾圖是被跟在他身邊的將領刺殺的，只不過因場面混亂，人概沒有什麼人留意到；加上西爾圖與我交戰時確是傷在我手下，是故才傳出那番話來，說我斬殺了西其將軍。」

想到那般人物最終卻死在同袍手上，慕錦毅心中一陣難受，縱橫沙場，就算戰死，亦不枉此生，可偏偏死在那見不得光的陰謀詭計當中，這是身為將士最無法容忍的憤恨。

前世，西爾圖到底是不是被他所殺，如今想想也值得懷疑，西其國王位置不穩，卻又急功近名，內政都尚未處理妥當，便急急向大商國開戰，若不是西爾圖了得，只怕西其軍根本撐不過三個月。

楚明慧默默地抱著他，任他發洩著心中的哀傷。

又過了一盞茶時間，慕錦毅才收斂起情緒，輕輕放開懷中人，正想問她這段日子的事，就被突然響起的嬰孩哭聲驚住了。

楚明慧急忙推開他，起身往隔壁走去。

慕錦毅腦中一片空白，僵著身子坐在榻上一動不動。這……這哭聲？

未等他想個明白，楚明慧已抱著小小襁褓走了進來，見到他傻愣愣的模樣她也怔住了，難不成太夫人他們沒有告訴他？

慕錦毅瞪大雙眼不敢置信地指著母子倆。「妳……這是、這是什麼東西？」

楚明慧沒好氣地白了他一眼。「你才是東西！這是你兒子。」頓了一下，又覺得這話有問題，他若是東西，他的兒子還不一樣是東西？

「兒子？」慕錦毅一下從榻上蹦起來。「什麼時候生的兒子？怎麼從未有人告訴過我有這個兒子？」

楚明慧被他突然的動作嚇了一跳，正想斥責他一聲，懷中的小娃娃便率先表示了不滿，一下子扯開喉嚨嚎啕大哭起來。

楚明慧急得抱著他輕輕搖晃，口中不停地柔聲哄著。

慕錦毅整個人如同冰柱一般僵硬地站著，嘴巴微張，雙眼直愣愣地望著那對母子。

待見燭光下的楚明慧抱著孩子不住地輕晃低語，整個人溢滿了母性的柔情，他眼中一點一點地濕潤起來。

這一幕，他曾經幻想了無數次，如今這般突如其來，他只覺得心中一下子被溫情漲得滿滿。

他一步一步朝著楚明慧走去，直至走到她的身邊，低頭怔怔地望著還委屈地抽泣的兒子，視線越來越朦朧，一滴淚珠直落在小娃娃的臉上……

楚明慧一怔，抬頭望去，見慕錦毅正擦著眼淚，她定定地望著他那通紅的雙眼，不知怎地鼻子一下子有點酸酸的。

她微微抬頭，將淚意壓下，這才吸吸鼻子對著他道：「你把他弄哭的，自然要你來哄他。」說罷，欲將懷中哭聲已經漸漸弱了的孩子往慕錦毅懷裡送去。

慕錦毅下意識接住，只一下，又僵住了，這種沒骨頭的肉團……

「明慧，快……快快抱開！」他嚇得驚慌失色，結結巴巴地望著楚明慧道。

楚明慧不理他，輕聲指點著他要怎樣抱才能讓孩子舒服，待確定他抱緊了，這才鬆開雙手，望著僵直的高大男子樂個不停。

慕錦毅全身僵硬，注意力全集中在手上恍如千斤重的小嬰孩身上，待那一陣陣溫軟傳到他手上，他不禁低頭仔細打量著這個流著他與摯愛女子血脈的孩子。

孩子打了個哈欠，咂巴咂巴小嘴，然後眼皮動了動，便合了起來。

他眼睛一眨不眨地望著他，一顆心越來越軟，待見孩子不舒服地皺了皺眉，他才低低喚了楚明慧一聲。

楚明慧含笑過來接過兒子，然後交給另一旁的奶娘，低聲囑咐了幾句後讓她離去了。

她轉過身來，卻見慕錦毅仍是保持著方才抱著兒子的姿勢，她不由得「噗哧」一下笑出聲來。

「怕什麼，以後有的是機會讓你抱，就怕你堅持抱孫不抱子。」

慕錦毅怔怔地望著她，然後揚起一個暖暖的笑容，突然上前幾步用力抱住她，狠狠在她臉上親了一口。

「兒子他娘！」

楚明慧臉蛋唰一下變紅了。她用力推開他，沒好氣地啐了一口。「沒正經！」

慕錦毅笑容越來越大，越來越盛，直至再也抑制不住心中狂喜，放聲哈哈大笑……

楚明慧望著笑得越來越放肆的慕錦毅，嘴角越揚越高，然後一滴淚滑落下來，她也顧不上去擦拭，撲進了他張開雙臂的溫實懷中……

「明慧、明慧，我們的孩子，我們的孩子，我們有孩子了！」慕錦毅緊緊擁著她，一遍遍在她耳邊低語，最後那句卻是帶著點哽咽。

楚明慧在他懷裡流著淚用力點頭。「是，是我們的孩子，我們有孩子了。」

期盼了兩世，他們終於有屬於自己的孩子了……

慕錦毅盼了兩輩子才盼來這麼一個寶貝，自然是疼到骨子裡，每日出門前必定要去看看兒子，歸來梳洗後第一件事便去抱抱兒子；太夫人取笑他如今是有子萬事足，連祖宗傳下來「抱孫不抱子」的訓話也拋到了九霄雲外。

慕錦毅臉帶笑意地瞄了一眼正樂呵呵地逗弄孫子的慕國公，對著太夫人道：「抱孫不抱子，咱們府上何曾有這傳統了？父親，你說對嗎？」後面的話卻是轉頭去問慕國公。

「對對對！」慕國公也沒有注意兒子問他什麼，只抓著孫子胖乎乎的小手逗他笑。

太夫人愣了一下，瞬間想到慕錦毅自小就是被兒子頂在肩上到處胡鬧的，不禁搖頭失笑。

楚明慧坐滿了月子後，痛快地擦洗了一番，讓人換了足足三次水，才覺得身上那陣怪味被洗去了。

慕國公府第四代嫡出的長子，小名阿盼，這個日後讓他萬分嫌棄的名字，出自他英明神武的爹爹慕錦毅。

慕錦毅喜孜孜地報出這個他想了幾日的小名時，楚明慧雙唇抖了抖，片刻才顫著聲音問：「阿、阿胖？」

「是盼望的盼，期盼的盼，這個孩子是我們兩輩子的期盼。」慕錦毅解釋道。

楚明慧沈默了一下，終究還是笑笑著點頭。「好，那小名就叫阿盼吧！」

「大名等到周歲時讓父親再取，妳看可好？」慕錦毅又問。

「祖父替孫輩取名，自是極好。」楚明慧再點頭道。

慕錦毅見她應得毫不猶豫，心中一鬆，經過寧雅雲那事後，他也是有點擔心楚明慧會瞧不上慕國公，繼而不願意讓他替兒子取名。

阿盼小娃娃長開之後，越來越像他爹慕錦毅，一雙骨碌碌的大眼睛倒與楚明慧十足相似。太夫人每每抱著他都愛得不行，直呼著跟他爹爹像是一個模子裡印出來一般，慕錦毅聽罷得意洋洋地道：「我的兒子自是像我。」

慕國公亦連連點頭。「對，一眼就看得出是你兒子、我孫子！」

太夫人哭笑不得，笑罵道：「你還不替你寶貝孫子想名字去？」

慕國公訕訕地摸摸鼻子，朝太夫人懷中「咿咿呀呀」的阿盼扮了個鬼臉，在太夫人又要罵之前一溜煙地跑了。

阿盼小娃娃的滿月禮，慕錦毅與楚明慧商量後，又經過太夫人等長輩的同意，決定低調舉辦，只邀請些親朋好友；畢竟如今國公府風頭正盛，若是再聲勢浩大地辦滿月宴，傳到有心人那兒，怕又會生出事來。

凌佑祥作為慕錦毅僅有的幾名至交之一，自然在邀請之列。

滿月宴當日，凌佑祥拜見過慕國公府長輩後，就去尋慕錦毅，見他正與林煒均說著話，便一掌拍在他肩上，笑道：「頭回當爹的感覺如何？我兒子如今都能滿地跑了，你家這個連爹都不會叫。」

慕錦毅瞥了他一眼，又望了望坐在一旁明顯等著看好戲的林煒均，淡淡地道：「至少我有兒子了。」

林煒均臉上笑意一僵，若無其事地端起酒杯喝了一口。

凌佑祥哈哈大笑，拉過林煒均身邊的空椅坐下，笑咪咪地道：「林兄可得努力些啊，不能再落後了啊！」

林煒均嘴角抽搐了一下，又若無其事地灌了一杯酒。

如今，晉安侯府二房亦在楚明慧坐滿月子不久，迎來了嫡孫，楚明慧得知後欣喜萬狀，想到前世那個軟軟地叫她「姑姑」的姪兒，心中一片柔軟。

連楚晟彥都當爹了，林煒均自然逃不過慕錦毅、凌佑祥等人的再次關懷，他恨得牙癢癢，可膝下空虛卻是鐵一般的事實，只得死裝出一副平靜淡然的模樣一聲不吭地喝酒，心中卻暗暗決定，今晚回去還得再努力些！

第五十章

日子一天天過去，小娃娃阿盼的壞脾氣慢慢表現出來了，稍不如意就扯開嗓門哭得驚天動地，讓楚明慧既心疼又無奈。

太夫人卻笑道：「這般壞脾氣，跟他爹小時一模一樣。」

楚明慧似笑非笑地掃了一眼尷尬地站在一旁的慕錦毅，原來是家學淵源啊！

慕錦毅呵呵乾笑幾聲，悄悄地移到兒子的小床邊，伸出手輕輕去捏了捏他胖乎乎的小腳，心中暗暗懇求道：「兒子，給你老子留幾分薄面吧！」

哪知盼少爺先是一腳踢開他的大手，然後哇哇哭得更厲害了，絲毫不給他爹面子。

太夫人對著慕錦毅後背就是一巴掌。「你做什麼又惹他。」

楚明慧沒好氣地瞪了他一眼，然後抱起哭得滿臉通紅的兒子輕聲哄著。

慕錦毅被兒子嫌棄，心中也委屈得很，如今祖母與妻子又怪他，他不禁有點哀嘆自己如今在府中越發沒地位了。

「世子，唐大人求見。」慕維在外頭喚了聲。

慕錦毅又伸手捏了捏兒子的胖腳丫，在楚明慧怒瞪他之前快閃出門。

楚明慧一心照顧兒子，許多事都交給了喬氏及底下的翠竹等人，直至這日有人欲聘娶盈碧為妻求到了她跟前，她才恍然醒悟過來，以盈碧的年紀也應該嫁人了。

她早些時候就留意了此事，但後來先是侯府出事，緊接著又是慕淑穎的死，她忙得暈頭轉向，一時間便將這事擱下了。

「你……想娶盈碧為妻？」楚明慧有點意外地望著跪在地上一臉懇切的慕維。

她還以為求娶的會是劉通呢，倒想不到居然會是慕維。

「奴才心悅盈碧，請……請少夫人成全！」慕維結結巴巴卻又十分堅決地道。

「你若有意，便應依足禮數，請個媒人來詢問一下，如今這般冒失地跑來，未免唐突了些。」楚明慧皺眉道。

「奴才知道，可……可若不先求到您跟前，萬一您將盈碧許給別人可怎麼辦？」

楚明慧有點哭笑不得，所以他這是要先下手為強？

上輩子，她將盈碧許給了劉通，因為劉通並不是奴籍，而且又頗有幾分本事，將盈碧削去奴籍許給他，是希望她將來能過些好日子，不用為人奴婢，只是她卻料想不到慕維對盈碧居然有那等心思。

她猶豫不決，不知道是否要應了慕維，只得拖延道：「你先讓我想想。」

慕維暗暗著急，若不是偶然間聽到大夫人身邊的王嬤子看中了盈碧，欲替她兒子求娶的事，他也不敢這般直愣愣地跑來。

「少夫人，奴才一定會對盈碧很好的，就跟世子爺對您一樣！不不不，奴才不是要和世子爺比較，就、就是想說，想說……」慕維急紅了眼，生怕楚明慧拒了他。

楚明慧見他這般不依不撓的模樣深感無奈。「這畢竟是終身大事，你也總得讓我問問盈碧的意思不是？」

「哦。」慕維抓抓頭，片刻又懇求道：「少夫人，您一定要將我會對她很好很好的話告訴她，奴才給您磕頭了。」

「好了，你的話，我定一字不漏地帶到。」楚明慧無奈。

慕維憨憨地笑了笑，片刻又像想起了什麼。「那句像世子爺對您一樣的話就不用說了，否則世子爺知道後會剝了奴才的皮。」

待楚明慧將慕維親自來求娶的事一五一十告訴盈碧後，盈碧一下子紅了臉，結巴地說：「誰、誰稀罕他對我好，我……我才不嫁他呢！」

楚明慧見她明顯言不由衷的樣子，心中明瞭，這兩人分明是看對眼了。

她故意道：「這樣啊，既然妳不願意，我便讓他死了這條心，自個兒找別人去。」

「奴、奴婢也不是，不是那個意思……就是，就是……」一聽楚明慧這樣說，盈碧就急了。

楚明慧暗自好笑，突然覺得她上輩子對這個忠心耿耿的丫鬟實在用心不夠，竟然會瞧不出她與慕維之間的事；幸而今生她沒有再犯糊塗，畢竟有些事並不是你認為對別人好，別人就一定也會覺得是真的好。

「我原本想替妳尋個良家子，然後將妳的奴籍削了，將來妳的後代也不用再為人奴婢，好些的話還能讀書，參加科舉出人頭地。」楚明慧拉著她的手低聲道。

盈碧紅了眼，哽咽著道：「奴婢知道妳是為了我好，只不過，就算是脫了奴籍，日子也未必比當奴婢時好。再者，奴婢自小與妳一起，將來還要伺候小少爺、小小姐呢！」

楚明慧嘆息一聲。「事關妳一輩子，妳可想清楚了？慕維，我也知道他是好的，但天長日久相處下去，那便是如人飲水，冷暖自知了。」

「他、他待我還算可以的……」盈碧低著頭輕聲道。

楚明慧見她這般模樣，知她是同意了，便笑道：「既然如此，我讓他正正經經尋媒人上門，否則我怕他又當媒人又當新郎官。」

盈碧紅著臉，害羞地扭扭身子跑出去了……

剛進門來的翠竹見她這樣子便搖頭道：「這丫頭是怎麼了？沒規沒矩的，若是撞了人可怎生才好。」

楚明慧笑笑。「沒事，女兒家聽到自己的親事總是會不好意思的。」

翠竹一驚。「少夫人打算把她許人了？許的是哪個？」

楚明慧便將慕維求親的事說了一遍。

翠竹點頭道：「這倒是門好親事。」慕維是世子身邊的人，娶了盈碧，就相當於給文慶院多添了分助力。如今世子風頭正盛，少夫人又暫不適宜有孕，將來若是添了人，多了個慕維看著，也能早做準備。

有了楚明慧的首肯，慕維與盈碧的親事正式訂了下來，楚明慧也不讓盈碧再辦差事，只讓她安心備嫁。

慕錦毅雖意外盈碧的夫君人選換了人，但不論劉通還是慕維，都是他身邊可信之人，況且他見慕維整日樂呵呵的，比起上輩子娶盈碧的劉通明顯更歡喜，心中也樂見他得償所願。

盈碧出嫁後自然不能再做一等大丫鬟，照她的打算是成親後要繼續留在文慶院，楚明慧思量了一番，打算日後讓她跟在兒子身邊伺候；至於空缺的一等丫鬟位置，她決定將燕容提了上來，雖然她清楚燕容並不能算是她的婢女，但既然慕錦毅將她給了自己，她也就這般用著。

慕錦毅如今最喜歡做的事便是趁著兒子千辛萬苦撐起小身子時，輕輕在他小肩膀上一戳，讓盼少爺前功盡棄，如此幾次，壞脾氣的盼少爺便惱了，蹬著小胖腿，揮舞著小胖手，扯開嗓子大聲號哭。

往往這時候聽到聲音趕來看個究竟的楚明慧，會抱起胖兒子親一親，再惱怒地瞪一眼始作俑者。

慕錦毅偷偷瞪了一眼光打雷不下雨的兒子，然後尷尬地摸摸鼻子，灰溜溜地被趕出門。

當小阿盼可以趴在床上成功撐起小身子的時候，二小姐慕淑琪的親事也臨近了，因夏氏至今未曾好轉過來，楚明慧作為她的親嫂子，自然有許多事得親自出馬。

待慕淑琪嫁到了淳親王府後，慕國公府至今未曾訂下親事的三少爺慕錦康及四小姐慕淑怡的親事被提上了日程。

慕錦康作為年少將軍慕錦毅的同胞弟弟，慕國公府唯一未曾婚娶的嫡少爺，自然是引得不少人家尋上門來；而同樣是未嫁女的慕淑怡，雖是庶出，但跟著水漲船高，有意聘娶她為原配正室的人家也不少。

慕淑怡心知府上如今能靠得住的人是楚明慧這個嫂嫂了，是故經常繡些小衣服、小襪子給姪兒，閒時也常到文慶院裡陪著小阿盼玩耍。

楚明慧憐惜她的遭遇，亦不阻止她，任由她上門來。

至於慕錦康的親事，說起來，即使慕國公從不在意這些事且夏氏尚在病中，按理說，仍可由太夫人作主；只不過，太夫人自重孫阿盼出生後，一心一意逗弄小重孫，對其他事都提不起多大興趣了。加上她對楚明慧頗為信任，乾脆將慕錦康的親事扔給了楚明慧，只道讓她先挑出幾個好的，最後再由她決定即可。

楚明慧原本覺得這事是個燙手山芋，但太夫人後面那句話又讓她放下心來，總之她只是負責篩選，決定權還是在太夫人手上。

得了准信，她也安心了。慕錦康的妻子，亦是她將來的妯娌，她當然希望挑個不惹事生非的人，否則到時鬧得府中雞飛狗跳，她也得不了好。

只是，尚未等她出門去相看，在回文慶院的路上她就遇到了慕錦康。

「大嫂。」慕錦康頗有幾分不自在地喚了她一聲。

說起來自楚明慧進門後，除了比較重要的場合，平日她甚少見到這個小叔，照上輩子的情況來說，他應該是經常受夏氏與慕淑穎挑撥來尋她麻煩才是，可實際情況卻令她意外。

她自然不清楚這又是慕錦毅的功勞，慕錦毅對母親、妹妹沒有辦法，但對這個同胞弟弟卻多的是辦法，慕錦康受過幾次親姊的挑撥的確是想給楚明慧下馬威，卻被他兄長慕錦毅拎去「詳談」幾次，從此再不敢摻和姊姊與嫂嫂那一點事了。

「三叔。」楚明慧向他福了福，便想著側身避過。

「那個……聽說祖母將我的親事交給妳了？」慕錦康有幾分不好意思地道。

「祖母只是讓我選幾個好的，最後的人選再由她決定，並不能說是把親事交給我了。」楚明慧解釋道。

「哦。」慕錦康又期期艾艾地道：「大嫂，妳能不能把……把盧、盧家的五小姐加在妳的人選上？順……順便幫我在祖母跟前替盧五小姐美言幾句？」

十六歲的年輕男子，提到意中人時也不自覺紅了臉。

楚明慧心中詫異，盧家五小姐？哪個盧家五小姐？

「可是五皇子妃的娘家妹妹盧五小姐？」

「正是，妳認得她？」慕錦康眼睛一亮，期待地望著她。

楚明慧一驚，竟然真的是五皇子妃那個娘家。她心思一轉，不敢確定這當中是年輕男女的一片真心實意，還是有心人的設計。

「你是怎麼認得這位盧小姐的？」

「那個，我曾經救過她，她……」慕錦康吞吞吐吐地將兩人初遇之事告訴了楚明慧。

英雄救美，美人以身相許？這種戲碼實在太老土了！可偏偏古往今來美人計都是行之有效的。

盧家想與慕國公府聯姻？可他們不是五皇子一派的嗎？慕錦毅是實打實的太子黨，這般牽在一起是怎麼回事？

楚明慧百思不得其解，但這種事也不是她能作主的，只得對慕錦康抱歉地笑笑。「此事大嫂實不能作主，你若有這等心思，不如告訴你大哥，讓你大哥替你想個主意？」夫君是用來做什麼的？就是此時此刻用來替妻子解決麻煩的！楚明慧毫不心虛地禍水東引。

讓他弟弟去煩他，總好過他整日無所事事地弄哭兒子！

說起來慕錦毅自得勝歸來，升了個二品官，像他這種既有國公世子的品級，又憑自身本事謀了二品官的人，在京城其實並不算多。

但他深知樹大招風的道理，行事越發低調，除非必要的公事，否則絕不輕易出門，如此一來他留在府中的時候多了，當然，與此相對應的就是阿盼娃娃哭泣吵鬧的次數也多了。太夫人罵了他許多次，他當面應承得好好的，轉過身去仍舊我行我素，氣得太夫人連連跺腳。

等到楚明慧成功將麻煩事扔到慕錦毅身上後，她順利回到了房中，一進門便見小阿盼居然坐在床上朝著她呵呵笑。

楚明慧一驚，隨即大喜，幾步衝上前去親了兒子一下。「娘親的小阿盼終於會坐了啊！」

「可不是，像小少爺這般月分就會坐的孩子可真不多。」一旁的奶娘討好地道。

楚明慧朝她笑笑，抱起兒子再親了一口。「阿盼今日有沒有鬧脾氣？」

小傢伙流著口水朝她呵呵直笑，楚明慧心中一片柔軟，又在他胖嘟嘟的臉蛋上親了一口。

母子兩人鬧了一陣子後，楚明慧將兒子交給了奶娘，她到小書房裡對帳冊去了。

待她對完帳冊出來，又見那不良爹慕錦毅伸手對著坐在床上自得其樂的兒子輕輕一戳，小傢伙搖搖晃晃，然後直直倒在軟綿綿的被褥上，摔了個四腳朝天。

慕錦毅見兒子這般傻乎乎的模樣，忍不住哈哈大笑。

楚明慧撫額，這是什麼爹啊！

慕錦毅正笑得起勁，眼角便掃到了妻子的身影，立即收斂笑聲將癟嘴又要哭的兒子摟到懷裡，口中「乖兒子、寶貝兒子、爹爹的小阿盼」地胡亂哄著。

楚明慧沒好氣地道：「還寶貝兒子呢，有你這般當爹的嗎？」

小阿盼見到娘親來了，朝她張開雙手咿咿呀呀地叫喚。

慕錦毅只得拍拍他肉肉的小屁股，「渾小子，有了娘就不要爹了！」

楚明慧抱著兒子哄了一會兒，見他開始打哈欠，就想交給奶娘，讓她哄著兒子入睡，沒想到小傢伙卻死死抱著她不肯撒手，楚明慧沒辦法，只得抱著他來回輕輕地哄，直到感覺他已經熟睡，這才小聲叮囑奶娘將他抱回去。

慕錦毅一直坐在榻上眼睛一眨也不眨地盯著母子倆，心中一陣陣暖流緩緩流淌著。能有今日這般日子，他只覺得往年所禁受的一切悲傷痛苦都值得了。

楚明慧回轉身來，見他定定地望著自己，不由得納悶道：「怎這般瞧著我？」

慕錦毅微微一笑，朝她伸出手。「過來。」

楚明慧將手搭在大手上面，慕錦毅稍用些力，將她拉到了懷裡。

「明慧。」

楚明慧不自在地挪挪身子，避過他溫熱的呼吸。「嗯？」

慕錦毅低低笑出聲，又靠近她耳邊故意慢吞吞地道：「妳今日可是給妳家夫君找了個好大的麻煩啊！」

楚明慧揉揉被他呼吸噴得癢癢的耳朵，眼神飄忽。「你說什麼呢？什麼麻煩？我今日一直忙來忙去的，何曾有時間給你找麻煩。」

慕錦毅將下巴搭在她肩窩處，帶著笑意道：「不承認？那妳說說三弟和那個盧家五小姐是怎麼回事？三弟今日在我書房裡耍賴半天，硬要我去向祖母稟明他想娶盧家五小姐。」

「我又不是你三弟，哪知道什麼盧五小姐、盧六小姐的，你放開，我得去沐浴了。」

「好，為夫陪妳一起。」慕錦毅從善如流。

「不行。」楚明慧一下從他懷裡彈了起來，瞪著他氣鼓鼓地道：「你敢再耍壞心眼，你看我饒不饒得了你。」

慕錦毅哈哈大笑，也不敢再放肆，就怕某人會惱羞成怒，到時他又得被踢去書房待一晚上。

兩人先後沐浴更衣過後，楚明慧問起他關於慕錦康與那位盧家小姐的事，順便將心中那番疑問提了出來。

慕錦毅沈默了一下，便道：「這事妳莫要理會，若是三弟再來尋妳，妳就全推到我身上，盧家這門親事，是絕對不能結的。」

他頓了一下，又道：「至於盧家，自膚老大人過世後，完全唯德妃馬首是瞻，如今這位盧五小姐，想來在盧家也沒有多受重視。」這些皇室爭鬥，實在讓人無比厭煩，只是他如今身在局中，有許多事是身不由己。

盧家推出這位五小姐，若是與慕國公府結了親事，就能成功地在太子心中扎一根刺；就算結不成，但攪得國公府一團亂也算不錯。若是那五小姐爭氣一點，硬磨得慕錦康娶不成也要納她做妾，那更是意外之喜，雖然妾室的娘家算不得正經親戚，但至少盧家也與慕國公府兜個彎扯上關係了。

其實若是不介意自家姑娘與人為妾，推給掌權的慕錦毅比一事無成的慕錦康更好，只可惜自慕錦毅推了佑元帝賜給他的西其美女後，眾人便知道這位年輕有為的慕世子不近女色，美人計大概收不到多大效果。基於這些考慮，盧家才挑了比較容易下手的慕錦康。

慕錦康在兄長慕錦毅處達不到目的，果然又來尋楚明慧，楚明慧自是遵照慕錦毅的吩咐將所有事都推到他身上，充分展現了出嫁從夫、以夫為天的美好品德。

慕錦康又被嫂嫂打太極，心中惱怒。「你們不幫我就算了，我自己求祖母去。」

太夫人會有什麼反應，楚明慧想想也能知道了，她怎麼可能同意孫子娶敵對派系人家之女？

楚明慧自然是裝出一副什麼也不知道的模樣，照樣施施然地帶著燕容、玉秋出門去相看妯娌。

稍晚，見過了相約的人家後，楚明慧打算打道回府時，正轉身，便聽身後有女子喚她。

「慕世子夫人。」

回頭一看，見一青衣女子，年紀十四、五歲，膚如凝脂，氣質出塵，讓人見之忘俗。

楚明慧疑惑地打量了她一眼，確定自己從不曾見過她。

那女子朝她盈盈福了福，才柔柔地道：「小女子閨名素媛，家姊乃當今五皇子妃。」

楚明慧一怔。「妳是盧家小姐？」

「正是。」

「妳在府上可是排行第五？」楚明慧又問。

盧素媛微垂下頭，低聲道：「小女子的確排行第五。」

楚明慧臉色一凝，她倒沒有想到對方姑娘竟然尋她來了。

「小女子自知今日所為極為唐突，只是，有些話卻是想與世子夫人明說，不知夫人可否通融片刻？」盧素媛有點哀求地道。

楚明慧皺眉想了片刻，才點頭道：「盧小姐請隨我來。」

她命玉秋先到馬車上等待後，帶著燕容與盧素媛到了方才相看人家的地方。

盧素媛望了望站在楚明慧身邊的燕容，欲言又止。

楚明慧沒辦法，只得讓燕容稍退後些。

待確保燕容聽不到她們的談話後，盧素媛才道：「想必世子夫人也很意外我竟然會主動找上門來，我與貴府三公子之事，世子夫人應該也知曉了。那事，並不是我本意。」

楚明慧點點頭。「那件事我的確知曉，就是不大清楚盧小姐今日找我是何意？」

盧素媛嘆道：「世子夫人是聰明人，自是想明白了盧府與慕國公府之間的糾葛，想必也清楚我只不過是盧家一個可有可無的棋子。我今日來是想讓妳知道，雖然那件事並不是出自我本意……」

楚明慧也不打擾她，只是靜靜地望著她。

盧素媛頓了片刻，又道：「我如今只想求個安身之所，盧家雖是我本家，但早已沒有我的位置，若他們這次謀算失敗，那、那我的下場……」

她拭了拭眼角淚花，再平復了一下心情，才道：「家母早逝，家父又是個軟弱性子，大伯父強勢，自祖父過世後便……五皇子妃雖是我堂姊，但自小與我不親近。盧家與國公府立場不同，我自知國公府是絕不會允許三公子娶盧家女，也不敢心存妄想。」

楚明慧蹙眉，忍不住道：「恕我愚鈍，還是不大明白盧小姐此番的來意，妳既知兩家親事絕無可能，也不敢心存妄想，那今日妳這番行為卻是為何？」

盧素媛沈默了一會兒，最終鼓起勇氣道：「我今日來，是想請求你們允許慕三公子納我為妾，當然，這只是表面，待過些時日，大伯父他們不再注意了，我……我便自行離去。」

楚明慧定定地望著她，片刻才道：「盧小姐憑什麼認為我會應了妳此事？若妳進了慕國公府，不管是妻是妾，都已是板上釘釘的事實，在世人眼中，盧家與慕國公府亦是有了關係，就算妳自行離去，也不可能斷了這層關係。再者，妳這般突然失蹤，若是盧府找上門來尋女兒，我們又當如何？」

盧素媛急道：「我會將後患掃清，絕不會連累你們的！」

「妳一個活生生的人突然在府中消失，任妳再怎麼思慮周全，也斷不可能毫無破綻，萬一事發，頭一個被牽連的就是我慕國公府。況且，妳若有那等本事從慕國公府中全身而退，為何現在不憑著本事從盧府裡脫身，何必多此一舉扯上國公府？」楚明慧冷靜地道。

「這、這是因為，因為……」盧素媛結結巴巴地不知要怎麼解釋。

楚明慧制止她。「盧小姐，此事恕我幫不了妳，先不說我一個女流之輩在如此重大的事情上並沒有決定權，就說妳口中的那個慕三公子，他只不過是外子的弟弟，他娶妻還是納妾，又豈是我能作主的？」

盧素媛見她態度堅決，急得眼眶都要紅了，一把拉著楚明慧的手跪在地上哀求。「世子夫人，請妳幫幫我吧！」

楚明慧見她糾纏不休，心中有點不悅，又見她竟然這般反應，惱得急急避開，大聲道：「盧小姐，萬萬不可這樣，不是我不願，而是不能。」

遠遠站著的燕容見這頭情況不對，便急步走過來。「少夫人，可是發生什麼事了？」

「妳快快把盧小姐扶起來。」楚明慧急道。

燕容怔了怔，用力將跪在地上哀求不止的盧素媛扶了起來，盧素媛掙扎著不願起來，可她一個纖纖弱質的大家閨秀哪掙得過燕容這等習過武的人。

楚明慧見她哭得梨花帶雨，心中頗為無奈，嘆道：「盧小姐，妳實在是強人所難了些。對於妳的遭遇，我深表同情，但也斷不可能因為同情妳就置國公府上下於不顧，這一點，還望妳見諒。如今天色不早了，我還有事，先告辭了。」

言畢，也不等對方有什麼反應，楚明慧朝燕容打了個眼色，快步離開了。

盧素媛淚眼婆娑地望著主僕兩人的背影，心中一片絕望……

回到府中，楚明慧越想越是怪異，越想越不明白盧素媛的用意，一個大門不出、二門不邁的年輕女子，獨自出逃後又能到哪裡去？聽她的意思倒像是想以慕國公府為跳板，看起來亦不像對慕錦康有情的模樣，想來慕錦康大概是一廂情願了。

慕錦毅回來之後，楚明慧便將今日遇到盧家五小姐的事告訴他，順帶將盧素媛那番奇怪的打算說了出來。

慕錦毅眉頭微蹙，亦是想不明白盧素媛的想法。她找上楚明慧這點，他倒也想得通，左不過是她清楚三弟在府中並無多少勢力，若是她打算先嫁進國公府，然後再從國公府脫身的話，那得了楚明慧的支持便顯得極為重要了。

至於她為何不從盧府直接脫身，估計是盧府將她看得極緊，再怎麼說她如今也是盧家要擺出來的棋子，又怎會讓她輕易壞事？今日她能遇上楚明慧，想來也是計劃了一段時日。

「既然她對三弟沒有那種心思，那此事就好辦了些。」慕錦毅道。

「她雖對三弟無意，卻架不住家中長輩的打算，之前不也是搞了齣英雄救美的戲碼嗎？」楚明慧仍是有點憂心。

「譚家倒了，賢妃逐漸勢大，德妃也是急了，竟推兒媳婦的娘家出來，不願讓盧家與咱們扯上關係之人，定會出手解決這事的。」

楚明慧想了一下，的確是有理。「既然如此，那三弟的親事恐怕也少不了別人的插足了。」

慕錦毅嘆息一聲。「有得必有失，這也是無法之事。」

隔得幾日，果然有聖旨下來，秀妃所出的六公主賜婚予慕國公府嫡出的三少爺慕錦康。

果然不出所料，楚明慧暗道。也不知這位高貴的六公主性子如何，不過她是公主，成婚後自有公主府，與自己相處的日子想來不會太多。

慕錦康得知後死活不願意，嚷嚷著要抗婚，慕錦毅滿臉鐵青，猛地一掌將他拍飛了出去，嚇得慕國公臉色煞白。

「這等自私自利毫無家族觀念之人，留著也是個禍害，你要抗婚，就是置整個國公府於不忠不仁不義的境地，與其讓你一人拖累全家，倒不如直接了結你！」慕錦毅怒目而視，咬牙道。

慕錦康被摔得暈頭轉向，但慕錦毅不是真的想取他性命，自然會控制力道，只不過是讓他受點痛楚而已。

待慕錦康好不容易扶著僕人的手站了起來，又聽到兄長毫無感情的話，一時倒也忘記再撒潑了。他愣愣地望著滿臉煞氣的兄長，不由得打了個寒顫，在府中他天不怕地不怕，就是有點畏懼這位兄長，如今見對方這般凶狠，他嚇得雙腿直打哆嗦。

慕錦毅見他害怕了，打鐵趁熱。「你亦是讀過書之人，竟然連那等低劣手段的美人計都分不清，說出來也不怕笑掉別人大牙。最讓人諷刺的是人家姑娘對你毫無興趣，你自己自作多情猶不自知，還敢大聲嚷嚷什麼抗婚？」

慕錦康一聽兄長提及意中人，鼓起勇氣反駁說：「盧姑娘不是那等女子！」

「不是？她沒有與家人合計搬演出英雄救美的戲碼？沒有跑去攔截你嫂嫂，說她並未想過當國公府的三少夫人？」慕錦毅諷刺地道。

慕錦康臉色一變。「她、她真的這樣跟大嫂說？」

「這些話難不成是我糊弄出來騙你？你一廂情願，人家卻當你是個冤大頭！」

可不正是把他當冤大頭嗎？想進門當妾，卻連日後偷溜的計劃都準備好了。

「這……這怎麼可能？不可能的！」慕錦康不敢置信，他心心念念的女子竟會如此對他。

「事到如今你仍執迷不悟？」慕錦毅恨鐵不成鋼。「你如今年紀也不小了，怎麼不想想盧家與咱們家的立場？但凡你肯花點心思，也不會被人當猴子般耍。」

「不、不會的，她明明還約我明日見面的啊！」慕錦康喃喃道。

「什麼？」慕錦毅大為震驚。

「你竟然私下與她來往？」

慕錦康這才發覺自己竟然不小心洩漏了秘密，不由得驚慌失措。「不不不，沒有沒有，我沒有與她私下來往！」

慕錦毅怒火中燒，正欲出手教訓他，就被趕來的楚明慧拉住了。

「有話好好說，怎能這般動手動腳的。」楚明慧不大贊同地道。

慕錦毅壓下心頭怒火，狠狠地瞪向縮著身子、氣都不敢喘的弟弟一眼，這才在一旁的椅上坐下。

「盧家五小姐的確曾對我說過那番話，我亦瞧得出她並不似你想的那樣單純，三弟若是不信，不如明日隨你大哥一起去瞧一齣好戲，再來判斷你這番抗爭到底值不值得。」

第五十一章

翌日，楚明慧看到慕錦康那失魂落魄的模樣，知道他應該是被真相打擊到了。

那日她在門外聽到慕錦康與盧素媛私下有聯絡時心中便有些想法。盧素媛明顯不願意嫁到國公府來，盧府又怎可能放心真讓她一個人私下與慕錦康聯絡，定會叫人暗中監視著；況且，賜婚聖旨剛下便約見慕錦康，總讓人認為有點最後一搏的感覺。

果不其然，她只是讓慕錦毅找了個身形與慕錦康相似的人，讓人喬裝一番，對方就上當了。

慕錦康被兄長拉著躲在隱蔽之處，眼睜睜看著一窩蜂的人跑出來團團圍著「慕錦康」與盧素媛，嚷嚷著他誘騙姑娘，要他給個交代云云。

他也不是蠢人，若是還不清楚自己被下套的話就活該被兄長揍了。原以為是天意讓他遇到心儀的女子，原來一切只是人為！每想到這裡，他不免垂頭喪氣。

楚明慧將慕錦康這幾日無精打采的情況對慕錦毅說了。

慕錦毅聽了，嗤笑一聲。「他只不過是瞧著人家姑娘長得不錯，又拿他當英雄般崇拜著，如今這般被打擊一番也是好事，讓他醒醒腦。」

見他這麼不以為然，楚明慧也不再多說，男子有男子的相處方式，更何況他們還是嫡親兄弟，再怎麼鬧也會注意分寸的。

「那小子就由他吧，只要他不出亂子，順利將六公主娶進門，以後搬到公主府鬧翻天了也是他們夫妻倆的事，我還是去看看我兒子。」慕錦毅拍拍衣袍後，準備去尋盼少爺了。

「你可別又把他弄哭了。」楚明慧在他身後叮囑。

慕錦毅只當沒聽到，將腳步加快了些。

楚明慧見他頭也不回，心知這番話定是白說了，只得無奈地搖搖頭。

自二少爺慕錦鴻與文將軍的庶長女成親後，慕錦毅便考慮替他求恩典，謀個官職。慕國公府人丁單薄，這一輩只得他們兄弟三人，慕錦康迎娶公主，將來也算是有了一定保障，只剩下這位庶出的二弟慕錦鴻，這些年都是悶不吭聲地待在府裡讀書。

慕錦毅將求恩典這事徵詢他意見時，他沈默了一會兒，才低聲道：「多謝大哥。」

慕錦毅見他無異議，託人替他尋了個從六品小官，雖不是什麼肥差，但若是做出成績，升遷的機會倒是比其他同品級的更大些。

今日是六公主的生母秀妃娘娘召見，由於夏氏尚未康復，太夫人就帶著楚明慧一起進宮。

出門前，楚明慧叮囑已經成親、被調去阿盼身邊當管事媳婦的盈碧好生照顧兒子後，才急急走了。

秀妃召見國公府女眷，想來也是因為女兒與慕錦康的親事摻雜了些內幕，沒有人比她更清楚，但六公主是她唯一的女兒，無論怎樣她都希望女兒將來能過得好，即使本朝公主出嫁後會居於公主府，但與婆家的關係還是要打點好。

楚明慧跟在太夫人身後目不斜視，直至宮女引著她們進了秀妃所在的榮春宮。依禮向上首的秀妃跪拜過，楚明慧垂頭站立於太夫人身後。

秀妃親切地賜了座，問起國公夫人夏氏的身子，一聽太夫人回說夏氏仍在病中，她不禁擔憂道：「可曾讓宮中太醫看過？」

「回娘娘的話，太醫已經診過，只說要靜養。」太夫人恭敬地回道。

秀妃轉頭吩咐小宮女準備些補身子的藥材，說是給夏氏所用，太夫人與楚明慧慌忙謝恩。

秀妃笑著親自扶起了太夫人。「要真論起來，咱們原是親戚，太夫人與世子夫人不必客氣，日後六公主進了門，還要懇請太夫人多教導教導她。」

太夫人連稱不敢。

秀妃又問起了小阿盼，聽聞他如今會坐了，便笑道：「一眨眼就這般大了，日後有機會定要瞧瞧。」

提到小重孫，太夫人臉上的笑意又多了幾分，秀妃察言觀色，話題一直圍繞著小阿盼轉。

屋裡氣氛便漸漸和樂起來。

楚明慧臉帶笑意地站在太夫人身後，間或回答幾句。

秀妃見她謹守規矩，言行舉止端正，心中既有些擔憂，又有些安心，憂的是一眼便知對方在慕國公府頗吃得開，女兒將來未必比得過她；安心的是對方既然守規矩，就不會刻意挑事。

坐了半盞茶時間，有小宮女來稟。「娘娘，六公主宣慕國公府世子夫人。」

秀妃臉上笑意一凝，暗惱女兒不懂事，要見不會自己過來？如今人都已經在宮中了，自己為了她放下身段禮待國公府，她倒好，將公主的款擺得十足。

楚明慧慌忙站出來告罪，秀妃溫和地道：「六公主年紀小，尚有許多不懂之事，還望世子夫人日後多多指教。」

楚明慧忙道不敢，又對秀妃行了禮，這才跟著小宮女去見她未來的妯娌，當今的六公主。

六公主居高臨下地望著跪在地上的楚明慧，一臉不以為然。「妳就是慕國公世子的原配夫人？也不過如此，竟能讓慕世子為妳拒了父皇賞賜的美人？」

「臣婦蒲柳之姿，望公主見諒。」楚明慧來不及細想慕錦毅什麼時候拒了佑元帝賞賜的美人，恭敬回道。

六公主撇撇嘴，無聊地揮揮手。「起來吧！本公主還以為妳是什麼傾城絕色呢，如今看來還不如五皇姊，真讓人失望。」

「五公主天人之姿，臣婦自是望塵莫及。」

「好了好了，妳也不必妄自菲薄，雖及不上五皇姊，但也稱得上清秀佳人。」

楚明慧有點哭笑不得。「多謝公主。」

沈默了好一會兒，六公主支支吾吾地欲言又止。「那個，就是、就是……」

楚明慧不明所以。「公主有話儘管吩咐便是。」

六公主臉頰緋紅，瞧著倒多了幾分嬌態。

「本公主想問問妳，慕、慕三公子為人如何？比之慕世子如何？」

楚明慧怔了怔，倒不知該如何回答她這個問題，斟酌了片刻，才道：「三弟品性良善，待人真摯。」

英雄救美，可不是品性良善嗎？待人確實真摯，看上人家姑娘了就直接讓家人求娶。

「那與慕世子相比呢？」六公主追問。

「外子是嫡長子，三弟是家中幼子，兩人身分不同，承擔的責任也不同，故自小受的教導自是有所差別。」楚明慧打了好一會兒腹稿才低聲回稟。

六公主皺眉，似是不大明白這話中意思。

「本公主當然知道慕世子是長子，三公子是幼子，可這又有什麼？」她思量了一會兒，又似乎有點明白了。

「妳說話倒也跟母妃她們一樣，拐彎抹角得讓人一時半刻都聽不明白。」六公主努努嘴，有點不悅。

「臣婦不敢。」楚明慧告罪道。

「罷了罷了，本公主也知道讓妳說自己小叔有哪裡比不上夫君確實為難了些，聽說妳生了個兒子，改日抱進宮來陪本公主玩玩。」

楚明慧身子抖了一下，讓個未滿周歲的孩子陪妳玩？公主殿下妳確定沒說錯？

「犬子尚未滿周歲。」她輕聲提醒。

「本公主當然知道他未滿周歲，否則也不會讓妳抱進來，而是直接宣他進宮了。」

楚明慧這下也有點瞭解這六公主的性子了，表面看起來是高傲、難伺候，實際上卻是個不大曉事的，這樣的人吃軟不吃硬，倒也不難相處。

只是，想想慕錦康的性子，她不禁暗嘆，這兩人湊到一塊兒，大概有得熱鬧了。

楚明慧從六公主宮中出來沒多久，就見有小宮女迎上前道：「慕世子夫人，慕國公太夫人在前邊宮殿，奴婢奉命領妳過去。」

六公主宮中的宮女見有人來接，於是告辭回去覆命了。

楚明慧不疑有他，跟在小宮女身側往前邊走去。兩人走了一會兒，穿過幾道拱門，來到一座宮殿前。

「世子夫人，慕國公太夫人就在裡面，奴婢先行告退了。」未等楚明慧有什麼反應，小宮女躬身快步離開了。

楚明慧狐疑地望了望她的背影，又抬頭看看靜謐空曠的宮殿，終是一步步走了過去。

她跨過大門，正要往裡走，便隱隱約約聽到男子的粗喘聲。

她臉色大變，強作鎮靜放輕腳步慢慢退出去，一步再一步，直至完全退出大門外，她才猛然轉身，朝來時方向跑去……

跑到轉角處，突然聽到前方有女子的說話聲以及一陣陣腳步聲，她心中一驚，急忙止住了腳步。

楚明慧四周看了看，見右側不遠處有條通道，於是快步走過去，方走了幾步，就瞧見那邊竟然有兩名太監守著！

她心中慌亂，知道今日怕是要遭殃了，就是不知道設計的人是針對她，還是她誤中了圈套。

另一側的說話聲與腳步聲越來越近，而那兩名太監始終守在原地一動不動，楚明慧一顆心急劇亂跳，卻始終想不出擺脫困境的辦法來。

正絕望間，突然口鼻被人捂住了，楚明慧嚇得要掙扎，對方輕輕「噓」了一聲。

「莫怕，奴婢是奉徐良娣之命來救妳。」捂著她口鼻的女子壓低聲音道。

楚明慧此時此刻也想不起徐良娣是誰，如今形勢危急，她只能賭一次了，賭身後之人是可信的。

那女子帶著楚明慧循著七拐八彎的小徑離開，繞得楚明慧暈頭轉向，好一會兒，才聽女子道：「到了。」

楚明慧停下腳步，抬手拭了拭額角汗水，又聽那女子道：「世子夫人，徐良娣在前邊等妳。」

楚明慧謝過了她，果見前方不遠處有位衣著華貴的女子站在樹底下。

她定睛細看，認出是曾經的京城第一才女徐家大小姐，如今的太子良娣徐鳳珍。

楚明慧整整衣裙，確定衣著並無不妥後，這才朝著徐鳳珍站立的地方走去。

「今日多得良娣相助，妾身感激不盡。」楚明慧對著她感激地行了個大禮。

徐鳳珍靜靜地望著她，也不阻止。

「妳可別會錯了意，我可不是為了妳才這般做的。」待楚明慧行完禮，她才淡淡地道。

「不管良娣出於什麼原因，但救了妾身卻是不爭的事實，妾身都會銘記於心。」

徐鳳珍擰擰秀氣的眉。「誰稀罕妳記不記得。」她頓了一下，又有點不屑地道：「虧妳還是掌中饋的當家夫人，竟然連這等小兒科的詭計都識破不了。妳可知道那大殿裡的男子是誰？那是當今皇上！」

楚明慧大驚，當今皇上？她一開始還以為是宮中的侍衛，畢竟皇宮內院，除了皇上就只有侍衛是正常的男人。

徐鳳珍冷笑一聲。「想不到吧，若是我再告訴妳裡面的兩名女子是誰，妳恐怕聽了會更嚇一跳。」

楚明慧顫抖著嘴唇。「兩……兩位？」

「可不是，一位是德妃的親姪女，譚家嫡小姐；另一位相信妳也見過了，是被妳府上三公子救過的美人，盧家五小姐，五皇子妃的堂妹。」

楚明慧晃了一下，只覺得心臟差點要承受不住了，譚家小姐與盧家小姐共同伺候當今皇上？

未等她接受這個驚天的秘密，徐鳳珍又冷冷地道：「這皇宮，是天底下最富麗堂皇的地方，卻也是天底下最骯髒的地方，妳命好，不用將一生耗在此處。」

楚明慧沈默不語，心中卻有一股說不出的感覺。

「若是被皇上發現妳到過那處，妳想他會怎麼對妳？怎麼對慕國公府？」徐鳳珍平復了一下心緒，又恢復往日清淡無溫度的聲音。

楚明慧苦笑，若是被他發現，自是免不了一死，皇帝與妃子的親姪女及兒媳婦的堂妹鬼混，這種醜事被人發現，那人還能活得過明天？

「那突然出現的一幫人，可是德妃她們？」楚明慧輕聲問道，除了與太子敵對，又與慕國公府有不愉快經歷的德妃外，她實在想不到還有什麼人會陷害她。

「妳也不算蠢得厲害，可不正是她們那些人，若是她們將妳成功堵在了殿內……」徐鳳珍冷笑。

若是她們攔截住自己，只須製造點響聲驚動裡面的人，她自是百口莫辯，一幫人齊齊出現，與她獨自一人在那裡，哪方更令人懷疑已經是顯而易見了。

想到表面人模人樣的佑元帝竟然那般噁心，楚明慧只覺得十分反感，你鬼混便鬼混，好歹帶個人替你望風，順便把守一下門口啊！又想想之前還哭著求她幫忙的盧素媛，她就有點想不通了。

盧素媛當時的神情並不似作偽，她是真不想嫁到慕國公府，如今混到了皇宮，難道她瞧中的是皇帝？只是，若是她真有這個心思，大可以暗示家人啊，想必盧家會十分樂意宮中有個得寵的自家人。

「時間也差不多了，那邊的好戲大概要開始上演了，某人這下搬石頭砸自己的腳，有的是苦頭吃了。」徐鳳珍有點幸災樂禍地道。

如今沒了形跡可疑的楚明慧，佑元帝只會認為是德妃帶人去擾了他的好事，畢竟裡面的兩名女子，一個是她娘家姪女，一個是她嫡親兒媳婦的堂妹，怎麼想也會讓人覺得是她心中不忿，這才故意鬧開來。

「走吧，慕國公太夫人如今在東宮，妳這就隨我去吧，譚氏驚慌之下肯定會扯出妳來；送佛送到西天，妳只說從六公主處出來不久便被我叫走了，至於另兩名宮女，妳無須多慮，自有人會處理乾淨。」徐鳳珍淡淡地道。

「多謝徐良娣。」楚明慧感激地朝她福了福。

徐鳳珍轉過身去，也不叫她，直直往東宮方向而去。

到了東宮，徐鳳珍直接將楚明慧帶到了太子妃跟前，而太夫人則一直陪著太子妃說話。

楚明慧向太子妃行了禮，又遞給太夫人一個放心的眼神，這才靜靜地站立在她身旁。

太子妃大概也得到了信報，話裡有話地安慰了楚明慧幾句，便讓她們告辭回慕國公府去了。

出了宮門，坐上回府的馬車，楚明慧才發覺自己後背一陣汗意。

太夫人緊緊抓著她的手，無聲安慰著。

回到慕國公府中，太夫人才問起她事情的經過，楚明慧就將從六公主宮中出來之後的事詳詳細細告訴了她。

太夫人聽得心驚膽戰，待聽到是徐良娣救了她，才大大鬆了口氣，嘆道：「當年毅兒救過她一命，如今她又救了妳，不，應該是救了整個慕國公府，果然是做了善事的回報啊！」

楚明慧一怔，慕錦毅曾經救過徐鳳珍的性命？恍恍惚惚想起徐鳳珍待她的態度，她似是隱隱想到了什麼。

「今日此事可把妳嚇壞了吧，以後這皇宮咱們還是能不去儘量不去了，實在是是非之地，出了事可真是叫天天不應，叫地地不靈了。」太夫人無奈搖頭。

楚明慧垂眸，可不就是這樣嗎？若是今日她真的出事了，佑元帝直接取了她性命，也無人敢替她出頭，皇權至上，君讓臣死，臣不得不死，更何況她一個婦道人家。

稍晚，慕錦毅得到信報趕回來時，見楚明慧正抱著兒子柔聲教他說話，阿盼少爺膩在她懷裡咿咿呀呀的，間或還流著口水露出個可愛的笑容，讓楚明慧心中一片柔軟。

「小壞蛋，就會傻笑，娘也不肯叫。」楚明慧憐愛地捏了捏兒子的小鼻子，又得到寶貝兒子一個大大的笑容。

慕錦毅見她還有心情逗弄兒子，知道沒事了，才放下心頭大石。他上前幾步接過越來越沈的小傢伙，學著楚明慧的樣子哄他叫爹，可阿盼少爺除了咿咿呀呀地喚幾聲外，仍是笑，直笑得他又憐又愛。

將兒子放在大床上任他自個兒玩耍，慕錦毅這才輕聲問起今日皇宮中發生的事。

楚明慧又對他說了一遍。

慕錦毅聽完後一陣後怕，用力抓住她的手。「以後進宮，莫要再相信些陌生面孔。不不不，除非有我陪妳，否則妳不要再去了。」

楚明慧安撫地拍拍他的手。「後宮又豈是外臣能進的？你有這分心思就好了，今日我吃過一回虧，日後必不會再犯同樣的錯誤。」

慕錦毅輕聲道：「日後出門，一定要帶著燕容，她武功不錯，能保妳一時。皇上如今脾氣莫測，無論是太子還是其他諸位皇子近日都被他訓斥過，如今又過度沈迷女色，只怕……」

想到越發陰沈難測的佑元帝，慕錦毅一陣憂慮。

「無賴！」一個清脆響亮的聲音突然在兩人身旁響起。

慕錦毅與楚明慧對望一眼，齊齊地望向抱著波浪鼓玩得不亦樂乎的寶貝兒子。

見小傢伙搖著波浪鼓笑得正歡，彷彿那個聲音從不存在一般。

楚明慧不大肯定地道：「也許……是我們聽錯了？」

慕錦毅擰擰眉，也有點懷疑是不是他真的聽錯了。

夫妻兩人正疑惑間，又聽小傢伙清脆地叫了聲。「無賴！」

這下，兩人肯定方才那聲是真的存在了。

慕錦毅驚喜地抱過兒子。「阿盼，你方才說什麼？再說一遍。」

小傢伙樂呵呵地望著他，十分給面子地又喚了聲。「無賴！」

慕錦毅大喜，一把將他高舉過頭頂，歡呼道：「我兒子會說話了！」

阿盼抓住他的頭髮格格笑個不停。

楚明慧亦是十分歡喜，待慕錦毅將他放下來之後，哄著他叫「娘」，慕錦毅自然不甘落後，也哄著讓他叫「爹」。
小阿盼看一看左邊的慕錦毅，又看一看右邊的楚明慧，突然又響亮地叫了。「無賴！」
慕錦毅臉色一僵，方才他過於興奮，倒一時沒有留意兒子叫了什麼，如今聽他又這般叫，他下意識朝妻子望去。
楚明慧同樣笑容僵了。無賴？這是誰教他的？
兩人沈默地對望一眼，直到阿盼又叫了聲「無賴」，慕錦毅才滿臉無奈地對楚明慧說：「夫人，妳可覺得這兩字十分熟悉？像不像妳早些日子經常罵為夫的……」
楚明慧「唰」的一下紅了臉，期期艾艾地反駁。「怎……怎就是我說的那句？說、說不定是他從丫鬟、婆子們口中學來的。」
慕錦毅定定地瞧著她，瞧得她越發心虛，一把抱過兒子，將臉藏在阿盼的小身子後，柔聲哄道：「乖阿盼，乖兒子，叫娘親，叫爹爹。」
隨便叫什麼都好，就是千萬別再叫無賴了！
可小阿盼像是和她作對一般，一聲聲「無賴」叫得十分歡快，讓楚明慧恨不得挖個洞把自己藏起來。
慕錦毅亦不比她好多少，尤其是見到聞聲趕來的奶娘及盈碧等人欲笑不笑的模樣，更是尷尬萬分。
慕國公府的小少爺會說話了，可說的第一句話不是叫「娘」，也不是叫「爹」，而是叫「無賴」！

慕錦毅夫婦每次去向太夫人請安，看到太夫人臉上戲謔的表情時就窘得要命，可偏偏每次太夫人教小傢伙說話時，他十次有七、八次會響亮地喊出那兩個已經說得十分流暢的字來，逗得太夫人放聲大笑。

從此，楚明慧再也不敢罵慕錦毅無賴了，尤其是當著兒子的面時，連一個不適宜的字都不敢再說，也命丫鬟、婆子們平日要注意說話，別讓學舌的阿盼學去了。

第五十二章

這日，慕錦毅從太子書房出來後，遇到了奉召而來的徐鳳珍，想到對方那日在楚明慧危急時出手相助，他恭恭敬敬地朝徐鳳珍行了個禮。

「上次多得良娣相助，拙荊才逃過一劫，良娣大恩，在下沒齒難忘。」

徐鳳珍稍側身避過他的禮，眼神複雜地飛快瞄了他一眼，這才淡然道：「舉手之勞，世子無須放在心上。」

「救命之恩，永不敢忘。」慕錦毅再次朝她躬了躬身。

「那便隨你吧。」徐鳳珍淡淡地說了句，便繞過他往前走去。

走了一會兒，徐鳳珍在轉彎處才回頭掃了一眼慕錦毅越走越遠的背影，她若有似無地輕嘆一聲。救命之恩當然永不敢忘，只是很明顯他將當年所救之人忘得徹底了！

佑元二十一年，德妃譚氏觸怒龍顏，被剝奪封號，降為嬪，賢妃全面執掌後宮事宜。

此事在後宮掀起一陣風浪，雖說譚家自家主被佑元帝訓斥過後便慢慢呈現敗落之勢，但只要德妃在的一日，總會多幾分翻身的可能，可如今德妃變成了譚嬪，情況就不比以往。

很快又有更大的事情吸引了他們的注意力，戰敗的西其國根據議和條款向大商國送歲幣來了，與此同時還有幾個附屬小國也陸續上京進貢。

佑元帝對此事十分重視，因這不但可以宣揚國威，還可張顯他的文治武功，於是便下旨讓禮部做好迎接的準備。

待幾個附屬國使臣陸續抵達了京城，京城自有一番盛大的歡迎儀式。

與此同時，慕國公府的慕錦毅得了消息，且在心中另有一番打算。

「世子，真要這樣做嗎？若是太子殿下……」劉通猶豫地對著坐在書案後的慕錦毅道。

「去吧，我既然已經決定，就不會再更改；至於太子殿下會有什麼反應，這個你不必擔心，我自有主意。」慕錦毅神色莫辨。

劉通無法，只得領命躬身而去。

慕錦毅放下手上的筆，靠在椅背上，突然發出一陣冷笑聲。

譚家、德妃一再挑戰他的底線，如今還對明慧出手，他若再不給他們點顏色瞧瞧，倒顯得他無能了！

這日，京城朱雀街上人滿為患，不少精明的商家打出京城特產、大商國特產之類的名號，吸引了不少出來體會大商國民眾生活的附屬國使臣。

大理寺卿謝大人正坐在轎中，半瞇著眼聽著轎外傳來的各式聲音，轎伕抬著他一路晃晃悠悠地往府衙而去……

「冤枉啊！冤枉啊！求青天大老爺替民婦作主！」一陣淒厲的女子聲音直刺入他耳中，立馬將他驚醒過來。

未等他發問，便聽到轎外差役的驅趕聲。「快走快走，要鳴冤便到官府擊鼓去！」

那女子突然拔高音。「民婦葉氏狀告當今譚嬪娘娘謀害先皇后，追殺知情宮女葉寧春，殺害葉家上下十一條人命！」

謝大人雙目圓睜，臉色大變，猛地掀開轎簾，見差役正用力驅趕著一位頭上包著藍色素巾，年約三十左右，腰束同色系布帶，下著布裙的婦女，見他終於露面，婦女突然退後幾步，高舉著一個藍布包袱跪在地上。

「民婦有證據，能證明譚嬪謀害先皇后，殺害葉家十一條人命的鐵證，請青天大老爺主持公道！」

言畢，女子猛然起身朝要走上來驅趕的差役衝過去，那差役下意識想出手去擋，可女子卻在即將接近他的時候突然轉了個方向，將另一邊一位差役的佩劍抽出，調轉方向，用力刺進自己的腹中。

一聲刀劍入肉的悶響，伴隨著街道兩側民眾的驚呼聲、尖叫聲，女子應聲倒下……

「出人命啦！出人命啦！」

「有人死了！」

邊喊邊四處逃散的民眾霎時將原本有秩序的整條街道攪得一團糟。

謝大人大聲指揮著差役維持秩序，可尖叫著到處亂跑亂撞的人越來越多，場面接近失控，聞聲帶著數十個手下趕過來的京兆尹也加入了謝大人的行列當中。

前宮女葉寧春的親人狀告當今譚嬪娘娘謀害先皇后，殺害葉家上下十一條人命的消息不過半個時辰，便傳遍了京城的大街小巷。一時間，關於譚嬪、譚家，甚至連譚嬪所出的五皇子的各種流言越傳越多、越傳越離譜。

尤其是譚嬪，原本朝中上下都認為她與先皇后姊妹情深，在皇后薨逝後便一心一意照顧年幼的太子殿下，如今葉氏女這一死……曾經她受了多大的讚譽，如今就擔了多大的罵名。

眾目睽睽之下死了人，並且死者生前還喊出那等震撼的事來，謝大人自是不敢耽擱，立即啟程進宮，將今日之事詳細稟告了佑元帝。

佑元帝龍顏大怒，朱雀街乃京城最為繁榮的街道，人流密集，再加上又有幾個國家的使臣出入，如今爆出此等皇室秘聞，簡直是活生生打了他的臉。

不論那死去的女子說的是否屬實，單是她將這等事當眾嚷嚷出來，佑元帝便絕饒不了她。只可惜如今她人已經死了，目擊者眾多，又有別國官員在場，他再恨，也得下旨讓人徹查事情真相。

此時五皇子府內，侍妾劉氏怔怔地望著窗外，兩行清淚毫無預兆地流了下來。

葉家從此只剩她一人了，她的二姊，唯一的親人，如今終是離她而去了……

「你果真是令我刮目相看啊！我讓你不動聲色地將此事捅到父皇跟前，你卻將它大肆張揚出去，真不愧為當今最年輕有為的慕將軍啊！」太子冷冷地望著一聲不響地跪在地上的慕錦毅，心中恨極。

如今外頭流言越傳越離譜，且都牽扯上皇室，他雖痛恨譚嬪毒害母后，卻也不願看到皇室被人那般議論，但讓他最恨的是慕錦毅的自作主張。

慕錦毅仍是沈默不語，既不辯解，亦不認錯。

太子惱極，這個下屬向來就是這樣的執拗性子，對認定之事百頭牛也拉不回來，如今公然違抗自己的命令，難不成是仗著他與自己自小相處的那點情及這些年的功勞不成？

「下去，回去好好反省，若是一日不認錯，便一日不要再來見我！」他越看越是心煩，恨恨地揮手讓慕錦毅退了下去。

慕錦毅照舊一聲不吭，靜靜地行過禮便退出去了。

「真是，氣煞我也！」

「殿下息怒。」一始終坐在下首一言不發的唐永昆起身勸道。

「你說他如今只不過剛打了場勝仗，便敢自作主張公然違抗我的命令，若是將來功勞再大些，他眼裡可還有我這個太子？」太子沈聲道。

唐永昆心中一驚，果真是伴君如伴虎，慕錦毅這些年來一直忠心耿耿，如今只不過沒有依照最初商議的方法行事而已，就這樣被全盤否定了？

他斟酌了一下，才緩緩地道：「慕世子為人較為重情義，譚嬪及譚家之前屢屢對他的親人下手，上回在宮中甚至還差點害了世子夫人。臣與慕世子算得上頗有幾分交情，往日觀他待世子夫人情深意重，府中除了世子夫人外，連妾室、通房都不曾有過，前不久甚至還拒了皇上賜給他的西其美人，旁人只道他不近女色，臣卻認為他只是情有獨鍾。譚嬪陷害世子夫人，慕世子又豈會吞得下這股怒氣！」

太子皺眉道：「你是說他只是因譚嬪差點害了他夫人，這才自作主張將此事張揚出去的？」

「臣不敢妄斷。」

太子陷入了沈思當中，慕錦毅的性子如何，他與他相處了十數載，不能說沒有半點瞭解，他確是個重情義的性子，這一點，他無可否認。如今細想一下，重情義，是他最大的優點，可亦是最大的缺點，心有牽掛，便有所顧忌，也就等於是有了弱點，只要不觸及他的底線，根本無須擔心他會背叛。

想通了這層，太子擰得死死的眉頭便不自覺鬆了幾分。

慕錦毅回到慕國公府後，就見他的岳父——吏部尚書楚仲熙正在書房裡等他。

他行過禮後，楚仲熙不贊同地道：「此事你的確做得是過頭了些，先不說那枉死的葉家孤女，就說如今幾國使者齊聚京城，你這般捅出此等秘事，實在是不適宜。」

慕錦毅暗想，如今這僅僅是開始，你們就這般受不住了？他就是要選這個時候，讓老皇帝再無包庇譚嬪、包庇譚家的半分可能，至於那些傳言，既然做了就不要怕別人議論！

「那女子本有不治之症，活不過一個月，當年那場大火，她死裡逃生，只不過是憑著一股恨意活到了現在；如今聽聞太子有意徹查先皇后死因，這才豁出去替家人鳴冤。」

楚仲熙一滯，終是嘆息一聲。「終究是個可憐人。」

「如今皇上命人徹查，你可有把握全身而退，不牽連到自己身上？」楚仲熙問道。

「岳父大人放心，此事小婿已經做了充足的準備，定然不會牽連自己。」

當年皇后宮中即將被放出宮返鄉的葉寧春，偶然發現了彼時的譚貴人毒害皇后的真相，她驚慌之下逃回了家鄉，卻不曾想到譚家會派人追殺到她的家鄉，甚至為了斷絕後患而將她全家上下一把火燒死了。

攔轎喊冤的女子，是葉家排行第二的姑娘，人稱葉二姊，當年她在昏迷當中被濃煙嗆醒，只來得及將離她最近的姊姊葉寧春拖了出去。除了這兩人，還有因與鄰家孩子玩耍弄破了衣裳不敢回家的小妹也僥倖活了下來，其餘家人皆被活活燒死在裡面。

葉寧春離宮前，曾帶走譚貴人害死皇后的證據，她臨死之前將秘密及證據交託給葉二姊，讓她帶著三歲的小妹遠遠離開，將來若是有機會再圖謀復仇。

這些，前世慕錦毅便已知曉，今生他早就尋到了葉氏姊妹，葉九娘自小被親姊灌輸復仇思想，自願潛到五皇子身邊當細作，成為如今五皇子府上最為得寵的侍妾劉氏。

慕錦毅將這些實情詳細向楚仲熙道明，楚仲熙大為震驚。「五殿下身邊那位劉氏？」

慕錦毅點點頭。「葉家夫人本姓劉，葉姑娘從母姓只是為了掩人耳目，以免引起不必要的麻煩。」

他頓了一下，又道：「葉二姑娘這十數年來一直想著要報仇雪恨，若不是小婿早早尋到了她，恐怕她早就已經上京告狀了。小婿只是按著她生前的布署，引領皇上的人慢慢查明真相，是故無論怎樣，也是牽連不到國公府來。」

譚嬪謀害先皇后，暗殺宮女葉寧春家人共十一條人命的案件果如慕錦毅所說的那樣，葉二姊生前已經做好了布署，只要負責查案之人順著她布下的線索追查下去，真相就能呼之欲出了。

先皇后與佑元帝本是少年夫妻，又是在最得寵、最美好的年華逝去，更何況她還生下了皇長子，如今的太子，對於她的早逝，佑元帝自然是萬分痛惜。

如今得知原配皇后竟然是被人謀害，並非之前以為的病逝，他只覺得整個人都懵了，尤其得知殺人者竟然是一直極得他寵信的譚嬪，他搖晃了一下身子，心裡又痛又恨。

他寵愛了十幾年的女子，原以為是個溫柔善良可人的，卻不曾想過竟然是包藏著那等禍心！他冷冷地望著跪在地上痛哭不止的譚嬪，往日令他極為憐惜的淚水，如今瞧著卻極其虛偽。

譚嬪偷偷打量了一下他的神色，見他絲毫不為所動，心中越發絕望。之前她陷害楚明慧不成，佑元帝誤認為她因妒生恨，故意帶著人撞破他的好事，盛怒之下奪了她的封號，並將她降為嬪。

那個時候她雖驚慌，但並不絕望，皆因她多的是手段能再次勾起佑元帝的憐愛。就算當年毒害皇后之事敗露，只要沒有張揚出去，她亦有幾分把握能保全性命、保住兒子及譚家；雖說皇后在世之時亦頗為得寵，但這十幾年陪伴在佑元帝身邊充當解語花角色的卻是她。只可惜天不從人願，偏偏那葉二姊將此事嚷得人盡皆知。

未等佑元帝從震怒中平復過來，又接到密報，他派出去查皇后之死的官員挖出了譚家這些年勾結皇商寧家及部分官員，販私鹽、偷賣兵器，獨霸金州一段漕運等內幕。

這一下，佑元帝實在是再無法忍耐了，他狠狠地砸了御書房不少茶碗，差點連御案都被砸出一個角來。

據說，當太子得知生母是被這些年來他敬愛有加的譚嬪所害，不由得怒氣攻心，一口氣提不上來暈了過去。

一時間，朝臣對這位被蒙在鼓裡的太子殿下萬分同情，紛紛上書請求嚴懲凶手。

即使朝臣不上書要求嚴懲，佑元帝也不會再包庇譚嬪及譚家了，當日目擊葉二姊喊冤的可不僅僅是大商國百姓，還有幾個鄰國的使臣，若是他不能秉公處理，日後又怎麼維護大商國帝王的威信？

最終，譚嬪被貶為庶人，打入冷宮，賜三尺白綾，五皇子跪求在宮中三日三夜，也無法救回他生母的性命。

而譚家、寧家及涉案的官員，則是一律被抄家，成年男子被判斬立決，女眷及孩童則被發賣為奴。

五皇子府中，現在的五皇子寵妾劉氏——本名葉九娘，雙手被吊在鐵架子上，身上是一道又一道血跡斑斑的鞭傷。

「說！到底是什麼人派妳來的？是不是太子？」五皇子狠戾地盯著這個他一直視如珍寶的女子，心中又痛又恨。

葉九娘一聲不吭，任五皇子手上的馬鞭一次又一次地朝她身上抽來。

早在譚嬪死、譚家父子被處斬之時，她已存了死意，否則那日慕國公府世子派人來接她時，她就不會拒絕跟來人走了。

五皇子抽紅了眼，力度越來越狠。他恨，恨眼前這個糟蹋了他滿滿心意的女子！他更恨自己，明知她是別人派到自己身邊的細作，卻仍一次又一次地縱容著她，時至今日亦仍不捨得殺了她。

葉九娘卻彷彿感覺不到痛意一般，無論五皇子抽打得有多狠，她甚至連哼都不曾哼過一聲。

譚嬪殺了她的家人，如今她又害了五皇子的生母及外祖家，兩家的仇大抵是可以消了，她終於不必再日日夜夜活在仇恨當中，也可以安心去找死去的家人了。

恍恍惚惚間，似是又回到曾經溫馨和樂的家中，三歲前的記憶她其實也是模模糊糊的，但印象最深的便是爹爹總愛用他那又硬又密的鬍鬚扎她的臉，扎得她尖叫不已，往往這時候娘親會笑著出來阻止。

那個家很簡陋，甚至比不過五皇子府的下人房，卻是她內心深處最美好的地方。

五皇子也不知自己打了多久，當他發現葉九娘垂著腦袋一動不動，雙眼緊閉，嘴角竟然還帶著一絲笑意時，手中的馬鞭便「啪」的一下掉在了地上。

他顫抖著手去試探她的呼吸，很微弱，很微弱，微弱到差點感覺不到一般……

他一把將綁著她雙手的麻繩解開，強撐著抱起她，伏在她耳邊咬牙切齒地道：「妳欠我的，這輩子都還不清，又怎能這般輕易便死去！」

外頭傳得沸沸揚揚的事，楚明慧自然也是知曉。前世直到她死，也未曾聽聞過先皇后是被毒害的這事，如今突然爆出這樣一樁，她心中的震驚不可謂不強烈。

直到她抓住慕錦毅問起，慕錦毅才將實情告訴了她。

楚明慧嘆息，經此一事，五皇子有這樣一位謀害當朝皇后的生母，這輩子估計也與那個位置無緣了。

「少夫人，二夫人來了。」屋外的丫鬟進來稟報。

聽聞二弟妹來了，慕錦毅避了出去。楚明慧無奈，這個文氏最近實在是來得勤了些，她都有些招架不住了。

「大嫂，怎麼不見小姪兒啊？」文氏與她見過禮，問起了小阿盼。

楚明慧笑道：「被他祖父抱過去了。」

自經過上次私鹽那事後，慕國公果然如他當初所保證的那般，一直老老實實待在府中，無論往日那些交好的友人如何叫都一律不當一回事；而孫子阿盼出生後，他更是有孫萬事足，整日樂呵呵地逗弄孫兒，連一向愛到不行的戲曲都拋到腦後了，每日只要瞅著楚明慧不得空，他便派人來接阿盼。

楚明慧見他對兒子的確是真心實意地疼愛，也樂得讓他們親近。

文氏聽到阿盼被慕國公接走了，自然又是好一番誇讚，讚阿盼聰明伶俐，府中無人不疼，無人不寵。

楚明慧暗自嘆息。「二弟妹來可是有什麼事？」

文氏見她如此直接，倒一時有點不知如何反應，好半晌才吞吞吐吐地道：「我聽聞府裡這段日子打算增添一批下人，打算來問大嫂一聲，我那院裡用的人，到時能否讓我自己挑選？」

楚明慧想了一下，府中添人，都是經由管事的婆子先挑出一批，然後經過兩層篩選，最後才到當家主母處，由主母決定留下哪些。文氏既然想自己挑些得力之人，這個也並無不可。

想到這裡，她點頭道：「此事不難，終究也是妳自己要用的人，當然要挑些合心意的，二弟妹若是不怕麻煩，倒也可以自己去挑人選。」

文氏見她同意了，心中也甚為歡喜，如今她房裡除了兩名陪嫁的丫鬟和一個自小在身邊伺候的婆子外，其餘的下人基本上都是慕國公府的家生子，她用著也覺得放心不下，就打算利用府中添人的機會自己親自選出幾個，日後也能多幾個得力助手。

文氏既然達到了目的，也識趣地不再久留，隨便又閒聊了幾句後，起身告辭離去了。

第五十三章

「世子爺，您一直命屬下追查、名叫胭脂的女子終於現身京城了。」一身黑衣的下屬朝著上首的慕錦毅稟道。

「果真是她？」慕錦毅急問。

「屬下按照您給的畫像，命人每日注意著京城內來來往往的牙婆子，將她們手上賣身的女子仔細查探過一番，今日便在一名來自金州的牙婆處發現了這個胭脂。」

慕錦毅緊握雙拳，前世未能查清楚明慧的死一直是他最大的心病。前些年他一直追查那個胭脂到底是何人，只可惜人海茫茫要尋找一個人談何容易，是故他只能改變策略，守株待兔。

若對方仍是不懷好意，那她自會如前世那般潛進國公府；若她不來，說明今生又有些事改變了，那他也不會再執著於此。

「府中近日將會增添一批下人，您說她是否打算混進裡面？」

慕錦毅沈默不語，前世對方的確是這樣混進來的，今生看來她還是打算採取同樣的方法；只不過，他敢冒險讓她進來嗎？前世她害了明慧，被抓後寧願自盡也不肯明說，今生萬一她來個魚死網破呢？

他是否承擔得起那後果？

「阻止她，不要讓她踏進國公府半步，必要時……」

「我不同意。」書房的門「嘎吱」一聲被人從外頭推開，楚明慧端著食盒走了進來，堅決地表示反對。

「妳怎麼來了？」慕錦毅迎上去，接過她手上的食盒，又朝一旁的下屬打了個眼色，示意他下去。

下屬躬躬身，正打算悄悄地退出去，楚明慧突然出聲，成功止住了那下屬的腳步。「慢著，方才世子吩咐的話暫且不要去辦。」

下屬猶豫地望向慕錦毅，不知道是否要聽楚明慧的。

慕錦毅嘆息一聲，朝他揮揮手。「先下去吧，那事聽少夫人的，暫且什麼也不要做，等我命令。」

那人點點頭。「屬下遵命。」便躬身退了出去。

「胭脂既然到了京城，若是不讓她進來，那又怎查明前世那碗毒藥的緣由？如今我們都清楚她的目的，倒不如將計就計，徹底查明真相？」楚明慧固執地望著慕錦毅道。

慕錦毅搖搖頭，低聲道：「我輸不起。」

楚明慧不明所以。

慕錦毅直直望著她雙眼，沈聲道：「我沒有可以將妳護得滴水不漏的把握，萬一將來對方狗急跳牆，來個魚死網破，我承受不起那後果……」

因為心存畏懼，所以再周密的計劃都不足以讓他完全放下心來。

他不敢賭，因為他根本就輸不起！

楚明慧沈默了片刻，才望著他道：「可是我不甘心，不甘心自己上輩子就那麼莫名其妙地死去，至少，我要清楚到底是什麼原因，才讓她對我動了殺機；這件事不解決，我以後都會不安心，不知道自己哪一日又會糊裡糊塗地丟了性命。」

「這些我都清楚，若是妳擔心，那我先命人取了她性命……」

「這根本不是她是死是活的問題，你自己也曾經說過，她背後也許還有人，殺了她只不過是治標不治本，若是她背後之人又派個我們完全不認識的人來，那豈不是更危險？」楚明慧反駁。

慕錦毅嘆口氣，這些他何嘗不清楚？只是如今最重要的便是打消她讓胭脂進府的想法。

一時間，兩人僵在了此處。

楚明慧堅決認為應該將計就計，查明胭脂潛入國公府的真正原因，以及上一輩子她暗害自己的緣由；而慕錦毅，則堅持不允許有任何一點可能會傷害她的情況出現，胭脂絕不能進府。

楚明慧見無論怎麼說，對方都不為所動，心中焦急，一時有點口不擇言了。「你這般不願胭脂進來，難道前世那毒是你母親的手筆……」此話一出，她就深知不妥，硬生生地嚥下了後頭的話。

慕錦毅臉色一僵，不敢置信地望著她，難道她認為之前自己說那毒並非母親所為的話是騙她，是故意為母親開脫才推到胭脂身上？

他怔怔地望著咬著嘴唇欲言又止的楚明慧，心中突然升起一絲挫敗感，即使到了今日，她仍是不曾真真正正地相信他、接受他。

楚明慧心中懊悔，她怎麼就說出這番傷人的話來，經歷這麼多，縱使她不敢說完全忘記了前世的傷痛，但也學著逐步放下，真正融入到今世的生活中了。至於對慕錦毅，她雖無法像前世初成婚時那般情深愛濃，但亦是打算與他平平靜靜、相互扶持度過此生。

兩人一時相對無言。

良久，慕錦毅才嘆息一聲，低聲道：「那我們換一個說法，如今更心急的不應該是我們，而是要找門路進國公府的胭脂，她若是心存打算，定會千方百計要混進來，我們這次斷了她的路，她也定會另想辦法，我們只須派人跟著她，看她見過些什麼人，接下來又打算怎麼做，說不定會更有收穫。」

楚明慧因方才的口不擇言而自責不已，如今見慕錦毅這般言詞懇切，並不因她的不知好歹而心生不悅，心中更為過意不去。

「方才，我……我並不是有意要那般說的，你……」

慕錦毅輕輕捂住她的嘴，搖頭道：「不用再說，我知道那番話並不是妳的本意。」他自然相信楚明慧並不是有意如此，或許她內心深處對他的不信任感連她自己都不曾發覺。

楚明慧直直地望著他，見他神情平靜，目光柔和，果真是不曾有半分怪責她的意思，心中越發難安。

她低著頭輕聲道：「胭脂那事，就按你的意思去做吧。」正如慕錦毅說的那樣，心急的並不應該是他們，現今主動權是抓在他們手裡，又何須自亂陣腳？

幾日後，慕國公府新添置的一批下人終是到了楚明慧跟前，她不著痕跡地掃視了一圈，果然不見胭脂在其中，心中清楚慕錦毅終是出手了，否則以胭脂的聰明又怎麼會被刷下去？

文氏仔仔細細地打量了一番這十幾位小丫頭，心中有了適合的人選，便笑著對楚明慧道：「大嫂，妳可有看中的人？」

楚明慧朝她微微笑道：「二弟妹瞧著有哪幾個是合心意的人就先挑吧！」

文氏亦不客氣。「那多謝大嫂了。」

楚明慧看著她挑選的兩個小姑娘，瞧著都是十二、三歲的模樣，心知她這是打算培養成心腹了。

文氏挑完之後，楚明慧從中挑出了十個，這十個新進的小丫頭，先統一交由專門負責教導府中規矩的婆子調教一段時間，待婆子覺得她們規矩學得差不多了，再分配到各個院裡。

這些事，自然無須楚明慧去操心。

慕錦毅自從被太子勒令回家反省後，若無差事，就一直老老實實地待在府中努力教兒子叫「爹」。

八個多月的阿盼少爺已經可以坐起，偶爾還能扶著大人的手站立一會兒，慕錦毅忙完公事會拉著他的小手教他走路，急性子的阿盼往往走不到片刻就吵著鬧著要他抱，慕錦毅又是哄又是騙的，可阿盼卻不吃他這一套，反而鬧得更歡。

慕錦毅沒有辦法，只得彎腰抱起他，輕輕捏了一下他紅通通、胖乎乎的臉蛋。「懶小子。」

阿盼雙手環住他的脖子，在他懷裡不停地蠕動，口中還發出一陣陣「格格格」的歡快笑聲，笑得慕錦毅的心都要融化了。

楚明慧遠遠地望著這一大一小父子倆，心中一陣暖流，待到慕錦毅抱著兒子走到她面前，她掏出絹帕輕輕拭了拭阿盼的小臉。

等她將兒子臉上的微微汗意拭去後，正欲將手收回來，便見慕錦毅將頭往她這裡靠了過來，目光灼灼地望著她，楚明慧臉上一紅，若無其事地胡亂又在他臉上擦了一下。

慕錦毅瞧她明顯應付的模樣，無奈地搖搖頭。

阿盼見娘親到了，果斷棄父而去，朝著楚明慧伸出雙手。「抱，抱抱。」

慕錦毅已經被他這種有了娘便不要爹的過河拆橋行為折騰得沒了脾氣，順著他的意思將他遞到楚明慧懷中，最後還是伸手刮了兒子的小鼻子一下。「壞小子！」

阿盼將小腦袋一扭，埋入了楚明慧懷中，一會兒，突然轉過頭來朝著慕錦毅「格格格」地笑幾聲，然後又將腦袋窩進楚明慧懷裡。慕錦毅一怔，片刻也跟著笑了起來，這小子原是學他祖父平日哄他玩的方式呢！

楚明慧見兒子這般搞怪可愛的模樣也是十分開懷，但又怕他這般將腦袋扭來扭去的話待會兒頭會暈，於是在阿盼轉過去朝慕錦毅樂呵呵笑的時候輕輕伸手罩著他的小腦袋，然後在他的臉蛋上親了一口。「傻阿盼。」

盈碧笑盈盈地望著一家三口，直至楚明慧朝她這邊望了一眼，這才上前去接過阿盼，將他抱了進去。

慕錦毅望著明顯有話想問他的楚明慧，牽著她的手進了主屋，十分識時務地主動道：「我命人製造了點小意外，胭脂沒能通過前頭兩關篩選。」

楚明慧一怔。「意外？」

「妳放心，只是小小的意外，傷不了她的性命，畢竟如今還要留著她查她背後之人。」慕錦毅道。

「那她如今到何處了？若是她一心要進國公府，錯過了這次機會，恐怕就有些難了。」各府的下人大多是家生子，只有在人手極其欠缺的情況下才會考慮從外頭買人，但買進來的下人沒有經過一段時間的考察也是不可能安排到主子們的院裡辦差，像文氏這種直接挑人到自己院裡的也有，但並不多。

「她如今被人買走了，不過我覺得買走她的人與她應該是一夥的，從中也可以肯定，之前她那番關於身世的說詞定是假的無疑了。」

「秀才之女，賣身葬父？果然與前世一模一樣的說法呢！」楚明慧冷笑。這一世，有些事與前世有極大出入，但有些事卻又是與前世如出一轍。

「我曾經在京郊遇到過她，那時她向護衛打探往江田鎮的方向。」想了一下，楚明慧便將早些時候偶遇胭脂之事告訴了慕錦毅。

慕錦毅一驚。「妳曾遇見過她？在什麼地方、什麼時候的事？」

「是在那一回你帶我去京郊看溫泉水時，中途你離開過一陣子，就是在那個時候胭脂出現了。或許，我們可以派人到江田鎮查探一番，看與她是否有關係？」

慕錦毅沈思片刻，才道：「我這就命人去查。」

楚明慧竟然早就見過胭脂了，那是不是代表她其實一早就懷疑前世她的死因了？既是早就懷疑，那前幾日脫口而出的話便真的是無心之言，只不過是心急而有點口不擇言了。

慕錦毅自我安慰，那日楚明慧那句話，他雖表面看來不在意，但實際上心中總有一絲抹不去的陰影，他總想著是不是楚明慧心中其實對他仍舊是沒有改觀，依然覺得他不足以讓她依靠？

如今想明白了，他不自覺鬆了口氣，心頭那點挫敗感亦不知不覺散去了。

「對了，我還記得當時她是做婢女打扮，喚坐在馬車裡的人『夫人』，如此看來，那幕後之人會不會就是這位夫人了？」楚明慧又想到這關係。

慕錦毅思量一番。「確實有這個可能，她既然是婢女出身，那所做之事與她的主子不無關係，如今看來，若是查出她到底是哪家的下人，那一切便可以迎刃而解了。」

他頓了一下又道：「只不過，江田鎮算得上是京城附近一帶比較繁榮的鎮子，大戶人家不少，來往的富貴人家亦不少見，再加上時隔這麼久，要查清胭脂與那位夫人之事，恐怕得多費些時日。」

楚明慧點點頭。「這個倒也是。」一時又有點後悔，其實當時她應該想方設法找人去跟著她們，也不用像如今這般沒有頭緒了。

「這事交給我吧，若是查到了什麼消息再告訴妳，這一次，定不會再讓她得逞。」慕錦毅憐愛地替她理了理鬢髮，柔聲道。

「嗯。」

在阿盼少爺終於可以鬆開大人的手走幾步路的時候，後宮中又添了位十分得寵的麗貴人。當楚明慧聽聞這位麗貴人就是五皇子妃那位堂妹盧素媛時，心中不可謂不詫異。

經過譚嬪一事後，她以為這位人老心不老的皇帝與那譚家小姐和盧家五小姐兩人只是一場露水姻緣而已，卻是沒有想到他會突然冊封盧素媛。

只不過，盧素媛被封了貴人，那位譚小姐呢？是跟著親人被發賣為奴了，還是被金屋藏嬌了？

「那位譚家小姐，並不曾隨著譚家其他女眷一起被發賣，因此被皇上悄悄收入了後宮的可能並不是沒有，只不過她縱是入了皇上的眼，終究也是罪臣之女，皇上不會明目張膽地冊封她的，但不排除另替她尋個身分再行冊封這種可能。」慕錦毅低聲向她解釋。

楚明慧輕嘆一聲，總覺得佑元帝近來行事越來越無度了。

「宮中之事妳不必擔心，如今是賢妃掌權，賢妃無子，只生了一個五公主，而自從與五公主訂下親事的那家公子去世後，五公主便被耽擱了下來。賢妃為了女兒將來多幾分依靠，也會好好地輔佐太子，亦不會與國公府作對的。」慕錦毅輕聲安慰道。

又想到前不久楚明慧在宮中那番遭遇，他雙眼幽深，若不是機緣巧合之下被徐良娣發現了譚嬪的陰謀，楚明慧那次是難逃大劫了。

楚明慧也想起了上次那番驚險，記起太夫人曾說過慕錦毅曾救過徐良娣一命，忍不住問道：「我聽說早些年你曾經救過當時的徐家大小姐一命，可有此事？」

「徐家大小姐？哪個徐家大小姐？」慕錦毅有點糊塗。

「如今的徐良娣。」

「我曾經救過她？」慕錦毅皺著眉頭想了片刻，才搖頭道：「不大記得了。」

楚明慧定定地望了他片刻，見他確實不像撒謊的模樣，又想到他與晉安侯府結了兩輩子的親都認不清侯府的幾位姑娘，如今記不起好像也並無不妥。

小阿盼的大名，在他周歲那日終於確定下來了，慕國公樂呵呵地報出這個他想了半年之久的大名——慕紹瑞，眾人沈默了片刻，紛紛表示名字取得甚好。

阿盼這一輩的男子屬「紹」字輩，紹瑞這個名字確實寄託了慕國公對這個孫兒的美好祝福，楚明慧對此自是十分感激。

抓周禮上，穿戴十分喜慶的小傢伙坐在鋪著大紅布的方桌上左顧右盼，然後十分迅速地朝左上方爬過去，一把將一本《三字經》抓到手裡，然後笑呵呵地遞給站在一旁的親爹慕錦毅。

慕錦毅接過《三字經》，順手笑咪咪地摸了摸兒子的小腦袋。「做得不錯！」

圍觀的眾人愣了一下，倒想不到這位慕國公府的小少爺如此迅速地抓完了，待反應過來後才七嘴八舌地說起了各種喜慶話。

小傢伙見爹爹接到書後沒有像平日那般將他抱起來舉得高高的，不由急得啊啊直叫，可慕錦毅達到了目的，果斷決定拋棄兒子去尋楚晟彥他們喝酒。

「爹爹。」一聲清脆響亮的叫喚生生止住了他的腳步。

慕錦毅不敢置信地回過頭來，驚喜地望著急得滿臉紅撲撲、直朝他張開雙手要抱的兒子。

剛滿周歲的阿盼，會說幾個簡單的字，也會叫「娘」，可偏偏無論慕錦毅等人如何教他叫爹，他就是不叫，只是歪著腦袋對著人笑，每每讓慕錦毅既是好氣又是好笑，只得輕輕捏捏他的小胖手出出氣。

正說得起勁的眾人見今日的小主角突然叫爹，也不禁齊齊地朝著方桌上的阿盼望去。

「兒子，再叫一聲，再叫一聲爹爹！」慕錦毅走到小阿盼跟前，微彎著腰哄他。

小傢伙見爹爹就是不肯伸手來抱，急得直蹬腿，兩三下將周圍不少抓周用的物件踢了下去。

「爹爹，抱，抱抱！」他發洩了一通，見慕錦毅仍是不抱，委屈地叫了聲，同時又向他伸出一雙小短手討要抱抱。

慕錦毅哈哈大笑，一把抱起癟著小嘴的兒子。「乖兒子，總算會叫爹了。」

眾人又是一陣恭喜聲。

一旁的楚明慧自兒子目標明確地朝著《三字經》爬過去後就有點想法，後又見他抓到了

《三字經》直接塞到慕錦毅手中，並朝著慕錦毅張手要抱，才恍然大悟。

怪不得，怪不得慕錦毅前些時候老是拿著《三字經》逗弄阿盼去抓，抓中了就抱起他高高舉起拋上幾個來回，把阿盼逗得格格直笑。

原來他是早早為抓周禮準備的！

她原以為慕錦毅會讓兒子子承父業，將他往武將方向培養，如今看來，她倒是想錯了，慕錦毅竟是打算讓兒子走文官路？

陶氏淺笑著碰碰女兒的手，低聲道：「娘親沒有說錯吧，女婿果然會是個好父親。」

世人講究抱孫不抱子，像慕錦毅這種眾目睽睽之下抱著兒子樂不停的父親真的不多見。

楚明慧失笑，不可否認慕錦毅確實是個不可多得的好父親，他對兒子的寵愛真是超出了她的想像，有些時候她望著集萬千寵愛於一身的兒子，都不禁擔心他將來會不會長成紈袴子弟，畢竟如今在府中，上自太夫人，下至她屋裡的翠竹等人，個個都對他寵得厲害；反而是她這個當娘的，有時不得不扮扮黑臉，鎮壓一下越來越無法無天的兒子。

楚明慧姊妹幾個連同晉安侯夫人小王氏、陶氏、侯府三夫人藍氏，齊齊聚在太夫人院裡說說笑笑，因侯府太夫人偶感風寒，便沒有出席，只讓兒媳婦小王氏帶了賀禮過來。

屋裡言笑晏晏，好不和樂！

小阿盼被他爹抱著去見各位叔伯，凌佑祥望著這個明顯縮小版的慕錦毅，不禁嘖嘖稱奇，一時捏捏阿盼胖嘟嘟的臉蛋，一時又戳戳他小手心上的胖肉。

小阿盼被他捏捏戳戳得不高興了，趁著凌佑祥又要伸手來捏他臉蛋時，用力揮著小手，

「啪」的一下拍在凌佑祥手上。「壞！」

凌佑祥被他拍得愣住了，楚晟彥等人見他這副氣呼呼擺明十分不爽凌佑祥的小模樣，不禁笑得前俯後仰，好不容易止住了笑，楚晟彥才擦擦笑出來的淚花，朝著阿盼伸手道：「乖外甥，過來讓舅舅抱抱！」

阿盼睜著一雙神似楚明慧的圓溜溜大眼睛望著他，又抬頭望了望他爹慕錦毅，見慕錦毅朝他笑笑地點頭，這才歪著腦袋打量了一下楚晟彥，然後朝他伸出了雙手……

楚晟彥抱著胖乎乎、軟綿綿的小外甥，用力掂了掂。「好小子，比你表弟壯實多了。」

這個表弟，指的自然便是楚晟彥新得的兒子，比阿盼小一個月的楚修琰。

「說起這個，怎不把你兒子抱來，也好讓表兄弟倆見個面。」慕錦毅笑著在楚晟彥身邊坐下，順口問道。

「祖母說他年紀尚小，等再大一點才好出門。」楚晟彥邊逗著懷中的阿盼，邊回道。

林煒均勾著一絲笑意，眼珠子一動也不動地盯著歪在楚晟彥懷中、好奇睜著大眼打量他的阿盼，心中羨慕不已，將來他與小米蟲的兒子，一定會與阿盼這般活潑可愛的吧！

「說起來，我懷疑你兒子除了相貌長得像你之外，其他的卻與你大不相同了，這小子身為武將之後，居然不去抓小刀、小槍，反而抓了本《三字經》？嘖嘖，這點，大概是隨了他外祖。」凌佑祥被小傢伙嫌棄，只得摸摸鼻子坐到了林煒均身邊。

慕錦毅笑笑地端起酒杯，也不搭話。

想想祖父與大伯父的下場，再想想死得莫名其妙的西爾圖，慕國公府的武官之路，便讓他來終結吧。他的兒子，只要一生平安富足即可，高官厚祿、顯赫名聲，與這相比又算得了什麼？

林煒均不動聲色地望了慕錦毅一眼，又看了看正坐在楚晟彥大腿上白嫩嫩、紅撲撲像個善財童子一般的阿盼，心中似是有點明白他的想法了。

這晚，楚明慧同樣問起了慕錦毅對兒子的將來安排這事，慕錦毅微嘆口氣，拉著她的手在榻上坐下。「這事怪我自作主張，不曾提前與妳商量，正如妳所想的那般，我的確是不希望阿盼將來如我、祖父及大伯父那般再走武將路子，這條路太苦，一不小心便是……」

楚明慧想想英年早逝的前慕國公世子，心中也嘆息不已，她自然是希望兒子能一生平平安安，只是慕錦毅這般想法，太夫人與慕國公他們可會接受？畢竟，慕國公府向來是以戰功立足的。

「祖母及父親那裡，我亦未曾提起過此事，暫且也不知他們的想法。」

「武將自是不易，可文官又談何容易？你又不是沒有見過動輒得咎、被抄家流放的文官。」她想想前世的爹爹，不也是被牽累得丟官流放嗎？

慕錦毅聞言一滯，也低頭沈默了。

「我明白你的想法，文官雖是亦有風險，相對於武官來說總會好一些，但是，這畢竟是阿盼一輩子之事，我還是希望能由他自己做出選擇，他若是喜歡讀書，那就讓他日後走科舉之途；他若是對習武有興趣，我希望你亦不要阻止他，可好？」楚明慧輕聲道。

慕錦毅長嘆一聲，他是擔心萬一兒子也如大伯父那般……只不過，楚明慧的說法也有道理，這畢竟是阿盼自己的人生，他能做的就是好好教導他，傳授他做人做事的道理，至於選擇權，還是應該交到他自己手上才是。

「好，就如妳所說的這般，讓他自己選擇，文也好，武也罷，只要他喜歡，我便不會阻止。」輕輕覆上楚明慧的手背，他低聲應允。

慕紹瑞小娃娃的未來就這般被決定了下來。

第五十四章

陽春三月，萬物生光輝，當朝六公主下嫁慕國公府三少爺慕錦康這日，慕國公府張燈結綵，洋溢著濃濃的喜氣。

楚明慧對這位六公主其實還是有幾分好感的，起碼對方並不是那等心思深沈、不講道理的女子，雖瞧著有些高傲，但也只是身分使然，並不是什麼不得了的問題。

慕錦康經過盧素媛那事的打擊，整個人無精打采了不少，後來又聽聞盧素媛成了當今皇上的麗貴人，心中更是挫敗不已。對於迎娶六公主這事，他既沒有表現出歡喜，亦沒有表示不滿，只是一副聽天由命、任人擺布的模樣，讓楚明慧無奈至極。

慕錦毅卻是不以為然，六公主可不是個軟柿子，他這種態度絕對會惹惱她，到時兩人鬥起來，他就不信慕錦康還能這般死氣沈沈。這個弟弟就是那種你強他弱、你弱他強的性子，若是娶了個軟綿性子的媳婦，說不定日後行事更出格、更過分，如今娶了個不相上下的，看他還怎麼蠻橫得起來！

說起來他會這般放心，皆因他對這六公主亦是有幾分瞭解，知道她並不是有什麼壞心腸的女子，否則也不會默許了秀妃想與慕國公府聯姻的做法。

六公主自有公主府居住，但新婚頭一日仍是要與慕國公府長輩們見禮的，太夫人自然不敢托大，而六公主則牢牢記住秀妃的囑咐，讓她嫁人後要以夫家為重，萬不可對長輩擺公主的威風。

這樣一來，雙方便都十分滿意了。太夫人仍記得那日在秀妃宮中，六公主命人宣召楚明慧，那會兒她就憂心這位公主會不會不容易相處，如今見她這般禮讓，自是放下了心頭大石，說到底，誰也不願意孫子娶進一個只能供著、敬著的活祖宗。

而六公主見太夫人慈愛可親，心中也是生出幾分親近之意來，她雖貴為公主，但生母秀妃其實在宮中並不怎麼得寵，亦無什麼勢力，否則也不會攀附賢妃了。除了賢妃所出的五公主與她交好之外，她與其他姊妹並不大親近，如今見國公府內長輩溫和，妯娌友善，她也少了幾分忐忑不安。

這日，六公主到了楚明慧的文慶院，一邊逗著在床上跳來跳去的阿盼，一邊隨口問楚明慧關於夏氏的事。「母親的身子一直沒有起色？」

「已經比先前好多了，也會認人了。」楚明慧整理著兒子的小衣服，順口回答。

「太醫若是都沒有辦法的話，不如到民間尋些有本事的人，說不定會有意外的驚喜。」

六公主捏捏阿盼的小鼻子，引得小傢伙不高興地朝她嘟起嘴巴。

六公主笑嘻嘻地刮了刮他的臉蛋，逗他。「阿盼、阿盼，快點叫三嬸嬸。」

阿盼歪著腦袋，望著這個已經有幾分熟悉的面孔，突然朝著她露出個笑容，幾顆米粒般的小牙露出來，讓六公主愛得不行。

「小阿盼，叫聲三嬸嬸來聽聽！」六公主繼續哄他。

阿盼對著她咂巴咂巴嘴，就是不肯叫。

楚明慧望了一眼這一大一小，心中感到好笑，與六公主接觸久了，發覺她果真不是難相處之人，雖是有些小性子，但無傷大雅；瞧她如今和兒子混得這般熟絡，便知她是個心地良善的女子，小孩子敏感，誰對他是不是真的好，他是能感覺得到的。

六公主嫁進來這半個月，雖不住在慕國公府，但也時不時過來坐坐，或去陪著太夫人說會兒話，或是去看看夏氏，但更多時候是到文慶院裡與阿盼玩鬧，她從不曾與這麼小的孩子接觸過，只覺得相當驚奇有趣，反正在公主府也老是和慕錦康吵吵鬧鬧，倒不如來這裡陪小孩子玩耍。

果然如慕錦毅預料那般，六公主與慕錦康婚後不過七日就開始爭吵了，兩人都不是好性子之人，碰到一塊兒自是免不了口角，讓公主府裡的下人頭疼不已。

消息一傳到慕國公府，太夫人也嘆氣。「這真真是一對冤家！」

新婚七天便爭吵，不是冤家是什麼？所幸的是六公主吵雖吵，並不曾想過回宮告狀，每每吵過之後便跑來國公府尋小姪兒玩鬧，倒頗會自得其樂，這一點，太夫人也慶幸不已。

只不過六公主到底是天之驕女，慕錦康身為男子漢又怎能時時與妻子爭吵，太夫人惱不過就派人喚他來訓斥了幾回。

這些事自然瞞不過楚明慧，但畢竟這是人家夫妻之事，她一個做嫂嫂的也不好干涉，只得裝作若無其事一般命人好生招待來找兒子玩的六公主。

稍晚，楚明慧送走了六公主回府後，就見慕錦毅臉色有些沈重地從外頭回來。

他將下人遣退後，低聲對楚明慧道：「我已經命人查遍了整個江田鎮，無人知道胭脂之事，不排除那日她們主僕只是路過此鎮。再者，胭脂從金州來的那牙婆子處脫身後，又尋到京城一家醫館，在醫館裡當起了醫女，除此之外並沒有發現她與其他人有過接觸。那位將她從牙婆處買出來的商人，也只是說受人所託，並不清楚對方是什麼人。」

楚明慧蹙眉。「如此看來應該是有人暗中助她，你讓暗中調查之人也要小心一些，莫做了螳螂捕蟬，黃雀在後裡的螳螂！」

慕錦毅點點頭。「這點我已經囑咐過他們，讓他們務必注意，千萬莫要打草驚蛇，如今我們的最大優勢便是敵在明，我在暗，他們並不清楚他們的目的已經被我們知曉了。」

楚明慧沈默片刻，才輕聲道：「你說，到底是什麼人這般針對我，非要取我性命？」

慕錦毅心中一窒，緊緊地抓住她雙手。「別害怕，這次我定會護妳周全。」

楚明慧嘆道：「我只是想不明白自己到底是做了什麼，能讓別人這般處心積慮地取我性命。你說，前世胭脂死前曾經說過是因你害了她意中人，這才來報復的？」

慕錦毅點頭道：「她確實是這般說，但是真是假我倒也無從分辨。無論是前世還是今生，死在我手上之人沒有幾百亦有數十，我實在是不清楚她所謂的意中人會是誰。」

作為跟隨太子的屬下，又是武將，手上哪會沒有幾條人命，但他自問從未濫殺無辜，亦不曾做過燒殺擄掠之惡事，實不清楚會有什麼人來向他尋仇。

若是尋仇，一人做事一人當，朝著他來便是，又怎能倒轉槍頭對付他的妻子？

「等到太子順利登基，我就卸下身上官職，好好在家陪妳及兒子，妳瞧這樣可好？」慕錦毅目光灼灼，滿臉期待地望著她。

「等咱們以後老了，就把爵位扔給兒子，咱們老倆口便去踏遍千山萬水，看盡天下風光。」

一句似曾相識的話突然在楚明慧腦中跳出，她怔住了片刻，才恍然想起這番話是上一輩子她與慕錦毅情濃之時，對方的許諾。

她低下頭，壓下心中翻滾的思緒，才抬頭朝他微微笑道：「你若總待在家中，阿盼哭鬧的時候又要更多了。」

慕錦毅眼神一黯，轉眼又是一片雲淡風輕。

他輕笑道：「男子漢大丈夫，總這般哭哭鬧鬧的不像樣，待我哪日得空了，要好好與他詳談一番。」

楚明慧瞋了他一眼。「他才多大呀，你就要與他詳談？也不怕人聽了笑話！」

慕錦毅哈哈一笑。「我的兒子自然與眾不同，妳又怎麼知道他聽不懂我的話？」

楚明慧搖頭失笑，對有這種「我的兒子自是最好的」想法的父親甚為無奈。

六公主出嫁後不久，宮中唯一成年卻未嫁的五公主，親事也訂下了。說起來這個五公主原是有個未來夫君，可惜佑元帝下了賜婚聖旨沒多久，對方便去世了。

準五駙馬真正的死因卻是眾說紛紜，有人說他是自盡死了，有人說他並不是死而是失蹤了，有人說他被人謀害了，反正各種說法均有，不管怎樣，五公主的婚事到底被耽擱下來了。雖說皇帝的女兒不愁嫁，但是要嫁個合心意的人卻也沒那麼容易，賢妃心疼女兒，自然也不會讓女兒隨便許人。

如今這位被賜婚的男子正是前不久打了大勝仗的征西元帥柳震鋒的嫡次孫，柳擎南。

慕錦毅聽到賜婚旨意下達之後，心中憂慮更甚，柳震鋒是忠貞不二的皇黨，無論是前世還是今生都只效忠於佑元帝，如今他的嫡次孫被選作駙馬，明面看來是皇帝對柳家的恩寵，實際上何嘗不是因為柳震鋒掌了兵權，引起了皇帝的猜忌。

前世柳震鋒本應在上一次與西其國的交戰中死亡，是他出手改變了他的命運，如今這位戰功赫赫的當世名將未來的路會是怎樣，他並不知曉。

但有一點卻是顯而易見的，便是那位習得一身好武藝、被譽為柳家新一代希望的柳小將軍，從此與軍營徹底無緣了。

伴君如伴虎，前世柳震鋒死後，柳家散盡家財離開了京城，不知所蹤，今生柳擎南娶了五公主，只希望就算將來柳家出事，也能多幾分保障。

想想如今行事越發莫測、脾氣越發暴躁的佑元帝，慕錦毅更是憂心不已。原本以為譚嬪倒了，也就等於徹底打垮了五皇子，太子的地位更為鞏固，卻是沒有料到近段時日佑元帝竟是三番五次訓斥太子，讓原本行事穩妥的太子越發亂了陣腳，接連幾樁差事都出了錯，自然又是惹來佑元帝的一頓斥責。

他嘆口氣，這些皇家的父父子子，真是讓人摸不清、看不透。

「世子，那名為胭脂的女子今日一早就被六公主府上的人請進了公主府。」一身黑衣的下屬輕聲回稟。

慕錦毅一怔，她倒與六公主府牽扯上關係了？果真是有幾分手段！

「可知道是因何事被請到了六公主府？」

「據屬下探知，是六公主到處在民間替國公夫人尋找得力大夫，偶然間聽聞回春堂有這麼一個醫女，對醫治似夫人這等因傷心過度、迷了神智的症狀頗有些辦法，這才命人請了她進府。」

慕錦毅皺眉，竟是藉著母親生病這個幌子在六公主面前混了個眼熟？

「這些傳聞又是怎樣傳到六公主府上？」

「那胭脂早些時候確實是治好了一名因兒子去世而變得神智不清的老婦人，這事回春堂不少醫僮、大夫也是親眼目睹的，屬下打探過那老婦人的病是有些時候了，早在胭脂出現在京城之前便是這樣子，想來作假的可能性並不大。」

慕錦毅定定地立在原地。該來的終究還是會來，他留了對方一條命已經想到她總有一日會潛進國公府。

「命人再仔細盯著她，別的事不用多做，若是有異動再通知我。」頓了片刻，他又吩咐道：「挑選幾個身手好點的暗衛，守在少夫人及小少爺身邊，除了他們身邊的人，若是其他生面孔接近，務必要高度注意，絕不能讓少夫人及小少爺有任何差錯！」

「屬下遵命。」

「下去吧！」

當楚明慧被告知胭脂成功混進了六公主府，她亦是一怔，對方果然不死心，總會想方設法進來，前不久六公主正說要在民間尋些得力的大夫，她就剛好救了個與夏氏病症相似的病人，這實在不得不讓人懷疑其中的真實性。

只不過，真的也好，假的也罷，她來了正好，總得讓自己順著她查清前世糊裡糊塗被害的真正原因，若不是為了這個，她之前又何必與慕錦毅做那一番爭執，直接讓慕錦毅動手取她性命算了。

「如今她藉著替母親看病的名頭進來，我們也不好拒絕，這畢竟是六公主身為兒媳婦的一番好意，雖說她並不清楚對方的真正目的，也不知道自己是被人利用，只是日後妳千萬要小心，莫著了她的道，我已加派在妳及阿盼身邊保護的人手，絕不會再讓她傷害到你們。」慕錦毅低聲叮囑。

「知道了，我會小心的。」

又隔了幾日，六公主興高采烈地來尋楚明慧，對她說自己尋到了一個有些本事的醫女，雖是年紀輕了些，但確是個能幹的人，想帶她來給夏氏把把脈，看看能否治好夏氏的病。

楚明慧眼神複雜地望了她一眼，終是道：「此事我無法作主，只要祖母同意了便可。」

「我先來問問妳，看妳同不同意，若是妳沒有異議，我再去和祖母說。」

楚明慧點點頭。「我自然是沒有意見，若是能將母親的病治好，那便是大功一件。」

六公主抿嘴一笑。「那我去和祖母說了。」

幾日後，六公主果真帶著那名醫女前來慕國公府。

楚明慧不動聲色地打量著眼前的女子，一身簡樸的粗布裙，雙手交叉放在身前，微微垂著頭，讓人一時看不清她眼中的情緒。

胭脂……果然是她！不懷好意千方百計要接近國公府的胭脂！

「妳就是六公主所說的醫女胭脂？」太夫人坐在上首的太師椅上，居高臨下地打量了一眼靜靜站立於廳中的胭脂。

對於六公主一片孝心，她自是不好拒絕，但是這種突然冒出來且年紀輕輕的醫女，她其實並不怎麼信得過；畢竟夏氏的病情，連太醫都束手無策了，這種初出茅廬的小丫頭片子能有什麼好辦法？

胭脂不卑不亢地朝她行過禮，這才淡淡地道：「小女子的確是醫女胭脂。」

「老身也知道回春堂，可卻不曾聽聞過那裡有這麼一個醫術了得的醫女。」太夫人亦不是好糊弄的人。

「小女子是近些時日才到回春堂，再者，小女子只是對某種病症有些心得，並不敢說醫術了得。」

「妳年紀輕輕怎獨自一人在外謀生？家中可有其他人？」太夫人又問。

「小女子乃家中獨女，父母雙亡，家父生前是位郎中，一年前病逝，小女子無錢葬父，只得賣身為奴，輾轉來到京城，後被家父生前故交所救，經他一番教導後，小女子才想著憑所學的一點醫術謀生。」

胭脂不著痕跡地先將早前賣身為奴之事道來，這些事國公府只要稍稍派人打探一下，便會知曉她曾經賣身之事，她也怕之前與她同在牙婆子手下、現已添置入國公府做下人的十幾名女子認出了自己，倒不如現今先主動坦白，總好過日後被揭穿。

「倒也是個可憐人。」太夫人也不欲再為難她，橫豎夏氏都是這般模樣了，加上回春堂在京城的口碑也算是極有名氣，他們家的坐堂大夫也曾經到過國公府看診，一個小小醫女而已，治得好自然好，治不好也是六公主一片孝心。

楚明慧始終一聲不吭地望著鎮定自若地與太夫人周旋的胭脂，心中已經肯定前世她的死必與她脫不了關係。

太夫人又問了幾句，就讓丫鬟領著胭脂去夏氏屋裡了，而楚明慧、文氏及六公主身為兒媳婦，自然得跟著去看看情況。

她其實並不相信胭脂會治得好夏氏，但心裡卻清楚，若是對方沒有一定本事，是絕對不敢走這條路，所以夏氏被她治療一段日子之後，肯定也會有一定程度的好轉，否則國公府又憑什麼將堂堂的國公夫人交給妳一個初出茅廬的小女子？她又將以什麼藉口繼續到府中來？

楚明慧靜靜坐在一邊，淡淡地望著替夏氏把脈又輕聲對著夏氏問話的胭脂。

「大嫂，妳說這醫女真的能將母親治好嗎？」文氏湊到她身旁，壓低聲音問。

「若是沒幾分本事，又怎能入得了六公主的眼？想來母親的病這下是有希望了。」楚明慧微笑著道。

「話是這樣說沒錯，可她一個年紀輕輕的女子難道比宮裡的太醫還厲害？我可不相信。」文氏搖搖頭，不贊同地道。

楚明慧笑笑亦不答話。

「國公夫人身體並沒有什麼大礙，只是心中鬱結，將自己困在死胡同裡走不出，這才導致整個人看起來病懨懨的，並不是神智不清。」胭脂將搭在夏氏脈搏上的右手收回，朝著楚明慧等人道。

「那妳可有把握治得好？」六公主追問。

「小女子盡力一試，治不治得好不敢擔保，但至少會比現在的情況有所好轉。」

「妳也不敢擔保啊？」六公主有點失望。

文氏亦問了她幾句要怎麼治夏氏的病，楚明慧聽得差不多後，問出最關鍵的一點。「那胭脂姑娘這是要長住國公府，還是每日從回春堂過來診斷？」

「大嫂，還是讓胭脂姑娘住到府中來吧，我已經跟回春堂的掌櫃打過招呼了，讓她專心治好母親的病，直到母親病好之前都是留在國公府，這樣也方便她及時瞭解病情進展；若是有什麼藥材欠缺的，只管命人到六公主府取便是。」未等胭脂回答，六公主朝楚明慧道。

楚明慧蹙眉，但終究也沒說什麼，反正人都已經黏上來了，倒不如將她置於眼皮底下，看看她到底圖謀什麼。

就這樣，前世夏氏身邊的一等大丫鬟胭脂，今生以替夏氏治病的醫女身分成功留在國公府內。

楚明慧從府中專門監視著她的人口中得知，這幾日胭脂除了待在自己的小藥房內，就是到夏氏房中與夏氏說說話，並不曾到處走，更不曾打聽國公府其他人之事。

楚明慧不置可否，只提醒監視者不要掉以輕心，畢竟胭脂剛來幾日，怎可能這般魯莽動手，自然要過一段時間等她對府中事有一定瞭解後才會出手。

而派去調查胭脂來歷的屬下很快來回稟慕錦毅，金州來的那牙婆子是在通州境內的沙坡縣遇到胭脂，那牙婆子見她生得挺好，又聽她說是因家中無人，一個弱女子獨自生存頗為不易，才將她帶上京城。

「帶上京城？沒有買下她？」慕錦毅意外。

「那牙婆子說那姑娘並不曾與她簽賣身契，只說若是進了京城的大戶人家當婢女，賣身所得的銀子就全部給她。」

「既沒有賣身，又尋人將她從牙婆處帶出，看來她倒是思慮周全，不敢引人注意啊！」京城的大戶人家自然不止慕國公府一家，牙婆若是想得她的賣身銀子，自然會很快又帶她到下一戶人家去，她若是拒絕，說不定牙婆會鬧些什麼來，倒不如直接花一筆銀子，讓人打著父親生前故交的名頭將她帶出來，以免將事情鬧大。

「這位牙婆與往日和府中有來往的崔婆子有什麼關係？」

「她與崔婆子是姨表姊妹，想來也是崔婆子告訴她府中將要添置一批下人，她才帶著人上京。」

慕錦毅點點頭，看來胭脂也是偶然得知這位牙婆會送人到慕國公府，才找了個理由潛進去；但這樣一來，倒顯得她像是憑空出現一般，畢竟茫茫人海要查明一名女子的來歷並不是那般容易。

卻說胭脂在國公府留下之後，一心一意照顧夏氏，正如楚明慧所想那般，她確實是有些本事，夏氏在她的照料之下果真有幾分起色，整個人顯得有精神了一些，旁人與她說話，她也會偶爾回應幾句。

太夫人自然是十分高興，對胭脂也大為改觀，實在是沒有想到這年紀輕輕的醫女是有幾分本事。而作為舉薦人的六公主更是驚喜萬狀，加上胭脂在府裡的這大半個月，閒時也會替生病的丫鬟、婆子免費醫治，也積攢了一定人脈，這樣一來，她在府中越發受到禮遇了。

楚明慧冷眼旁觀，見胭脂在府中越發得人心，上上下下對她都是讚不絕口。她暗暗冷笑，果然是上一輩子國公夫人身邊最得力的一等大丫鬟啊！

一陣子後，內宅傳出文氏懷孕的消息。文氏進門這麼久終於被大夫診斷出懷有身孕，太夫人得知後笑得合不攏嘴，畢竟府中自楚明慧生下阿盼之後一直沒有再添丁。雖說慕錦鴻乃庶出，但在人丁單薄的慕國公府中，文氏肚裡的孩子也是十分珍貴。

楚明慧記得前世文氏這胎生下的是個女兒，讓滿心期盼能生個兒子的文氏大為失望，對這個女兒也不怎麼上心，後來也是一心一意想替慕錦鴻謀個更好的前程，是故前世直到楚明慧死，她都沒有再生個兒子出來。

另一廂，正在娘家探望生病的母親的喬氏，卻是苦不堪言，她沒有想到娘家大嫂竟瞧上了慕錦毅，欲將庶女送到國公府當妾。

「如今不是有傳言說世子夫人不能再生了嗎？慕世子如今膝下只得一子，遲早也得納妾，倒不如將四丫頭送進去，一來也不會斷了兩府之間的關係，二來也給妳添個貼心人。」喬大夫人拉著喬氏道。

喬氏嗤笑，一個妾室，難道還能算是正經親戚？她幫著姪兒娶了妻，難道還要干涉他納妾，這樣也未免管得太多了吧？

「若不是家中沒有與慕世子年紀相仿的姑娘……娘家姪女嫁到國公府當世子夫人，怎麼說也比別人要更好，對妳，對阿瑤，都好！如今將四丫頭送進去，也當是全了兩家情分。」

喬氏越聽越是不耐煩。她是什麼身分？連太夫人及夏氏都不曾干涉慕錦毅屋裡的事，她一個伯母也好意思多事？簡直是荒謬至極。

「大嫂，先不說姪兒媳婦不能再生這種話純屬子虛烏有，就說我自己，姪兒上頭有親祖母、生父母，他的事又怎麼輪得到我這個做伯母的管？這話妳也好意思說出來？」

喬大夫人臉上一僵，片刻才道：「那世子夫人真的不是不能再生？」

「這種事難道我還能騙妳？大夫只是說她這兩年最好不要有孕，待養好了身子，愛生幾個便幾個，什麼不能再生，荒唐！」

「可這是安郡王妃親口說的啊，她是世子夫人的親姊妹，難道還會說謊？」喬大夫人有點不相信。

「安郡王妃？曾經的侯府二姑娘？」喬氏皺眉問。

「可不正是她，要不是聽她這般說，我又怎敢提這事！」

喬氏也想不透這位郡王妃為何要這般說自家妹妹，只得道：「這事是她清楚還是我清楚？大姪兒媳婦生產時我就在她身邊，大夫看診時我也在場，難道不比那郡王妃更清楚？」

喬大夫人想了一下，終是點頭道：「看來這是誤傳。」她頓了一下又不死心。「妳真的不考慮一下四丫頭的事？」

「大嫂，這實在不是我這身分能插手的事，妳就不要再想了，好好替四姪女尋個好人家是正經。」

喬大夫人見她神情堅決，只得不甘心地努努嘴，不敢再提這事。

之後，喬氏回到慕國公府，便將消息告知楚明慧。

「外頭竟有這種傳言？」楚明慧詫異地望著喬氏。

喬氏點點頭，又有點猶豫地問：「妳與那個安郡王妃是否有什麼誤會啊，她怎那般詆毀妳？」

楚明慧一怔。「是她在散播這些謠言？」

喬氏點點頭，又搖搖頭。「我娘家大嫂是說從她口中聽來的，至於外頭的傳言，倒也不知道是不是她所為。」

楚明慧暗嘆，看來肯定是楚明涵的手筆了，也不知她從何處聽到的這種話，果真是瞧不得自己好過啊，不能再生又不替大君納妾，這是妒，是犯了七出的！

第五十五章

當京城逐漸傳言慕國公府世子夫人善妒，不能再孕亦不替夫君納妾時，太夫人終於也坐不住了。

孫媳婦還能不能有孕她自然心知肚明，也不知這種惡意中傷的話是何人傳出去的，但是孫兒身居高位，只得一妻一子卻是不爭的事實。

只是再想想慕錦毅曾說過他拒絕通房、妾室的緣由，她又只得無奈嘆氣。

說起來身居高位的男子身邊只得一妻，無妾室、通房之事並不少見，不說以往那些人，單說現在的禮部尚書凌大人，他身邊就只得原配夫人一人，既無妾室，亦無通房，所出子女均是嫡出。

但，若是正室不能有孕而又不讓夫君納妾的話，那這位正室便是極為不妥了，嚴格說起來連她的娘家家教都得被質疑，不得不說，楚明涵果真是看不得侯府姊妹們好過了。

而作為當事人的男子，眾人亦會取笑他懼內，這個懼內可算不得什麼好名聲，連家中妻室都擺不平，又談何替皇帝分憂解難、為百姓謀福祉？

太夫人猶豫地對慕錦毅說起讓他納房妾室，就算是擺著放著也好，也總好過讓人這般指指點點。慕錦毅無奈，這可真是莫名其妙至極，他的妻子無緣無故被人傳成了妒婦，雖說他十分希望楚明慧真能當個切切實實的妒婦，但也不能讓外人這般敗壞她的名聲啊！

「祖母，如今納妾豈不是坐實了妳孫媳婦不孕、善妒之事？再者，既是無稽之談，又何須放在心上，明慧能不能再生，讓事實說話便是。」

太夫人見他神情堅決，知道勸他不得，只得無奈嘆道：「你既然心意已決，祖母亦不當那招人嫌的。」

如今她算是看清楚了，孫兒這是打算守著孫媳婦就這麼過一輩子了，她再堅持，除了鬧得不痛快之外還能得什麼好？反正孫媳婦又不是真的不能生，如今小重孫有了，再等一、兩年她養好了身子，再生幾個，這一生也就圓滿了。

她都一隻腳踏棺材裡了，還計較那麼多做什麼呢？想想前幾日一直替她診平安脈的大夫一臉凝重，太夫人更無意理會這些流言了。

慕錦毅又陪著她說了一會兒話，見她有些累了，這才告辭出來。

他回到了文慶院，抱著兒子逗弄了一陣子，見他嘟起小嘴不滿，眼看著又要發脾氣，慕錦毅無奈地搖搖頭，輕輕敲了一下他的小腦袋瓜子。「這動不動就要發脾氣的性子什麼時候才能改一改啊！」

楚明慧瞄了他一眼。「你若是少縱容他，他大概也能早些改過來了。」

慕錦毅抱過扭著身子發脾氣的兒子，舉著他拋了拋，直逗得他又高興起來，才將他交給一旁的盈碧，然後來到楚明慧身邊坐下，笑道：「妳若是再多生幾個，我自然少寵著他了。」

楚明慧停下手上的繡活，抬起頭望進他雙眼裡，認真地道：「你是不是也信了外頭的傳言，覺得我不能再生，想著再納幾門妾室進門來開枝散葉，替阿盼多添幾個弟弟、妹妹？」

慕錦毅嘆息著摟過她的腰肢。「妳胡思亂想什麼？縱使妳不能再生，我們已經有了阿盼了，此生亦無憾，更何況妳的身子狀況難道我會不清楚？」他時時刻刻關注著她，又怎可能會不清楚她身子如何？

「你若是要納妾，一定要提前告知我，我不希望自己是從別人口中得知自己夫君納妾的消息。」楚明慧輕聲道。若像是前世那般，從夏氏口中得知慕錦毅納妾，這種打擊比他親口告知更甚。

「又胡思亂想了。」慕錦毅輕輕捏了一下她的臉龐，無奈地道。

這一生，他從未跟她說過一雙人這類的話，亦知道說得再多還不如實際行動更有說服力。

這事就算是這樣揭過去了，楚明慧自也不會再拎出來說。

「安郡王府裡頭，如今怎樣了？」楚明慧問。

楚明涵有心思出來蹦躂，難道日子又好過了？

「郡王太妃一直在追查前郡王妃親弟的下落，我瞧著找到他也只是時間問題，一旦被她尋到了，只怕……」

楚明慧長嘆一聲，既然明知道安郡王府是個吃人的地方，當初走了就不要再回來，可惜有人利慾薰心，想著以親姊的死要脅郡王太妃再得一筆好處，這郡王太妃又豈是那等容易吃虧之人？如今介入了安郡王府的婆媳鬥爭中，只怕性命遲早不保。

當議論的焦點逐漸從楚明慧的善妒轉移到慕錦毅的懼內時，太子終於有些意見了，慕錦毅是他將來要捧上去爭奪兵權之人，怎能沾上「懼內」的名聲！

這日，慕錦毅正與另一位將領比試武藝，圍觀的雙方兵士大聲替各自的將軍打氣，兩人越戰越勇，最終是慕錦毅技勝一籌。

對方黑著臉望著被兵士團團圍著的慕錦毅，心中不忿，突然大聲道：「連家中的女人都壓不住，一個懼內的男人又憑什麼讓人心服口服！」

此話一出，全場鴉雀無聲，眾人齊齊地望向滿頭汗水的慕錦毅。

慕錦毅一怔，倒想不到對方竟然如此輸不起，待他聽清楚那番話後，不在意地笑了，朗聲道：「大丈夫立世，當血戰沙場，保家衛國，殺得了敵，護得住家國，才稱得上讓人心服口服。再者，兩軍交戰，若是後方不穩，前方又怎能專心對敵？拙荊在家孝敬長輩、打理家宅、生兒育女，替本將軍營造了一個穩固的後方，本將軍敬她愛她，許她一人，又當如何？難道要將這種弱質女流壓得死死的才稱得上大丈夫？恐怕只能叫窩裡橫吧！」

眾將士一愣，沒有料到慕錦毅大大方方地承認了懼內的事實，但聽到後面那句「窩裡橫」一時，又想想身邊某些在家中大擺老爺譜，出外便慫得像龜孫子一般的人，便哄的一下齊聲笑起來。

被慕錦毅反駁一番的那將領，臉上一陣紅、一陣白，窩裡橫？

「慕將軍、慕將軍！」氣氛正熱烈間，周邊有兵士高揚著手，拚命往裡擠，欲喚起被圍在正中央的慕錦毅注意。

慕錦毅抬抬手，示意眾人安靜，只見一個十六、七歲的年輕兵士擠了進來，朝著他行了禮後便稟道：「將軍，宮裡來人！」

慕錦毅不敢耽擱，急忙出去迎接，待見了來人，他一眼認得是太子身邊的人。

「世子，太子殿下讓你去一趟。」那人見過禮後說明來意。

慕錦毅自上次自作主張將譚嬪謀害先皇后之事嚷得人盡皆知後，一直沒有再去過東宮，太子讓他好好反省，可他並不認為自己有錯，又何須反省？若是他再讓人欺負到頭上來，那才真的需要好好反省了。

東宮。

太子坐在上首神色莫測地望著跪在地上的慕錦毅，良久，才冷笑一聲。「我讓你好好反省，你倒反省出個懼內的名聲來，你的前程還要不要！」

慕錦毅腰背挺直，一聲不吭。

太子見他這副毫不覺得自己有錯的倔強樣，心中怒氣更盛，「啪」的一下將手上的青瓷茶杯用力砸到地上，飛起的碎片在慕錦毅臉上劃出一道淺淺的血痕。

慕錦毅仍是一動也不動，連眼都不曾眨一下。

太子氣得不住喘氣，身邊伺候的太監被他陰沈的臉色嚇得雙腿發軟，也不敢上前去勸。

好一會兒，他才將心頭的怒火壓下去。「太子妃娘家的嫡出妹妹，張家五小姐，性情柔順，是個難得的佳人，我將她賜給你做貴妾，你著人回去好生準備，擇日納她進門。」

「殿下，此事萬萬不可，請恕臣不能從命！」慕錦毅大驚失色，急道。

「放肆！我的命令你竟敢違抗？」太子勃然大怒，這幾個月來他隔三差五被佑元帝訓斥，早就煩不勝煩了，如今慕錦毅還這般公然違逆他的命令，他怎還忍得住。

「殿下，並不是臣有意違抗您的命令，實在是這事來得不巧啊！」慕錦毅長嘆一聲，無奈地道。

太子見他語氣鬆動，只得強壓住心頭怒火，冷冷地道：「來得不巧？怎麼算是不巧？」

「殿下方才命人去宣召臣時，臣正與軍中兄弟比試武功，並且在有人以『懼內』此事挑釁時，臣當著眾將士之面，道明只許拙荊一人，若是如今出爾反爾，今後只怕……」慕錦毅心中暗自慶幸，幸虧早點將這話放出去，否則今日府中又要多一位張姨娘了。

「你！」太子被他堵得心口發痛，恨得雙眼噴火，終是恨恨地揮手。「下去！別在這裡礙了我的眼！」

一個將領，出爾反爾自然比懼內的名聲損傷更大，兩相其害取其輕，他也只能妥協。

慕錦毅做出一副誠惶誠恐的模樣，恭恭敬敬地朝他行了禮，這才退了出去。

「你瞧他這副模樣，哪像個領兵打仗的將軍？分明是被色所迷的糊塗人！」太子恨恨地道。

從後方屏風出來的徐鳳珍，垂著眉頭輕輕替他按著太陽穴，一言不發。

太子又發洩了一番對慕錦毅的不滿，這才拉著徐鳳珍的手，將她抱在腿上。

「殿下應該為有慕世子這般下屬高興才是，怎反而惱了呢？」徐鳳珍倚在他懷中，輕聲道。

太子一怔。「此話怎說？」

徐鳳珍輕輕推了一下他的胸膛，然後抬頭望著他真誠地道：「慕世子能許世子夫人一人，就也只會認殿下一人，這種一心一意、忠心耿耿的下屬，不難得嗎？」

太子怔怔地望著她，又想想慕錦毅的為人，片刻，才哈哈大笑。「還是珍兒看得透，我反倒被蒙住了！」世子夫人與慕錦毅有結髮夫妻之情，他與慕錦毅則有自幼相處的情分。

徐鳳珍望著他盈盈笑著，心中卻是一陣苦澀，似慕世子對其夫人一心一意的這種男子，是多少閨閣女子一生所求啊！她既然無緣，那就替他守著這分心意，只盼他們果真能一雙人到白首，好讓她在這冰冷的東宮多一分期盼、多一分對真心實意的信任。

幾日之後，慕錦毅在營中所說的那番話被傳揚出去後，京城有人稱讚，有人不屑，亦有人可惜，但這些都影響不到他；如今連太子都不再干涉他的後宅，那只要他不願意，誰又敢多說？

而這些話傳到楚明慧耳中時，她只是沈默了片刻，然後又去忙替慕淑怡擇婿之事了。

又隔得幾日，便聽聞晉安侯府太夫人當眾訓斥安郡王妃，說她道聽塗說詆毀親妹，緊接著，侯夫人又下跪請罪，道自己教女無方，自願到家廟清修。

霎時，京城社交圈內一片譁然。

晉安侯府太夫人及侯夫人這做法，大概也是給國公府一個說法吧，無論怎樣，這些流言也是楚明涵傳出去的，楚明慧名聲有損，亦即是國公府名聲受損。如今慕錦毅都大大方方地承認自己懼內了，那作為娘家人的晉安侯府，無論怎樣也得給個說法吧？

而對於旁人來說，晉安侯府太夫人當眾訓斥安郡王妃一事，既可以說是侯府為了維護嫁得更好的世子夫人而放棄身為安郡王妃的楚明涵，又可以說是楚明涵不滿侯府更重視堂妹楚明慧而故意敗壞她的名聲；但無論是哪一種看法，安郡王妃楚明涵被娘家晉安侯府厭棄卻是板上釘釘的事了。

有心人聯想侯府前些時候出事時，楚明涵亦曾當眾承認侯府六姑娘做了那等不知廉恥之事，可惜後來六姑娘卻是以死證明了她的清白，如此一想，傾向於楚明涵詆毀楚明慧的人便又多了一些。

一時之間，楚明涵被不少當家夫人冠以「白眼狼」的稱謂，對於正室夫人來說，這種敢陷害嫡女的庶出女，她們簡直是痛恨至極；尤其是那些家中有得寵庶女壓了自己所出嫡女一頭的正室夫人，將對妾室及其子女的厭惡痛恨一下子都轉移到楚明涵身上，指桑罵槐、含沙射影之話層出不窮，直罵得楚明涵再不敢輕易外出。

禍不單行，隔了幾日，安郡王太妃痛哭自己有眼無珠，娶了這等惡婦進門，誤了兒子，愧對祖宗，消息一傳出，京城貴婦圈更加沸騰了，先後遭娘家、婆家當眾打臉的女子，古往今來，這大概也是頭一個了！

安郡王太妃憋了這麼久，總算是乘機發洩了一番，她原本以為這個侯府二姑娘在府中不得寵、易拿捏，可是沒有料到對方竟是個頗有手段的，終年打雁卻是被雁啄了眼，這讓她恨至極點。

晉安侯太夫人自當眾訓斥了一頓楚明涵後，一直有點提不起精神來，她這般做其實亦是將侯府置於別人的指指點點當中，楚明涵再不好，也是侯府教出來的，侯府又哪會完全脫得了關係？

只不過若是一直這般不聲不響地下去，別說是國公府會不滿，就連三孫女的父母，她的兒子、媳婦也會不滿。再者，她也不清楚那二孫女將來還會不會有第三次、第四次做這種往親姊妹背後捅刀子的事，倒不如一次了結，絕了後患！

侯夫人小王氏當然也不會真的去家廟清修，只不過是先表態，她示了弱，日後也無人再敢追究她身為嫡母卻管教不好庶女這事。

但無論怎樣，楚明慧都已經是徹底成了京城貴夫人、貴小姐們私下的談論對象，說的不外乎是她到底還能不能再生？若是不能生了，慕世子會不會還堅持只得她一人？

這些話六公主一字不漏地學給她聽時，楚明慧深感無奈，這算不算得上人在屋裡坐，禍從天上來？

當六公主又說她的肚子已經成了貴婦、小姐們的焦點時，楚明慧雙手抖了抖，她能不能再生，又礙著她們了？真是閒得慌！

幾日後，因五公主出嫁在即，楚明慧在六公主既撒嬌又是耍賴之下，被逼無奈，只得陪著她進宮去替五公主添妝。要真說起來，經過上一次的驚心動魄，她是壓根兒不想再進宮，對那座金玉其外的皇宮，她實在是生不出多少好感來。

進了宮，楚明慧依禮先見過了賢妃，賢妃既是後宮中品級最高的妃子，又是準嫁娘五公主的生母，她的宮中自然是聚滿了來道賀的人。

楚明慧的到來吸引了大家的注意，畢竟早些時候關於她的那些傳聞仍是不絕於耳，再加上慕錦毅又當眾表示許她一人，楚明慧早就成了京城女子暗暗羨慕的對象。

楚明慧頂著眾人好奇的目光鎮定地向賢妃行了禮，得了賢妃賜座的旨意後便淡然地坐在一邊，任由周圍的妃嬪、命婦們偷偷打量個不停。

「慕世子夫人果然是生得一副好相貌，當然，與手段比起來，這相貌自然是算不上什麼了，只不過，替夫家開枝散葉是女子的本分，夫人這般善妒，實在是國公府之不幸啊！」一個不懷好意的女聲在肅然的屋中顯得十分突兀。

楚明慧順著聲音望過去，見這個出言不遜的女子竟然是盧素媛，如今宮中最為得寵的麗貴人。

未等她作出反應，賢妃便率先表示了不滿。「妹妹以訛傳訛，實在是不應該。慕世子與世子夫人情深意重，怎麼是國公府之不幸了？妹妹這般當眾詆毀當朝命婦，確實是失禮。」

盧素媛語滯，終是不敢反駁，她如今憑藉著的只不過是佑元帝的寵愛，可是以色侍人，能得幾時好？這種如履薄冰的風光，讓她實在生不出多少底氣來。

眾人見賢妃當眾維護楚明慧，心思清明的人多少想得到其中的緣由。

楚明慧仍是神色淡然地坐著，既沒有委屈，也沒有惱怒。在場的命婦見她年紀輕輕卻是這般波瀾不驚的模樣，倒是生出幾分好感來。

待到六公主來尋她，楚明慧這才起身告退，賢妃亦不留她，讓宮女好生送她出去。

出了宮門，楚明慧就見徐鳳珍帶著小宮女迎面走來，雖知這位曾經的京城第一才女性子有點清高，她卻十分感激當初她的出手相救，是故十分恭敬地朝她行了禮。

徐鳳珍望了她一眼，清清淡淡地說了句。「世子夫人果真是個有福氣的。」

楚明慧垂眉道：「不敢當，妾身尚未恭賀良娣懷了皇嗣。」

徐鳳珍下意識地摸了摸腹部，片刻又無甚表情地道：「進門幾年才懷上，的確是要恭賀一下。好了，妳去吧！」說完，她便轉身帶著宮女往賢妃宮中去了。

楚明慧怔了怔，似是有點不大明白對方這句話的意思，難道她進門至今才懷上身孕，當中有什麼內情不成？

太子膝下只得一子一女，均是太子妃所出，而東宮除了太子妃、徐良娣外，還有一位沈良娣和三位侍妾，但均無所出。雖說太子的子嗣相對於其他皇子來說並不算少，但終究仍是單薄了些。

徐鳳珍進了東宮後一直頗為得寵，雖比不上另一位沈良娣，但在太子跟前卻是能說上幾句話的，這一點，那沈良娣自是遠遠不及。

楚明慧對徐鳳珍的感覺有點複雜，有時候她明明能感覺到對方對她的隱隱敵意，可是在危難之時出手救她的卻又是這位徐良娣，她猜測著是不是對方與慕錦毅曾經有過什麼，可是慕錦毅卻是一片坦然。

只是，不管怎樣，徐鳳珍算得上是這宮中為數不多讓她覺得可以相信之人。

「大嫂，走吧，五皇姊還在等我們呢！」六公主見她怔怔地望著徐鳳珍離去的背影，不由得出聲提醒。

楚明慧回過神來，朝她點點頭。「好。」

五公主是皇室六位成年公主當中長得最好的一個，早些年讓京城不少男子趨之若鶩，只為求得她一次回眸，若不是前準五駙馬死得莫名其妙，京中又暗暗傳著她剋夫的名聲，恐怕如今她早就已經為人婦、為人母了。

楚明慧不著痕跡地打量了她一眼，心中暗嘆，好一位絕代佳人！比她生母賢妃更是出色不少；只是，瞧著卻無一點新嫁娘的喜氣，反而是一副憂鬱糾結的表情。

這位五公主的親事一向波折。楚明慧猜想著，莫非她不願嫁到柳家去？

六公主拉著皇姊的手說個不停，五公主自始至終都沒有將那兩道微微蹙著的蛾眉展開來，楚明慧恭敬地候在一旁，直到六公主說完了話，這才告辭出來。

「我五皇姊是不是很好看？比妳好多了吧？她可是咱們姊妹當中長得最好看的一人。」出宮的路上，六公主得意洋洋地道。

楚明慧心中好笑。「是，五公主天姿國色，世間少有，妾身自是遠遠不及。」

六公主掩著嘴嘻嘻笑個不停，彷彿楚明慧稱讚的是她一般。

回程的馬車一路往慕國公府而去，待下車時，楚明慧發覺六公主的車駕亦是停在了國公府。

「公主不回府嗎？」

「不回，一見到慕錦康就生氣，我要跟阿盼一起過！」六公主嘟嘴不高興地道。「這對冤家！想起昨日慕錦康氣呼呼地來尋慕錦毅，吵著鬧著說娶了個潑婦，日子沒法過了。」楚明慧不由得失笑。

回到了內院，妯娌兩個相攜去向太夫人請安，剛至門口，就聽裡面傳來太夫人爽朗的笑聲，兩人對望一眼，於是前後進了門。

繞過了屏風，楚明慧臉上的淺淺笑意便凝住了，只因她發現，坐在太夫人身邊那個低著頭、微笑著的綠衣女子，赫然是慕錦毅前世最後一名妾室——陳氏！

這個陳氏，本名陳冰月，據說是與太夫人頗有交情的老婦人的外孫女，父母雙亡後來投奔外祖母，老婦人無子無女，身邊除了這名外孫女，再無親人，病逝後便將外孫女託付給太夫人。

前世楚明慧及身為慕錦毅妾室的梅芳柔均無所出，太夫人便將這位陳姑娘給了慕錦毅。陳冰月性情溫順，行事低調，在府中默默無聞，這般不爭不吵不鬧、安安靜靜地伺候太夫人的女子，著實難讓人生出惡感，若不是因她較得太夫人看顧，楚明慧甚至都要將她的身分忘記了。

如今她出現在慕國公府，難道太夫人又打算將她……

太夫人見兩位孫媳婦進來，樂呵呵地與六公主見過禮，又受了楚明慧的禮，這才指著陳冰月介紹道：「這是陳姑娘，我與她外祖母相識多年，今日邀她來府裡坐一坐。」

她又轉頭對陳冰月道：「這位是當朝的六公主，老身的三孫媳婦，另一位是老身的長孫媳婦。」

陳冰月先朝著六公主拜了拜。「民女見過六公主。」得了六公主免禮的旨意後，又朝楚明慧行了禮。「見過世子夫人。」

楚明慧收斂心緒，漾起一絲笑容。「陳姑娘不必多禮。」

「祖母何時認識了陳姑娘的外祖母，怎從未聽妳說過？」六公主膩在太夫人身邊，抱著她的手臂嬌聲問。

太夫人呵呵一笑，拍拍她的手道：「祖母好些年前到慈恩寺上香認識的，她住在慈恩寺山腳下，平日裡總往寺裡給住持送些醃製的小菜，一來二往的祖母便與她熟絡起來了。」

「她為何要給住持送小菜？」

太夫人嘆息一聲。「她那時沒有親人在身邊，多得住持平日總命僧人給她送些柴米油鹽。」

六公主憐惜道：「倒真是個可憐人！祖母上個月命人送米麵到慈恩寺，便是要給這位老夫人？」

太夫人點點頭。「她也只肯接受這些，其他的不肯要。」

「外祖母曾經說過，滴水之恩當湧泉相報，她多年來得慈恩寺與太夫人看顧，只可惜身無長物，無以為報，也只能做這些不入流的小菜略表心意，還多虧了太夫人與住持不嫌棄。」陳冰月輕聲道。

「真是個知恩圖報的。」六公主又嘆道。

「太夫人，胭脂姑娘來了。」

「哦，快請！」

胭脂謝過了通報的婢女，這才往屋裡走去，待她看清屋裡的人後，腳步不自覺地頓了一下，然後又若無其事地繼續上前。

一番見禮後，胭脂道明來意。「回春堂的李大夫，他夫人明日生辰，胭脂曾經受李夫人照顧，打算明日去李家向李夫人祝壽，國公夫人的用藥已經交代了綠屏姑娘。」

「李夫人生辰，怎麼不早說？大孫媳婦，替祖母準備一份賀禮，請胭脂姑娘一同帶去給李夫人。」

楚明慧起身福了福。「是，孫媳讓人去準備，請胭脂姑娘稍等。」

吩咐了翠竹準備壽禮後，楚明慧又與在場眾人閒聊了一會兒才告辭回到了文慶院正房。

她靠坐在紅木椅上閉目想了一下前世陳冰月的事，除了她總是安安靜靜地坐在一角外，竟是再想不起關於她的其他事。

楚明慧輕嘆一聲。果真是個容易讓人忽視的女子！

「爹爹、爹爹，要高高，要高高！」一陣稚子的嬌嫩聲音傳來，將她心頭鬱結吹散了開來。

「好，再高高。」洋溢著濃濃笑意的男聲響起，緊接著便是小孩子的尖叫聲與清脆的格格笑聲。

楚明慧不自覺漾開了滿臉的笑容，起身朝著外頭走去，便見慕錦毅托著阿盼，一會兒舉高，一會兒放下，樂得阿盼笑聲不斷。

見她出來，慕錦毅停下了動作，將兒子抱在懷中，迎著楚明慧走了過去。「回來了？」

「嗯。」楚明慧替笑得滿臉紅通通的阿盼擦了擦臉蛋，又刮了刮他的小鼻子。「淘氣包！」

阿盼伸出胖嘟嘟的小手揉了揉鼻子，又抱著慕錦毅的脖子上下地顛個不停。「爹爹，還要！」

慕錦毅拍拍他的小屁股。「今日不高高了。」

「不嘛，要，要高高！」阿盼不依地在他懷裡扭來扭去，慕錦毅無奈，求救般望著在一旁看好戲的楚明慧。

楚明慧朝他挑挑眉，做了個「活該」的嘴形。

慕錦毅嘴角抽了抽，低聲嚇了兒子兩句，阿盼委屈得眼眶含滿了兩泡淚。

慕錦毅裝作一副生氣的模樣。「男子漢大丈夫，總這般哭哭啼啼的成什麼樣子！」

阿盼鼓著小嘴淚眼汪汪地望著他，然後「哇」的一聲哭了起來，邊哭還邊委屈地反駁。「不、不大！」

楚明慧愣了片刻，才明白他的意思，原來是反駁那句「男子漢大丈夫」。

她強忍著笑意將兒子抱了過來，柔聲哄道：「好好好，我家阿盼不是大丈夫，是小丈夫。」

阿盼將臉埋進她懷裡，抽泣地嗯了一聲。

慕錦毅哭笑不得，伸手揉了揉他的腦袋瓜子。「小笨蛋。」

將兒子哄好後，楚明慧將他交給了奶娘，夫妻兩人回到了正房。

「今日進宮，可有遇到什麼事？」慕錦毅替她倒滿了茶，出聲問道。

「沒什麼事。」她頓了一下，又想到陳冰月，終是有點猶豫地道：「今日祖母帶了個人回來……」

「嗯？是什麼人？」慕錦毅順手替自己倒滿了茶，隨口問道。

「陳冰月。」

慕錦毅手一頓，片刻又若無其事地將手中茶杯放在桌上。

「祖母帶她來做什麼？」

「只說是邀請她到府裡坐坐，並不曾說其他什麼。」楚明慧低著頭道。

慕錦毅長嘆一聲，伸手將她拉到腿上坐好，雙手緊緊抱住了她纖細的腰肢。

「陳冰月，是有意中人的，前世我與她清清白白，從未有過什麼。這一生，那就更沒有可能了。」前世祖母讓他納了陳冰月，最大的原因是他彼時的妻妾均無所出，而那時陳冰月唯一的親人病逝，太夫人將她帶進了府後，喜愛她性情溫順，又想到他膝下猶虛，這才提出了這個主意。

他原是不答應，可那時太夫人卻以死相逼，加上那會兒他也對改善與楚明慧的關係沒了信心，而陳冰月又向他表示心有所屬，並打算替過世的意中人守身，他這才答應了。

兩個心不甘、情不願的男女湊在一起，又怎麼可能會發生什麼？

「她已有意中人？」楚明慧有點意外。

慕錦毅點點頭。「大概她也是想著祖母對她有恩，而她一個弱質女子又無人依靠，進了門既能替意中人守身，又有了一輩子的依靠，這才答應的吧！」

楚明慧低著頭也不知在想些什麼，只是心裡總覺得有點怪怪的，可卻又說不出什麼原因。

第五十六章

一轉眼，兩個月又過去了。這兩個月來，一直盯著胭脂的人都未曾發現對方有什麼異動，楚明慧漸漸有點坐不住了，任誰家中擱著這麼一個危險人物都安心不下來。

而陳冰月卻是來了府中幾次，一次是陪著她外祖母而來，另外幾次則是奉她外祖母之命來送些太夫人喜歡吃的小菜。

這日，太夫人上香歸來，臉上一片沈重，眼中甚至還帶著絲絲哀傷，楚明慧詢問了陪著太夫人外出的慕淑怡，才得知陳冰月的外祖母過世了。

楚明慧心中一凜，看來不用過多久，陳冰月就會正式住進國公府了。

又過了一個月，太夫人果然命人將孤女陳冰月接進了府，府中人人稱她為陳姑娘。

陳冰月自進了慕國公府後，一直安安靜靜地待在太夫人身邊，太夫人憐惜她身世，便讓楚明慧挑了兩位貼心的婢女到她身邊伺候，陳冰月推辭不下，感激涕零地接受了她的好意。

楚明慧弄不清楚對她的感覺，也一直不冷不熱地對待她。

卻說胭脂來到府中後，夏氏的病雖有所好轉，但終究沒辦法完全康復。太夫人每每望著夏氏，想起這段時日以來府上發生的諸多事，便忍不住嘆息。

陳冰月察言觀色，主動提出願意去照顧夏氏。

太夫人愣了一下，笑笑地拍拍她的手道：「妳又不是下人，照顧之事由著丫鬟們去做就行了，妳若有心，每日去陪她說說話也是可以的。」

陳冰月也不推辭，便應了下來，每日用過早膳後，就到夏氏屋裡陪她說一會兒話，無論夏氏有沒有回應，她依然輕聲細語地將聽來的趣事一一道來，有時丫鬟們伺候得不夠細心，她也一聲不吭地補上來，從不說二話。

要說陳冰月在國公府的地位，也是十分尷尬，她與國公府非親非故，雖太夫人將她視如親孫女一般對待，但終究與正經的國公府小姐不同，加上她又是個孤女，下人們其實並不大將她當一回事，包括夏氏身邊的婢女。

但這大半個月來，瞧著這陳冰月性子溫順，做事細心，待人又和善，不愛計較，眾人也不由得對她生出幾分好感來。

楚明慧閒下來時，聽見小丫鬟們小聲地議論著這位溫柔和氣的陳姑娘，心中倒是有幾分意外，陳冰月竟也會主動幫別人做事？她不是一直不愛理事，安安靜靜地待在自己屋裡的嗎？

楚明慧還未想通這件事，就聽見下人傳來七妹妹楚明婧有孕三個月的消息，心中不禁替她鬆了口氣。如今姊妹幾個，大姊楚明婉、五妹楚明芷生了兒子，就連四妹楚明嫻膝下也有一女，相比之下，楚明婧的肚子就夠受到注意了，畢竟林煒均年紀可不小了。

如今她終於有孕，不管是林夫人還是晉安侯府，都鬆了口氣，就算這一胎不是兒子，好歹也不至於讓林煒均膝下空虛啊！

楚明慧聞訊翌日，就備禮前往林家拜訪，同時和七妹妹敘舊一番。

從林家出來後，她又繞了個彎，到慈恩寺山腳下替太夫人送些祭品給回老宅拜祭外祖母的陳冰月，陳冰月感激地謝過她，並婉轉地表達欲留在老宅一段時間的意思，楚明慧點點頭。「我會將妳的意思轉告祖母。」

兩人告別之後，楚明慧坐上回府的馬車，一路上馬車晃晃悠悠地走了片刻，燕容突然撲過來將楚明慧緊緊護在身後，盯住她方才坐的位置厲聲道：「什麼人？再不出來別怪我不客氣了！」

馬車外的護衛聽到響聲，一下子勒住了馬匹，沒幾下就將整個馬車圍住了。

「別別別，三小姐，是我、是我，我是馬婆子，不不不，我是金燕啊！」一個慌慌張張的熟悉聲音從方才燕容坐的軟榻下的夾板裡傳出來。

楚明慧一怔，急忙止住欲上車來看個究竟的護衛。「沒事，是自己人，繼續趕路。」

護衛在外頭聽了聽，確定了她並不是受人要脅才這般說的，這才散開來，繼續催著馬匹往國公府方向而去……

蓬頭垢面的金燕喘著粗氣從夾板裡爬了出來，一屁股坐在軟榻上，朝著楚明慧笑嘻嘻地道：「三小姐，不，如今該叫世子夫人了，好久不見啊！」

楚明慧笑著道：「妳怎變成這般模樣了？真面目都露出來了。」

金燕離開晉安侯府時，曾經卸下了馬婆子的妝容，楚明慧自是見過她的真正相貌，是故現在才會這般問。

金燕「咕嚕」地灌了幾杯茶水，直到覺得沒那麼渴了，才抹抹嘴角道：「逃命唄！哪還有時間顧得了這個。」

「逃命？」楚明慧一怔。

「妳得罪什麼人了，要這般東躲西藏？」

金燕隨手拿過小桌上的點心塞進嘴裡，含含糊糊地道：「當年年輕不懂事，哪想到替自己惹上了個吊命鬼，死纏著人不放。」

「怎麼把妳自己陷進去了？」燕容聽了半晌，終是忍不住出聲問。

金燕將嘴裡的點心嚥了下去，又灌了杯茶，這才長嘆一聲，滿臉唏噓地道：「初入江湖，天真不懂事，唉。」

楚明慧亦被她這般模樣勾起了好奇心。「到底發生了什麼事？說來我們聽聽，看看能不能幫幫忙，也免得妳以後這般東躲西藏。」

金燕望了望滿臉期待、目光灼灼地盯著她的主僕兩人，輕咳了咳，便將她曾經做的蠢事細細道來。

說起來其實也不算什麼大事，就是當年十六、七歲初入江湖的金燕姑娘，一時手頭緊了，順手從一個高大壯健、正在欺負瘦弱書生的黑臉男子身上捲走了個荷包，可惜荷包裡除了一支款式老舊的鳳釵外別無其他，金燕無奈，隨手拿到當鋪典當了，換了幾兩銀子應急。

沒想到才過了幾天，那黑臉男就找上門來了，向她討要被她偷走的鳳釵，金燕當然不肯承認，可是技不如人，吃了幾回虧後便清楚眼前之人是她惹不起的，故發誓一定歸還那鳳釵。

「鳳釵？可是早些年從我手上得去的那支？」楚明慧問。

金燕羞愧地垂下腦袋。「可不就是那支！」

楚明慧一滯，有點無語地望著她。「那妳為何還被人追，難道妳沒有把鳳釵還給他？」

「怎麼沒還，拿到之後立馬還給他了，卻沒想到這個魯耀宇卻是個不折不扣的小人，出爾反爾！」金燕氣呼呼地道。

「魯耀宇，可是如今的神捕魯耀宇？」燕容突然出聲問。

「妳認得他？」金燕一驚，警覺地望向燕容。

「奴婢曾聽過他的大名，原來姑娘得罪的是他！只是，據聞魯捕頭為人豁達，妳既已歸還鳳釵，他又怎會這般不依不饒？」燕容奇道。

「為人豁達？那個小氣鬼！當初明明只說是要追回家傳的鳳釵，我已經將鳳釵尋回給他了，他居然還是追著我不放，簡直豈有此理！」一提起這倆，金燕恨得牙癢癢。

那混蛋居然說鳳釵是當年他的聘禮，可是被她偷走了，導致他娶不成媳婦，是故她得還他一個媳婦才行。

聽聽，這是什麼鬼話，人家姑娘瞧不上他，拒了他親事，如今居然還賴在她身上，簡直是荒謬！

「那個……三小姐，不，世子夫人，妳便暫且收留我一段日子吧，就跟以往一般，我化作個婆子給妳打雜，如何？」金燕期待地望著楚明慧道。

「這……」楚明慧猶豫了一下，府中各院下人都是有定數的，這般突然多一個人……

但是金燕無論是前世還是今生，都讓她很有好感，如今見她這副無家可歸的模樣，要拒絕也實在是不忍心。

「少夫人，如今盈碧有了身孕，玉秋一人也照顧不來小少爺，倒不如說金姑娘是從侯府暫且來幫忙照顧小少爺的。」

楚明慧想了一下，這個理由也說得過去，反正國公府眾人皆知盈碧以後是要做阿盼屋裡的管事娘子，如今她有孕，找個人暫且代替她的差事也說得過去。

「盈碧丫頭嫁人了？」金燕一愣。

「妳倒還記得她啊！」楚明慧笑道。

「自然記得，這丫頭瞧著老實，實際上是個小辣椒，嗆人。」金燕努努嘴。

楚明慧一愣，瞬間笑出聲來，這形容還真貼切，盈碧可不就是個小辣椒嘛！

就這樣，金燕跟著楚明慧進了國公府，這次她倒沒有再易容，而是以她的真面目入府。

楚明慧將事先想好的理由回稟了太夫人，太夫人稍想一下，覺得從侯府要個有經驗的人來接替一下倒也未嘗不可，便也點頭道：「這事隨妳吧！」

慕錦毅得知此事後有點意外，他倒沒有想到今生楚明慧竟然與金燕有交情，待聽了楚明慧說起金燕被神捕魯耀宇追得無處可逃時，他輕笑一聲。

「魯耀宇是看中她了，否則哪會追著她這麼多年，閒得慌嗎？」

楚明慧怔了怔，也笑出聲來。「這倒也是，各地官府都想請他幫忙查案，他倒一心一意追著金燕討要媳婦，可不正是另有打算嘛！」

慕錦毅意味深長地道：「得了金燕，也就得了魯耀宇。」

楚明慧愣愣地望著他，片刻，像是想到了什麼。「你前世並不是為了金燕才命人四處尋她，而是想透過她將魯耀宇引來？」

慕錦毅笑笑，端起茶碗喝了一口，也不搭話。

金燕是有些本事，可不足以讓他花那麼大的力氣，關鍵是她身後那個魯耀宇，那才是他真正的目標！

「這次若是得魯耀宇相助，那查明胭脂的身分就指日可待了。」慕錦毅嘆道。

金燕雖是平民出身，但到底也在大戶人家潛伏過一段日子，該懂的規矩禮儀還是懂的，這一點，楚明慧也不由得放下心來。

眼看阿盼越來越淘氣，稍不注意便不知跑到哪裡去，他身邊正需要有一個像金燕這種精力旺盛，又懂幾分拳腳功夫的人跟著。

金燕得了個照顧小孩子的差事，心中歡喜至極，她還沒有與這般小小的人兒接觸過，加上阿盼又是活潑好動的性子，更是得她的心意，每日跟著阿盼到處亂竄，玩得不亦樂乎。

這日，她終於抓住了與她捉迷藏的阿盼，一把將小傢伙抱起，樂呵呵地道：「還不抓到你？」

阿盼在她懷裡格格地笑個不停。

玉秋氣喘吁吁地追上他們，心中慶幸來了這麼個精力旺盛的燕姊姊，否則讓她這般跟著小主子到處跑，還不累得半死？

金燕抱著玩累了的阿盼正欲往文慶院去，迎面就見一青衣女子捧著漆黑雕花錦盒走來，兩人相互行禮致意後，各行各路。

金燕一步三回頭，讓跟在她身後的玉秋不禁好奇地道：「怎麼了？可是胭脂姑娘有什麼不妥？」

「她叫胭脂？也是府裡伺候的丫鬟？」

「不是，她是六公主從回春堂請來照顧國公夫人的醫女，到府裡的日子比妳還要長些，只不過她一直待在夫人院裡，極少外出，故妳才沒見過她。」玉秋解釋道。

沒見過她？可她總覺得這人長得很是眼熟，似是在哪裡見過，可是到底在哪裡見過呢？金燕皺著眉苦想不得，也拋在腦後去了。

另一端的胭脂強作鎮靜地回到屋裡，將門鎖上後，一下子軟倒在地。

完了完了，竟然是她！若是她認出自己的身分，那……

她不禁打了個冷顫，不行，絕對不能在這裡出差錯，否則前功盡棄！

轉眼間，盈碧臨盆在即，金燕與她相處過一段日子，倒也生出幾分感情來，聽聞她即將要生產，就打算到外頭去尋些禮物，當成日後給孩子的見面禮。

金燕得了楚明慧的首肯，又老老實實地由著楚明慧替她安排馬車，一早就與燕容兩人一起出門去了。

過了大半日，楚明慧仍未見兩人歸來，心中狐疑，正欲喚人來問一問，就見燕容滿臉汗水、哭喪著臉跌跌撞撞地衝進來。

「少、少夫人，金姑娘出事了！」

「她怎麼了？」楚明慧大驚失色，猛地抓住燕容的手臂急切地問道。

「她被刺成重傷，張伯送她到醫館了，讓奴婢回來通知少夫人，已經有暗衛去追捕凶手了。」

「帶我到醫館！」楚明慧當機立斷，同時大聲吩咐人準備馬車。

楚明慧搭上前往醫館的馬車，一路上聽著燕容將經過詳細地道來。

原來金燕與她逛了小半個時辰就買到了合心意的禮品，兩人正欲打道回府時，金燕似是發現了什麼，將手上抱著的東西一股腦兒塞進燕容懷裡，叮囑她稍等片刻，就跑進前方不遠處的胡同中。

燕容等了好一會兒不見她回來，於是催著趕車的張伯一起進入胡同尋人，卻沒想到進了胡同沒多久，就看見兩個黑衣人正纏在一起打鬥，其中一個她認出是慕錦毅的手下，另一個卻瞧著十分面生，那時金燕已倒在地上，躺在血泊當中……

楚明慧強壓下心中驚恐，顫聲問道：「那金姑娘如今傷得怎樣了？」

「胸口處中了一刀，流了滿地的血，大夫正在全力救治，具……具體情況奴婢也不清楚。」

「凶手可捉到了？」

「對方打不過半途逃了，不過我們的人已經追了過去，奴婢回來之前也發了信號，相信不用多久便能捉到凶手。」

楚明慧死死揪著帕子，心中一遍遍祈禱金燕千萬莫要有事，那般明媚開朗的女子，她怎忍心看著她逝去。

馬車沿著去醫館的路急跑，直到抵達目的地才停了下來，楚明慧來不及等車停穩，一把掀開車簾，扶著燕容的手跳下了馬車。

守在醫館的國公府護衛見她過來，朝她躬了躬身。「少夫人。」

楚明慧胡亂地嗯了一聲，匆匆進了門。

「人現在怎樣了？」她強作鎮定地詢問正捧著一盆血水從房裡走出來的醫女。

那醫女見她衣著華貴，知道是身分貴重的大家夫人，朝她微福一下身子。「趙大夫正在幫她止血，那姑娘傷得比較重。」

楚明慧踉蹌了一下，渾身顫抖不止，燕容扶著她在一邊的椅上坐下，低聲道：「少夫人還是先坐在這裡等候片刻，大夫正在醫治，貿然闖進去驚了他們不大好。」

她愣愣地望著門上掛著的布簾，一動也不動。也不知過了多久，直到整個人被圈進一個溫暖的熟悉懷抱中，她才回過神來。

「莫要擔心，她不會有事的，我已經帶了上好的藥來。」低沈的男聲在她耳邊響起。

楚明慧原還僵直的身子不知不覺放鬆了下來，她哽咽著道：「她不會有事的對不對？」

「對，她肯定不會有事的。」慕錦毅用力圈住她，堅定地道。

「嗯。」

平復一下情緒後，楚明慧低聲問：「是什麼人要殺她？」

抱著她的手臂僵了一下，片刻，慕錦毅沈聲道：「是昨天夜裡出現在回春堂的黑衣人。」

楚明慧猛地抬起頭直直望著他，正欲問個究竟，便見門簾被人掀開來，不一會兒，從裡頭走出一個中年大夫。

大夫見他們兩人守在此處，不由得一愣，待認出慕錦毅後便急急朝他行禮。

「先生無須多禮，請問裡頭那姑娘傷得怎樣了？」慕錦毅虛扶一下，問道。

「那姑娘傷在胸口處，雖是有點兒深，所幸並不曾傷到要害，故沒有性命危險，只不過因為流血過多，還須好生休養，目前暫且不適宜搬動。」

聽大夫說沒有性命危險，楚明慧終是鬆了口氣。「現在可否進去看看她？」

大夫點點頭。「可以，只是如今她仍是昏迷不醒。」

當楚明慧看到幾個時辰前還笑嘻嘻地抱著兒子樂個不停的人，如今面無血色一動也不動地躺在床上，鼻子一酸，幾滴淚珠滑落了下來。

正替金燕拭著額頭汗水的醫女見她進來，微微朝她福了福後，放輕腳步退了出去。

楚明慧坐在床邊繡墩上靜靜望了金燕半晌，才囑咐身旁的燕容。「這些天妳留在此處好好照顧她，等好些了再把她送回國公府。」

燕容點點頭。「奴婢知道了。」

慕錦毅又暗暗吩咐人守在醫館，務必保證金燕的安全，這才與楚明慧一起從醫館裡出來，坐上回國公府的馬車。

一路上，楚明慧只覺心中似被重石壓著一般，壓得她胸口悶脹。

「那凶手可有抓到？」

慕錦毅環著她的肩膀，將她的頭輕輕靠在自己肩上，直到聽到楚明慧的問話，才將她放開來。

「人是抓到了，只不過……他自盡了。」

楚明慧呼吸一窒。「可查得出是什麼人？」

「此人昨夜出現在回春堂，而昨日一整日胭脂都沒有回府，而是待在回春堂，是故我認為此人是胭脂的同夥。本想著讓人一直跟著那黑衣人，看是否能查得到線索，卻沒想到今日就撞見對方行凶，若是再遲一步……」

想到這裡，慕錦毅又不禁慶幸起來。

「她為何要對金燕下殺手？難道這兩人往日有什麼恩怨？」楚明慧又問。

「這個倒尚未清楚，只不過若是以前世兩人的經歷來說，並不像是有恩怨，卻不排除今生她們之間發生了些什麼事，才導致一方要致另一方於死地。」慕錦毅分析道。

「你看，會不會……會不會是金燕認出了她的身分？我們不是一直在查她的身分嗎？說不定金燕曾經見過她，她一直五湖四海地到處跑，說不定在什麼時候曾經見過胭脂。」楚明慧腦中一閃，突然冒出這樣一個想法來。

「有這可能，但也要等金姑娘醒了才清楚。」

與此同時，另一廂位在國公府上的胭脂提心弔膽地坐在榻上，一顆心七上八下。她如今被困在國公府，出入都有人跟隨，並不方便與他人聯繫，也不知事情辦得怎麼樣，有沒有得手？

正不安間，她的房門便被人敲響。

「胭脂姑娘，少夫人院裡的紀芳姊姊讓我來問一聲，上回那種治刀傷的藥可還有？」

「在我這兒呢，我這就拿過去。」她慌忙調整下情緒，若無其事地回了一聲。片刻後，胭脂裝作不經意地問：「可知道是什麼人要用這傷藥？」

「是小少爺屋裡剛來的金燕姊姊，據說是與燕容姊姊外出的時候被搶東西的賊人傷到了。」小丫鬟接過藥瓶，隨口答道。

「傷得可嚴重？怎這般不小心，什麼賊人那麼大膽，光天化日之下竟敢傷人！」胭脂心口一突，故作震驚地問。

「不算嚴重吧！」小丫鬟有點不大確定，片刻，又神神秘秘地湊到她耳邊道：「不過我方才偷聽到紀芳姊姊與燕容姊姊的談話，說金燕姊姊昏過去之前曾說了一句『原來是她』，也不知道是什麼意思。」

胭脂臉色大變。她……她想起來了？

「金……金姑娘如今昏迷著？」她壓下心中驚慌問。

「嗯，一直昏迷不醒，不過燕容姊姊說大夫已經看過了，說是這兩、三日就能夠醒來。」

「這樣啊，真好，真好……」胭脂強笑著道，衣袖裡的雙手卻是不停地顫抖著。

第五十七章

夜色朦朧，遠遠的打更聲隱隱傳來，一下，兩下，三下……

文慶院東側院的一處下人房，一個烏黑的身影慢慢接近，輕輕地將房門推出一道不大的縫，側身閃了進去。

黑影定定地望著隨著人的輕柔呼吸而起伏的薄被，然後從懷中掏出一個手指般長的小瓶子，再拔出瓶蓋，一步一步朝床上之人走去……

那人用空著的右手掀開床簾，正欲將背對著自己的女子蓋著的薄被揭開，突然感到右手手腕一痛，左手一空，雙腿一軟，整個人「啪」的一下倒在地上。

緊接著，一陣光亮襲來，讓人下意識遮住了雙眼，同時間，耳邊傳來一陣腳步聲。

「果真是妳，胭脂！」床上的女子突然翻身跳了一下，一把扯著地上之人的長髮，將她整張臉露在燭光之下。

胭脂面容慘白，心知這回是徹底完了！

跳躍的燭光，照得坐在椅上的慕錦毅神色莫測，他一言不發地望著臉色越來越白，神情越來越絕望的胭脂，冷冷地吩咐。「將藥給她灌下去，我要她活得好好的。」

不一會兒，劉通捧著一個藥碗朝著胭脂走去，胭脂大驚失色。「你要給我下什麼藥？要殺便殺，又何必如此作踐人！」

扯著她長髮的紀芳突然發力，將她整個腦袋扯得仰了起來，劉通則乘機用力捏著她的下巴，將手中的藥一股腦兒灌了進去，胭脂拚命掙扎，可身子原本就無力，如今又怎麼掙脫得開？

直至藥全部灌了下去，劉通和紀芳才鬆開她。

「妳放心，本世子沒有想過要取妳性命，只不過是怕妳自己取自己的性命，這才讓妳暫時脫力罷了。」前世她都能在事敗之後自盡了，今生他怎麼可能再吃同樣的虧。

「本世子知道妳肯定什麼也不會說，可沒關係，只要妳活著，本世子有的是辦法將妳身後之人挖出來。」慕錦毅冷冷地望著她，不帶感情地道。

「你、你妄想！」胭脂四肢無力，原想著咬舌自盡，可她連說話都得喘上幾下，更別說咬舌了。

慕錦毅冷笑一聲，吩咐劉通。「堵上她的嘴，將她關起來，務必讓她求死不能。」對前世這個害了楚明慧性命的女子，他自是恨不得生啖其肉，只可惜如今還要留著她。

慕國公府，文慶院。

「抓到了？」楚明慧見他沈著臉進來，忍不住問。

「抓到了，妳放心。」慕錦毅將她身上的披風整理好，柔聲道。

「果真是她？」

「的確是她。」

楚明慧輕嘆一聲。「看來果然是我連累了金燕，她一定是曾經見過胭脂，否則對方不會在聽了丫鬟的話後就慌得親自動手。」

對於胭脂無緣無故從國公府失蹤這事，慕錦毅也早布置了後手，尋了個理由打發過去，太夫人雖疑惑，但也沒有多想。

再過兩日，昏迷中的金燕轉醒過來，楚明慧問起她是否認得夏氏身邊的醫女胭脂時，她納悶地道：「我倒是覺得她臉熟，似是在什麼地方見過，可一時又想不起來。」

楚明慧不禁有些失望，原以為能從她口中得知胭脂的身分呢，沒想到她卻想不起。

「妳這樣問，是不是傷了我的人便是那位胭脂？」金燕白著臉問。

「的確是她，當中的原因我遲些再告訴妳，如今妳還是好好養傷，若是想起在什麼地方見過她，便派人來告訴我，可好？」

金燕聞言，點點頭。

「紫煙，也被抓了嗎？看來果真是我輕敵了，卻是沒有料到這慕國公府守衛如此森嚴。」一個輕柔的嘆息聲從竹林傳出。

「主子，如今老三已經自盡，紫煙姑娘又是生死未卜，就只剩下……」

「只剩下我們三個了呢……」應該放棄了嗎？

「主子，依屬下之見，恐怕是慕錦毅早已有防備了，否則紫煙姑娘為何當初寸步難行，連遞個消息都遞不出來，而我們的人卻又進不去。還有，那名叫金燕的女子，萬一她認出……」低沈的男聲帶著些許不甘與猶豫，又是一聲嘆息。「真是天不助我，居然在此遇上了故人。」

金燕是一時想不起紫煙，可對自己……卻未必了！

「當前最要緊的是先將紫煙姑娘救出來，然後再……」

輕聲的聲音沈默了片刻，才堅決地道：「不，紫煙暫不必理會，還是正事要緊！」

既然來了，就沒想過要活著回去，又怎能就此放棄！

「這、這……」男子不敢置信地猛然抬起頭，直愣愣地望著眼前之人。

「如今，沒有什麼會比報仇更重要。」

輕柔的聲音帶著一絲絕然，就算拚上自己的性命，也定要達成目的！

這日，慕國公府張燈結綵，洋溢著一片喜氣，府中最後一位姑娘慕淑怡今日要出嫁了。

慕淑怡的親事，並不是靠著楚明慧才得來的，而是慕錦毅的主意，嫁的對象是慕錦毅麾下的一名校尉，比慕淑怡年長五歲，家中有年邁雙親、兩位兄長，現下兄長早已成家，唯剩他一人這些年來一直未娶。

楚明慧心知慕錦毅絕不會害自己的親妹妹，也不曾多問當中緣由。

慕淑怡雖有些失望自己不能像庶姊那般高嫁，但也沒有表示什麼不滿，含羞帶怯地應了，此後一直待在屋裡繡著嫁妝。

當慕錦毅揹著庶妹一路出門，突然輕聲對背上的慕淑怡道：「四妹妹，妳放心，他會對妳好的。」

慕淑怡一怔，瞬間明白這個「他」指的是即將要嫁的夫君，不知為何，眼眶一紅，哽咽著點點頭。「嗯。」

一滴淚珠落到慕錦毅的耳後，順著耳往下流到他脖子。慕錦毅微紅了眼，垂下頭將酸意壓下去，用力將背上的妹妹掂了掂，大步朝前走去……

慕淑怡出門後，楚明慧正招呼著府上的親眷，見在夏氏身邊伺候的丫鬟綠芬神情焦急地走了進來，朝她打了個眼色。

楚明慧若無其事地同身邊幾位族嬸打了招呼，客氣地退了出來。

「出什麼事了？」

「少夫人，夫人突然發病了！」

「發病？可曾派人去請大夫了？」楚明慧一愣，加快腳步朝著夏氏院裡走去，邊走邊問綠芬。

「綠屏姊姊讓人去請了。」

「太夫人那邊，暫且不要驚動。」楚明慧想了一下，又叮囑道。

終於到了夏氏的院落，見院裡一片靜謐，與熱鬧非凡的前邊大廳形成鮮明的對比。

楚明慧來不及細想，伸手推開了房門，主僕兩人急急往裡屋走去，尚未走幾步，便聽見身後「咚」的一下落地聲，楚明慧下意識回頭，見綠芬倒在了地上。

她大驚，正欲上前去拉起綠芬，只覺眼前一花，然後也軟軟地倒在地上。

一個人影走了進來，「吱呀」的一聲從裡頭關上了門。

而另一邊，金燕靠坐在床上，擰著眉頭苦苦思索到底是在什麼時候見過胭脂。

燕容瞧她這副愁眉苦臉的模樣，忍不住好笑。「好了，想不出便暫且放下，我還是看慣了妳平日嘻皮笑臉像個登徒子一般的模樣，如今這般……真是太……」

「誰是登徒子啊！人家可是黃花大閨女。」金燕嘟著嘴巴表示不滿。

燕容「噗哧」一下笑出聲來。

金燕亦覺得好笑，她這些年孤身一人到處走，自然是不便以女裝示人，都是裝成個男人模樣，行為自然多少學了些，也不怪人家取笑她像個登徒子……

等等，登徒子？……登徒子！

「你這個登徒子，竟敢擅闖女子閨房！」

一個久遠的斥罵聲突然從她腦海中跳出來。

「啊！」她大叫一聲，生生嚇了燕容一大跳。

「做什麼呢？差點嚇死我了！」燕容拍拍胸口，不悅地瞪了她一眼。

「我、我想起來了，我想起什麼時候見過那胭脂姑娘了！」金燕捂著傷口，扯出一絲如釋重負般的笑容道。

「想起來了？在什麼時候？在什麼地方？她是什麼人？」燕容大喜，急切地問。

「什麼時候倒也記不清了，但我記得是在西其國左相府中見過她。不過，她那時不叫胭脂，是叫紫煙，是西其國左相哈瑪第八個女兒的貼身婢女。」

楚明慧昏然地醒過來，只覺得頭痛欲裂，忍不住想伸手揉揉額角，卻見手上滿是鮮血！

楚明慧大驚，猛地轉頭一看，赫然見夏氏滿身血污地躺在她身邊。

她嚇得放聲尖叫……

「砰」的一下，房門被人大力踢開，慕錦毅心神俱裂地率先衝了進來，卻見楚明慧滿身血跡，鬢髮凌亂，神情驚恐地坐在地上。

他只覺得心臟似是要破胸而出了，大步上前一把抱起楚明慧，用力將她圈在懷中。「明慧，是我，我來了！」

楚明慧在他懷中瑟瑟發抖，指著地上，口中喃喃道：「死了，死了！」

慕錦毅順著她的手指往下一看，卻見他的母親夏氏滿頭鮮血，一動也不動地躺在地上。

他一個踉蹌，差點一頭栽到地上，虧得劉通眼明手快將他扶住了。

燕容與紀芳幾步上前，從他懷裡接過楚明慧，慕錦毅這才顫抖著蹲下身子，白著臉，顫顫巍巍地伸出手去，將夏氏臉上的幾綹髮絲抹去，再將手慢慢朝著她鼻子下方探過去……

他一下跌倒在地，痛苦地閉上雙眼。

慕國公夫人夏氏死了！

伺候她的婢女，包括綠屏與綠芬，跪了一地。

慕錦毅強自壓下心中哀痛，鎮定地指揮護衛封鎖消息。

「說吧，發生了什麼事？」

「稟世子，夫人用了晚膳之後本也好好的，奴婢吩咐小丫鬟準備熱水回來之後，卻見屋裡亂成一團，夫人大喊大叫著要、要……」綠屏遲疑著不敢再說。

「要什麼？夫人大喊大叫著要做什麼！」慕錦毅勃然大怒，一掌拍在桌上，厚實的圓木桌搖晃了幾下，便「嘩啦啦」地倒了下去。

綠屏嚇得身子一縮。「要……要替三小姐報仇！」

慕錦毅一僵，顫聲道：「替三小姐報仇？」

「奴婢不敢隱瞞，夫人像是突然……突然瘋了一般，見人便抓，口中嚷嚷著『殺了妳替我女兒報仇』。奴婢出於無奈，打暈了她，再命人去請大夫，綠芬則去前面通知少夫人，而奴婢一直守著夫人，卻不知道為何突然暈了過去，醒來後就聽到少夫人的尖叫聲。」

「為何屋裡只有夫人與少夫人兩個，其他人呢？」

「奴婢不知。」

「是奴婢去請少夫人，也是奴婢與少夫人一起進這屋裡，可……可是奴婢走進門沒多久就覺得頭暈，醒來時卻是在屋外。」綠芬亦不敢隱瞞，一五一十地將事情娓娓道來。

「是誰伺候夫人用晚膳？」慕錦毅又問。

「是陳姑娘，往日奴婢們伺候夫人用膳，夫人都用不到半碗，自從陳姑娘來了之後，夫人能多用半碗，之後陳姑娘就每日過來伺候夫人用膳。」綠屏低聲回道。

陳冰月？

慕錦毅眼神一冷，正欲叫人去請陳冰月，就見紀芳一臉凝重地走了進來，俯身到他耳邊低聲說了幾句話。他臉色越來越沈，眼中一片狠戾的殺意。

「請陳姑娘來。」

「不必，我已經來了。」一身異族打扮的陳冰月迎著月光款款而來，臉上帶著一絲歡喜的笑容。

慕錦毅滿臉殺氣地望著她，片刻才冷笑道：「本世子到底該稱呼妳為陳姑娘，還是應該叫妳左相府八小姐，抑或是北院王七夫人？」

陳冰月輕笑。「其實我倒是很喜歡別人喚我程月。」

「今晚此事是妳做的？」

陳冰月格格嬌笑。「是，也不是。」

她頓了一下，歪著腦袋嬌俏地道：「丫鬟們是我迷暈的，可你母親卻不是我殺的，殺她之人正是你的好妻子。嘻嘻，至愛的妻子殺了你親生母親，慕世子，你會怎麼做呢？是不是很痛苦？嗯，這一輩子都會很痛苦吧！」

慕錦毅心中一跳，瞬間平復了下來，陰狠地盯著笑得如怒放鮮花般的陳冰月。「妳倒會反咬一口，妳以為這樣就能推卸妳的罪責了？」

陳冰月笑笑著道：「我既然敢主動站出來，又何懼什麼罪責？你母親突然發病，逢人便打，世子夫人驚慌之下失手誤殺了她也是有可能的。」

慕錦毅心臟急劇亂跳，但面上仍是無什麼表情，只是冷冰冰地望著她。

陳冰月撥了撥垂下來的髮絲，輕笑著道：「你母親曾經中過息魂香，嘖嘖，也不知得罪了什麼人，更可憐的是你母親一邊喝著安神藥，一邊聞著息魂香。唉，本來息魂香嘛，若是中的日子尚淺，停下一段日子會慢慢康復的，但若是同時服用過安神藥物，縱是斷了息魂香，人依舊會如失魂落魄一般。」

慕錦毅一驚，母親曾中過息魂香？他知道夏氏一直喝著安神藥，倒不知道她曾經在喝藥的同時中過息魂香。

「至於國公夫人為何今晚會突然發作，我也不瞞你，那是我的傑作。」陳冰月坦然。

慕錦毅殺氣頓現。「妳到底有何目的？本世子與妳往日無冤，近日無仇，妳如此費盡心機害我家人，又是為何？」

「往日無冤？近日無仇？」陳冰月猛地收起笑容，惡狠狠地瞪著他。

「若不是你，我又怎會落到今日此等地步！若不是你，他又怎會死！兩次，你毀了我的幸福兩次！讓我此生都活在痛苦當中，我又怎能讓你好過？」

慕錦毅望著她瞬間變得猙獰的臉，突然冷冷地道：「西爾圖將軍若是知曉他的意中人竟是如此心狠手辣、濫殺無辜的女子，只怕會懊悔他自己有眼無珠吧！」

「住口！你不配提他的名字！」陳冰月雙眼噴火，滿身殺氣。

慕錦毅見她如此反應，心中明瞭，果然如此，陳冰月的意中人果然是西爾圖。

昨日有下屬來稟，說是查明了刺殺金燕未果而自盡的黑衣人身分，竟是西其將軍西爾圖身邊的近身護衛。

他當時第一個反應是西爾圖的下屬來尋他報仇，可轉念一想，若是他們來報仇，大可直接衝著他來，又何必拐彎抹角去為難婦道人家？

再深想一層，想到前世胭脂自盡前說過的那番話，他又思量著難不成胭脂的意中人是西爾圖？

未等他從深思中回轉過來，又聽燕容急切來稟，說金燕想起了胭脂的身分，那胭脂真名紫煙，原是西其國左相府八小姐身邊的婢女。

慕錦毅大驚，猛然想起了西爾圖的生平，他原就是西其國左相哈瑪府上一員護衛，後來機緣巧合入了當時的南院王之眼，哈瑪便將他轉送給了南院王。

南院王即位成為西其王後，西爾圖就青雲直上，從原本的御前侍衛一路升至大將軍，立下了不少汗馬功勞，是西其王身邊第一得意人，直至在兩年前那場戰爭中被殺。

西爾圖終身未娶，後繼無人，難道他當時在左相府便與那位八小姐或者是她身邊的婢女看對了眼？

方才紀芳又來報，說是今晚有兩名黑衣人夜探地牢，企圖救走胭脂，最終卻是被擒獲；同時在贈給大商國的西其美人處打探的人亦有消息傳回，說西其左相府八小姐後來被左相哈瑪送給了北院王做第七房小妾，而北院王意外身亡後，西其國曾有傳言說大將軍西爾圖向北院王七夫人求親。

事已至此，還有什麼不明白的，陳冰月的意中人便是西爾圖，而胭脂只不過是她的婢女，那兩名黑衣人，包括死去的那個，均是西爾圖生前的近身護衛。

左相哈瑪名下子女眾多，陳冰月既然能被他轉手送人，可見她在左相府中並沒有多少地位；而北院王妻妾成群，陳冰月又心有所屬，未必會心甘情願放低身段、曲意討好，如此一來，她在北院王府的日子想必也舒心不到哪裡去。

陳冰月怨恨地死死盯著慕錦毅。「當年你毀了我終身幸福一次，沒想到事隔多年你又毀了我此生唯一的希望。」

慕錦毅始終面無表情地望著她，也不出聲打擾，任由她發洩心中怨恨。

「當年父親說過，只要他能將大商國勇士全部打敗，宣揚我西其國威，那他就會同意我們的親事。沒想到，他……他最終卻是敗在你手上！」想到那段過往，陳冰月又恨又痛。

她在府中如同隱形人一般，生母是大商國人，年輕時與微服潛入大商國的父親看對眼，便私下許婚，跟著父親到了西其。可哪想到父親彼時已經有了一妻五妾，她一個異族女子，又怎能爭得過她們？生母終是在陳冰月六歲那年鬱鬱而終了，臨終前交代她將來若是有機會，代她回到大商國，替她在外祖母跟前盡孝。

她的生母，本姓程，閨名一個冰字，而她母親替她取的漢名，就是程月。

一直以來，西爾圖只叫她這個名字，她也只承認這個名字。

在她十三歲那年，西爾圖向父親跪求迎娶她為妻子，可父親卻說只要他跟著王子出使，將大商國勇士打趴，他就會同意這門親事。

只可惜，最終西爾圖敗在了當時年僅十三歲的慕國公世子慕錦毅手上，而她也被父親轉手送給北院王。

想到在北院王府那幾年生不如死的生活，陳冰月心中一片深切的恨意，那個衣冠禽獸！好不容易北院王終於死在彼時南院王的暗殺中，她才鬆了口氣。

大概上蒼憐惜她多年的不易，身居高位的西爾圖對她仍情深不改，也不嫌棄她嫁過人，願意迎娶她為妻了，她望著跪在她面前一臉真誠懇切的意中人，潸然淚下，只覺得若是前半生的悲苦是為了如今的幸福，這一切也值得了。

西其出兵大商國的臨行前夕，作為大將軍的西爾圖豪情萬丈，深情地向她許諾。「阿月，妳等著，我要以不世戰功作聘禮，迎娶妳為我此生唯一的妻子。」

只可惜天不從人願，再次傳回西其的卻不是他凱旋的消息，而是他戰死沙場的噩耗！殺了他的，又是當年的慕錦毅！

誓言猶在耳邊，郎君卻已不在……讓她怎能不怨，怎能不恨？那是她今生活著的唯一希望啊！

每一次在她感覺幸福觸手可及時，都是慕錦毅將她的美好希望生生打成碎片，她既然活得痛苦，那便讓他品嚐一下這種痛苦！

慕錦毅冷笑一聲。「西其不懷好意，刻意挑釁，難道我大商國男兒要任人欺凌而不還手？他既上了比武場，便要有失敗的心理準備，技不如人，又有何面目去怪罪他人？」

說起來，他與西爾圖兩次交戰，每一次都成就了他，卻又每一次都讓對方與幸福失之交臂，這一點，慕錦毅也是萬萬料想不到。西爾圖，正是他十三歲那年打敗的西其勇士，那一次的險勝，讓他重新打響了慕國公府的威名，一洗自祖父與伯父去世後慕國公府的蕭條。

「住口！不許你詆毀他！他是我西其第一勇士，頂天立地，敢做敢當，又豈是你口中那種人！」陳冰月見他言語當中對心上人不敬，不由得勃然大怒。

「兩軍對戰，各為其主，勝敗是兵家常事，本世子亦敬他是條好漢，只是本世子卻不會因為敬重他而後悔當初沒有手下留情。」

他頓了一下，又嗤笑一聲。「妳口口聲聲說本世子毀妳幸福，口口聲聲說要為西爾圖報仇，其實只是給自己尋一個活下去的理由；妳貪生怕死，又連累他人，那三名護衛忠心耿耿，護著西爾圖出生入死，如今卻被妳害得客死異鄉，他日九泉之下，妳又有何面目去見妳口中的西其第一勇士！」

「我沒有！我若是貪生怕死，今日就不會以身犯險，更不會主動站出來！」陳冰月歇斯底里地大聲反駁，那三人對西爾圖的忠心她豈會不知？

「妳今日所為，只不過是知曉自己的身分瞞不過幾日，金姑娘早晚會認出妳們主僕來；而且西其國王當成禮品贈送給大商國的美人，當中不乏官宦貴族之女，只要稍加打聽，就會知曉妳這個左相千金之事，縱使妳在左相府、在北院王府再低調，但肯定多少會有人認識。」慕錦毅不屑地道。

「隨你怎麼說吧，我本想著將慕國公府攪上一攪，若是能將北院王後宅之亂在慕國公府重演一遍就更好了，只可惜……卻是沒想到慕世子竟是個專情之人，許她一人？嘖嘖，果真難得！不過這樣也好，讓你試試另一種更絕望的痛苦——至愛的妻子殺了親生母親，我倒要看看你是殺妻為母報仇呢，還是包庇妻子讓母冤死！誤殺亦是殺，不管她有心無心，國公夫人死在她手上卻是不爭的事實。」陳冰月若無其事地撥撥髮絲，輕笑著道。

慕錦毅雙手握得死死的，後宅之亂？前世可不是讓她得逞了嗎？慕國公府後宅何止是一個亂字！

只是，想想那句「妻子殺了生母」，他心中又是一陣恐懼。

失手、誤殺？不會的，不會的！他不停地在心中安慰自己。

「本世子的夫人，這世間上沒有任何人比本世子更瞭解她，她縱使再驚慌失措，也做不出殺人之事來。況且，這屋裡除了妳，所有人都昏迷過，單憑家母逝去時，身邊之人是拙荊就認定她是凶手，這也未免太可笑了吧！相比之下，本世子卻認為妳是凶手的可能性更大。」

陳冰月微微一驚，片刻又笑起來，認為慕錦毅如今只不過是虛張聲勢。

「再者，妳口口聲聲說要為西爾圖報仇，卻連誰是真正的仇人都搞不清楚，西爾圖一世英明，可看人的眼光實在是差得可以。」

陳冰月臉色一變。「你這話是什麼意思？」

慕錦毅嗤笑。「本世子是說西爾圖並非死在我手上。」

「你胡說！別以為你花言巧語的，我就相信你了！」陳冰月一顆心怦怦亂跳。

「本世子就說妳不過是想尋個活下去的理由罷了，根本毫不在意西爾圖到底是怎麼死的。也對，妳連從小跟在妳身邊伺候的婢女性命都絲毫不放在心上了，更何況是一個早已死去多時之人？」

胭脂被擒，他原以為會引出幕後主使者，可來的卻是兩個瞞著主子偷偷行事的護衛；這兩人倒也算是有情有義，不忍見相識多時的胭脂就此丟了性命，於是瞞著陳冰月潛入國公府救人，在失手被擒之時亦打算自盡，卻被早有防備的劉通制止住了。

「你、你胡說，胡說！」陳冰月顫聲反駁。

自小在左相府，一直是紫煙陪著她，紫煙原是西其巫醫一族之人，十幾年前巫醫一族遭仇家屠殺，紫煙九死一生逃了出來，恰巧被陳冰月的生母所救，自此就留在陳冰月身邊伺候。

待知道陳冰月欲到大商國尋慕錦毅報仇，紫煙就提出兵分兩路，她與一名護衛為一組，另外兩人留在陳冰月身邊，她自己先潛入慕國公府，將國公府情況摸清楚後再做打算。其實陳冰月亦清楚，紫煙是怕她一時不慎丟了性命，這才以身犯險。

「若是人人都似妳這般，這世間上不就到處是報不完的仇？那些死在西其兵士手上的大商國百姓，要去向何人尋仇？」慕錦毅厲聲質問。

「我管不了那麼多，管不了那麼多……他，他是我唯一的希望啊！」陳冰月先是驚慌失措地搖頭，然後猛地掩面悲泣。

慕錦毅不為所動，繼續道：「西爾圖死在他身邊的人手上，妳若是真心想替他報仇，應該查清楚在西其國到底有什麼人迫切希望他死，又或者他死了之後哪些人會獲得更大的利益，可妳偏偏將所有之事怪在敵方將領頭上，簡直是荒謬至極！」

陳冰月哭聲漸弱，身子不斷地顫抖。若他真是被身邊人背叛……

良久，陳冰月才止住哭聲，輕輕將淚水拭去後，啞聲問：「他，果真不是死在你的手上？」

慕錦毅冷笑。「本世子從不屑說謊，更沒有說謊的必要。」

陳冰月心中一痛，一股絕望感油然而生，她做了這麼多，密謀了這麼久，卻是告訴她報復錯人了？她的西爾圖，並不是被眼前之人所殺，而是被身邊的人背叛？

她身子不住地顫抖，半晌，才顫聲問：「是誰，到底是誰殺了他？」

慕錦毅冷笑道：「妳不是自恃聰明嗎？怎麼不自己尋找真凶？況且，妳覺得本世子為何要幫殺母仇人？」

陳冰月不住地喘氣，心中的悲苦絕望壓得她透不過氣來，好一會兒才勉強抬起頭望著慕錦毅扯出一絲笑容道：「殺母仇人？看來慕世子真的相信國公夫人並不是被世子夫人所殺啊！」

慕錦毅心中又是一緊，片刻，才堅定地道：「我相信她。」

第五十八章

另一廂，被夏氏的慘死嚇住了的楚明慧，許久才平復過來。

楚明慧接過燕容遞過來的熱茶，細細喝了一口，這才問道：「夫人、夫人怎樣了？」

她一時被躺在身邊滿頭鮮血的夏氏嚇住了，根本沒有仔細查看對方到底是生是死，只是下意識以為夏氏死了，也不知事實是如何，是故才這般問。

燕容沈默了一下，才低聲道：「夫人去世了。」

楚明慧一驚，饒是她心中其實有一定的心理準備，但突然得到證實，亦是震驚非常。

曾經一度，她盼著夏氏不得好死，但如今夏氏真的不得好死了，她發現自己並沒有當初所設想的那般高興。

也許，她與夏氏那些恩恩怨怨，在夏氏開始變得癡呆之時就已經慢慢開始淡化了；也許，再過些時候，待她徹底將前塵往事淡忘之後，她也能平靜地到夏氏身邊做個孝順的兒媳婦。

「是、是怎樣……那些血跡是怎麼回事？」

「夫人是撞破了頭，失血過多才去的。」燕容輕聲道。

楚明慧呼吸一窒，合上眼睛平復了一下心緒，才冷靜地問：「她是直接撞到牆或者其他硬物上，還是被硬物砸中的？」

「是撞到了牆上。」

楚明慧望著燕容有些怪異的神情，又想到夏氏死時是躺在自己身邊，心中突然有種不妙的感覺。「何處的牆？難道……難道是我昏迷醒來時那處的牆？」

燕容咬咬唇，終是點點頭。

楚明慧的心臟怦怦亂跳。「還發生了什麼事？妳細細與我說來！」

燕容遲疑了一下，將陳冰月出現之後說的那些話，以及陳冰月與胭脂的真實身分一五一十地向她道來。末了，她又道：「世子盤問過夫人身邊伺候的人後，讓人將她們帶了下去，如今夫人院裡被死死防守著，任何人未經世子允許不得進出。」

楚明慧怔怔地望著前方，心中思緒卻是一陣翻騰。陳冰月竟說是她殺了夏氏，甚至連理由都替她想好了，驚慌之下失手誤殺！真是，真是好一個驚慌之下失手誤殺啊！

饒是慕錦毅再看重她，再捨不得她，若是她手上果真沾了他親生母親夏氏的血，那這一輩子，他們再無能夠平靜相處的半分可能。

那慕錦毅他可會相信？相信陳冰月的說詞，相信真的是她失手殺了他的生母？

燕容望了望她的神情，又小心翼翼地道：「陳冰月雖說是少夫人，但世子並不相信她的說詞。」

楚明慧垂下眼睫，如此沈痛之事，當然會下意識反駁，可他心中到底是如何想的，旁人怎能輕易得知？

只不過，若是他相信了呢？若是他真的相信夏氏是被她失手殺死的，那她該怎麼辦？想到這種可能，她只覺得心中一陣細細密密的痛楚。

「陳冰月她們呢？」她輕聲問。

「已經被抓起來了，與之前被抓的幾人關在一起。」

「嗯，妳出去吧，讓我一人靜一靜。」楚明慧疲累地朝她揮揮手，示意她退下。

燕容擔心地望著她，可卻什麼也不敢說，雖說她並不希望國公夫人的死與少夫人有任何關係，但是，陳冰月那番說詞合情合埋，若是國公夫人果真是如同瘋魔一般襲擊少夫人，少夫人在驚慌之下，確實有可能做出無法挽回之事。如今，唯有希望世子能早點找到證據，證明是陳冰月說謊，國公夫人的死與少夫人並無瓜葛；否則，這對好不容易才漸漸融洽起來的小夫妻，將來只怕再也無法面對彼此，尤其是用情至深的世子，這一生大概都會痛苦不堪。

這晚，慕錦毅沒有回到文慶院，楚明慧獨自一人躺在寬大的雕花床上，睜著雙眼直至天明……

次日一早，楚明慧在玉秋等人的伺候下梳洗完畢後，到了太夫人院裡。

太夫人見她進來，朝她招招手，示意她坐到身邊，楚明慧見她神情如往日一般，似是並不知道夏氏已經過世了，心中極為詫異，可仍是不動聲色地朝她走了過去。

「方才毅兒過來說，昨夜妳母親發病，如今大夫讓她靜心休養，旁人不要輕易打擾，妳平日又要忙家事，又要照顧阿盼，妳母親那邊便交給丫鬟她們伺候吧。」

楚明慧愣愣地望著太夫人。慕錦毅竟然瞞下了夏氏的死，他到底打算做什麼？夏氏身為國公夫人，她的死能瞞得了多久？

楚明慧心中不安，表面卻看不出異樣，只是朝著太夫人點點頭道：「一切聽祖母的。」

太夫人輕輕拍拍她的手。「不是祖母不讓妳盡孝，只是大夫說妳母親此次病得與以往有些不同，阿盼年紀尚小，妳每日與他接觸，若是染上了些什麼東西，萬一傳給了他，那可是不得了之事。」

楚明慧心中又是一陣詫異，聽太夫人這話，難道慕錦毅是說夏氏患了會傳染的病？

陪著太夫人說了一會兒話，楚明慧才告辭走了。

直至她走了良久，太夫人才輕輕嘆了口氣，然後掏出絹帕擦了擦眼角的淚水。

昨夜發生那麼大的事，慕錦毅怎可能會瞞著她，早就將夏氏的死及陳冰月的所作所為一五一十告訴了她。

太夫人聽後不禁老淚縱橫，她出於一片好心收留了陳冰月，卻不承想竟會給府中招了這麼大的禍害，夏氏縱是再讓她瞧不上眼，但終究是她的嫡親兒媳婦，如今無端慘死，又怎能讓她不難受？

稍後進院的慕錦毅靜靜地望著白髮蒼蒼、泣不成聲的太夫人，眼眶也不知不覺泛紅了。

「都怪孫兒沒用，這才讓母親死於賊人之手！」他哽咽地跪在地上。

太夫人顫顫巍巍地扶起他，流著眼淚道：「快快起來，此事又怎能怪你？要怪，便怪祖母有眼無珠，引狼入室，這才累了你母親性命。」

太夫人越想越痛，邊落淚邊用雙手大力拍打著大腿。「我這個老糊塗啊！」

慕錦毅紅著眼制住她雙手。「祖母，妳莫要這樣！」

祖孫兩人一時抱頭痛哭。

不知過了多久，太夫人才擦擦眼淚，啞聲吩咐慕錦毅。「你母親的死，暫且瞞下來，過得幾日，再對外宣布她病逝，總歸她也病了這麼久，這般說也不至於讓人覺得事有古怪。」

她頓了一下，又道：「你媳婦那兒也先瞞著，她年紀輕，事情又多，祖母怕她一時不注意讓人瞧出了不對勁，府裡潛入他國之人，還殺害了府中主母，若是一個不慎，落到有心人耳中，只怕會惹出不必要的麻煩。如今最為重要的是查清楚，除了被抓的這幾人之外，可還有其他同黨。」

慕錦毅垂頭，整顆心被堵得難受，他不曾將陳冰月那番楚明慧誤殺夏氏的說詞告知太夫人，而是一股腦兒推到了陳冰月頭上，昨夜在場之人均是他的心腹，又被他一再交代要保密，這番話也定會被捂得死死的。

這晚，楚明慧終於等到慕錦毅的歸來，她眼睛一眨也不眨地望著滿身疲憊的他，神色莫測。

慕錦毅嘆息一聲，將外袍換下，然後坐到她身邊攬住她的肩膀。「妳是在等我？」

楚明慧仍是定定地望著他，想從他眼裡找出一絲不信任、一絲懷疑。

其實她也搞不清楚自己為何要這般做，倘若他真的相信陳冰月的話，真的懷疑她了，她又能如何？

慕錦毅與她雙目對視，良久，才輕輕遮住她雙眼，俯在她耳邊輕聲道：「妳可信我？」信他定會還她一個清白！

楚明慧怔了怔，將他遮著自己眼睛的手拉下。「這話，不是應該由我來問你的嗎？」

「好，那妳來問。」

楚明慧眼睛眨也不眨地望著他，認真地問：「你相不相信我並不曾殺害你母親，不管是故意還是失手。」

「只要妳說，我就相信。」慕錦毅回望她，堅定地道。

楚明慧心中一窒，微垂眼瞼，片刻才抬起頭，望著他的雙眼，一字一字地道：「那你聽好了，你的母親並不是我所殺，我沒有做過此事。」

「好，我相信妳。」慕錦毅重重地點了下頭。

楚明慧怔怔地望著他，心中似是鬆了口氣，又似是有種說不清、道不明的感覺湧了上來。

慕錦毅又是一陣嘆息，拉著她的手輕聲道：「我承認，初時聽陳冰月那般說的確非常害怕，我怕萬一，萬一她說的是真的，那這一生我又該如何面對我們的未來？有那麼一剎那，我甚至覺得若真是這樣，倒不如不要重來這一遭；便是此刻，若是有人再說起這話，我仍會忍不住心驚膽顫。」

直到現在，他才不得不承認，這兩年多他的平靜與幸福，其實如履薄冰！他的心，一直是戰戰兢兢的，生怕稍有不慎，又會被打回原形。所以，他從來不敢問楚明慧是不是不再恨他，是不是已經原諒他了？他不敢問，即使在如今兩人已育有一子的情況下。

在經過這些年溫馨平靜的生活後，他當初那些抗打擊的能力早就被磨損得差不多了，若是她又如最初那般冰冰冷冷地待他……他寧願溺斃在楚明慧的柔情似水裡頭，也不願再跳出來面對沈痛的現實！

「國公夫人並不是被人驚慌之下失手推撞至牆上而亡，而是被人刻意謀殺！」魯耀宇仔細查看過現場及夏氏額頭上的傷口後，斷言道。

魯耀宇是追著金燕才來到慕國公府，慕錦毅暗自慶幸他來得十分及時，雖說他相信楚明慧與夏氏的死無關，但他亦不希望旁人對她有半分懷疑，只不過夏氏死亡的真相終究不適宜外道，如果可以的話，他並不願意讓其他人介入調查此事，魯耀宇的到來真可謂是及時雨，前世他與魯耀宇共事過，知曉他是個一言九鼎的人，必定會保守著秘密。

「從令堂傷的程度來看，她應該是被身材高大的男子抓著往牆上連撞幾下，致使腦部遭受重創，失血過多而死。」

慕錦毅大驚。「男子？」

魯耀宇點點頭。「男子的可能性比較大，女子無法撞出如此嚴重的傷勢來。」

慕錦毅心中如同驚濤駭浪一般，他原以為夏氏是死於陳冰月之手，卻想不到凶手另有其人！

按他得到的消息，當初跟著陳冰月主僕兩人上京的人的確是西爾圖生前的三名護衛，其中一名護衛在刺傷金燕未果時已經自盡了，另兩人在案發之時卻是往地牢裡營救胭脂，根本不可能同時出現在夏氏院裡。

到底還有什麼人在幫陳冰月？他的母親到底又是死於何人之手？慕錦毅只覺有些事大概被他忽略了。

「世、世子！」劉通匆匆走了進來，臉色驚慌。

「發生什麼事？」慕錦毅見他神色不對勁，急切地問道。

「陳冰月主僕及那兩名護衛被突然出現的十幾名黑衣人所殺！」

「什麼？」慕錦毅臉色突變，不敢置信地望著他。

「屬下奉命將這四人轉移，只是在路上卻突然殺出十幾名黑衣人，屬下等人抵擋不過，那四人全部被殺。」劉通慚愧地垂下了頭。

慕錦毅臉色鐵青，陳冰月他們竟然就這樣死了，她背後到底還隱藏著什麼勢力？

魯耀宇望了望跪在地上請罪的劉通，又看向一臉鐵青的慕錦毅，若有所思地道：「看來事情有趣了……」

沒多久，夏氏的死終是以病逝為名對外宣告，眾人雖覺得她去得突然，但一細想對方已經病了這麼久，許久不曾再露過面，如今病逝倒也不感到意外了。

慕國公府辦起了喪事，全府上下都換上素淨的衣裳，就連文氏剛出生沒多久的長女，身上的大紅襁褓也被奶娘換了下來。

因慕錦毅處於孝期，身上職務大多都已卸下，太子暗嘆夏氏死得不是時候，如今邊關的西其與南邨又隱有異動，據探子回報，這兩國已經暗中聯合，不日將向大商國聯合出兵，若戰事一起，這將是他推慕錦毅領兵，乘機奪取兵權的大好時機。

慕國公府，文慶院。

楚明慧正哄著阿盼替他換上素淨的外裳，阿盼扭了扭小身子，嘟著小嘴要找爹爹。

楚明慧動作頓了一下，自夏氏頭七過後，慕錦毅已經接連幾日不曾到過文慶院，她派人問了慕維，才知他這些日子一直歇在外書房，白日聚集了魯耀宇等人不知在商議什麼事。

阿盼幾日沒有見到爹爹，自是想得緊，總會睜著一雙黑白分明的清澈大眼撒嬌地問她。

「爹爹去哪兒了？」

楚明慧只得摸摸他的小腦袋瓜，柔聲哄道：「爹爹有事要忙，阿盼要聽話。」

每每此時，阿盼會委屈地咬咬小手指。「爹爹好久沒抱抱了。」

楚明慧嘆息一聲，默默地抱過兒子，輕柔地安慰著他。

慕錦毅在忙些什麼，她大概猜測得到，自那日知曉夏氏並不是死於陳冰月之手，慕錦毅就一直帶著魯耀宇等人追查真凶，自然是一時顧不上兒子了。

好不容易將兒子哄得不再鬧彆扭了，楚明慧才吩咐奶娘帶他出去。

這一晚，慕錦毅終於回到了正房，他換過乾淨的外袍，接過楚明慧遞過來的熱茶，輕輕喝了一口，順口問：「阿盼呢？」

「睡著了，白日裡吵著鬧著要找你，方才又鬧了一陣子，好不容易才把他哄睡下來。」

慕錦毅將茶杯放在紅木圓桌上。「我去瞧瞧他。」

這數日來忙著追查真凶，倒是好久沒有見過兒子了，如今才發覺還真是想念得很。

楚明慧輕輕嗯了一聲，跟在他身後到了正房東側阿盼的房裡。

屋裡的玉秋與奶娘見兩人進來，福身行了禮後，靜悄悄地退了出去。

慕錦毅坐在床沿，眼睛一眨也不眨地盯著睡得滿臉紅撲撲的兒子，見他這般呼呼大睡的樣子實在可人得緊，忍不住伸手輕輕捏了一下他的小鼻子。

睡夢中的阿盼皺皺小鼻子，抬起藕節般的小手揉了揉，又呼呼地睡了過去。

看著兒子純真可愛的睡顏，他只覺得連日來的疲憊一掃而空，心中因生母逝去而湧出來的沈痛也不知不覺散了幾分。

大掌輕柔地撫摸著兒子的小腦袋，他的眼神越來越柔和，直到感覺阿盼似是抗議地扭扭腦袋瓜子，這才憐愛地鬆了開來。

楚明慧叮囑玉秋等人好生伺候，兩人這才回到了正房。

慕錦毅緊緊抱著楚明慧的腰肢，腦袋擱在她的頸窩，悶悶地道：「母親的死有眉目了。」

楚明慧神色一怔，尚未等她開口發問，又聽他沙啞著聲音道：「凶手雖然很小心，但終究還是被魯耀宇找著了破綻，我們順著線索追蹤，結果追到了五皇子府。」

「五皇子府？」

「嗯，自上回徐良娣差點小產，大郡主誤闖聽荷軒，皇上對太子的訓斥越來越嚴厲了，相反的便是五皇子又慢慢入了他的眼，如今在皇上面前比太子瞧著都還得寵幾分，太子也是有些急了。」他頓了一下，又沈重地道：「朝中局勢起伏莫測，我只盼著你們都能好好的。」

徐鳳珍如今成功產下了太子的次子，在東宮也算是徹底站穩了腳跟，而另一位沈良娣，卻因差點害得她小產而被太子厭棄，這當中是否還有內情，楚明慧不得而知，但東宮並不太平卻是事實。

大郡主乃太子妃所出，前不久據聞誤闖了聽荷軒驚擾聖駕，被佑元帝好一頓責罵，連太子妃也被訓斥了一頓，母女兩人如今都被關在東宮閉門思過。

一個年僅六歲的小姑娘，縱使驚了聖駕也不過是小孩子調皮，能是多大之事，可佑元帝卻勃然大怒，一方面固然與他近些年來脾氣越發暴躁有關，另一方面何嘗不是因為對太子的不滿而遷怒到了小孫女頭上。

而五皇子一派，原本以為譚嬪及譚家倒了，他也如秋後的螞蚱，蹦躂不了幾日，可如今卻大大出乎眾人所料，五皇子竟然又重新得了聖寵，一時間，朝局又有點微妙了。

另一個更讓楚明慧感到意外的便是盧素媛，短短一年多的時間就從貴人升到了妃位，在宮中地位僅次於賢妃，雖不像賢妃那般大權在握，卻是深受佑元帝寵愛。

楚明慧靜靜地伏在他懷中，垂在身側的雙手緩緩地抬起，最終環住他的腰身，慕錦毅身子一震，更用力地擁緊了她，然後在一旁的床榻躺下。

兩人靜靜相擁，也不知過了多久，慕錦毅才有些忐忑、有點猶豫地啞著聲音問：「明慧，妳可仍怨我、恨我？」

怨恨他沒用，上一輩子沒有護著她，這一輩子沒有護著母親。

楚明慧感到呼吸一窒。

自己仍怨他、恨他嗎？細想前世今生，其實有許多事並不能只怪他，兩人相處更多的是要互相體諒、互相扶持，一個大家族並不只是簡單的夫妻相處，還有各種關係需要用心去經營，用心去維護。

身為家中梁柱，慕錦毅怎可能只顧著家中這一畝三分地，他的視野應該放在外面，為家族、為親人創造更高的榮譽，府中之事，本就只是她的責任；上輩子她以悲劇收場，縱使旁人夾雜著許多不懷好意，但根本問題是在她自身，這一切，怎能只怪他，只怨恨他？

「我……」從他懷中抬起頭，正想著說她早就不恨、無怨了，卻見慕錦毅合著雙眼，發出一陣淺淺的呼吸聲。

她微張著嘴，怔怔地望著他剛毅的臉龐，好半晌，才搖頭失笑，這是睡著了？

楚明慧細心地拉過薄被替他蓋上，再將整個身子更深地埋入他的懷中，然後合上了眼，良久，亦沈沈睡了過去。

直到感覺到楚明慧平穩的呼吸，慕錦毅才張開雙眼，定定地望著她熟睡的容顏，這才輕嘆一聲，他終究沒有勇氣去聽她的答案，終究是做了逃兵，若她仍是恨、仍有怨，倒不如繼續掩耳盜鈴，抱著如履薄冰的幸福度過這一生。

第五十九章

幾日後，六公主在哭喪之時突然暈倒，太醫診斷後才發現她懷了身孕，太夫人愣了半晌，這才反應過來，倒是沒有料到府中剛沒了一人便又要添丁了。

慕錦康傻愣愣地站在屋裡，直到慕錦毅沒好氣地推了推他的肩膀。「還愣著幹麼？不趕緊去瞧瞧你媳婦？」

慕錦康呆頭呆腦地「哦」了一聲，腳步飄浮地進了裡間。

六公主醒來後不敢置信地撫著小腹，她有孩子了？想到未來將會有一個如小姪兒阿盼一般活潑可愛的小娃娃叫她娘親，她不自覺地勾起了嘴角。有那般軟綿綿的小孩子，真好！

六公主既然有孕，自然是要顧著肚子裡的孩子，加之她又是皇室公主，有些禮節能免的也就免了。

文氏自生了個女兒後一直覺得十分遺憾，本想著趁如今夫君身邊還沒有人，趕緊生個兒子傍身，可惜卻是遇上了孝期。

楚明慧倒是替六公主感到高興，她進門之後一直與慕錦康吵吵鬧鬧，也從未傳出過喜訊，偏偏又遇上了孝期，這三年內都不適宜有孕，若是再等三年，實在是晚了些。

如今她趕在孝期前懷上了，楚明慧亦不自覺替她感到慶幸。

夏氏百日一過，西其國與南邨國聯合對大商國出兵，邊關告急。

慕錦毅得知後便沈默了，前世他是在這場戰爭打響之時喪命，是故這場戰爭大商國是勝是敗，他並不清楚；只不過，他倒是記得楚明慧的同母兄長楚晟彥被人追殺。

彼時他因為擔心有人會對楚仲熙不利而暗中護送，因此知道楚晟彥是跟著楚仲熙往流放地的路上失蹤的，可惜他救下楚晟彥後也死了，並不清楚楚晟彥到底招惹了什麼人。

只是這一世有許多事與前世不同，楚仲熙提前升任了尚書，楚晟彥卻是比前世遲了三年才高中探花，高中之後亦不同前世那般謀了個實缺外放，而是在翰林院編書，整日與一群清流學子談古論今，對朝政並不關心。

邊關戰火燃起之後，朝中爭論著到底應該由何人領兵，太子有心推慕錦毅上前，可他如今卻是在孝期；雖說大商國武將不必丁憂守制，軍情危急時亦可領兵出征，但如今朝上卻不是沒有其他將領，他這般急急地將守孝的自己人推上去，所謀的也太明顯了，只怕又會惹來佑元帝的不悅。

最終領兵出征的是柳震鋒與兩個兒子，以及五駙馬之外的另外三名孫子，可以說，柳家這次是父子祖孫齊上陣。

這其間，慕錦毅大多時候是守在家中，偶爾亦會帶著魯耀宇及劉通等人外出，楚明慧對此亦不多問。因她在孝期，是故不便出席楚明婧長子的滿月宴，只託人帶了早就準備好的賀禮過去。

林煒均終於有了兒子，自然是非常得意，可惜慕錦毅守孝、楚晟彥埋頭編書，凌佑祥倒是沒有其他事，可凌家大少夫人又懷上了，他此時去尋凌佑祥，只能看到對方洋洋得意的嘴臉，因此林煒均不會去尋他。

邊關戰火正濃，京中亦不太平，尤其是太子所在的東宮，大郡主突然夭折，皇長孫及只得幾個月的小皇孫上吐下瀉不止，急得太子妃及徐鳳珍六神無主，而太子自然又被佑元帝好一頓訓斥。

相反的，五皇子因接連辦妥了幾件差事，得了佑元帝在朝堂上的誇獎，兩廂對比，朝臣開始各懷心思了。

又隔得幾月，邊關傳來了柳震鋒大意輕敵，中了敵軍埋伏，柳家父子三人戰死、三名孫兒重傷的消息，霎時，朝中一片譁然。

慕錦毅怔怔地望著窗外，心中百感交集，柳元帥終是走上了前世的老路，他救得了他一次，可卻救不了他兩次。柳家，只怕危矣！

佑元帝龍顏大怒，柳震鋒是他的人，他力排眾議將帥印交給了他，可柳震鋒卻是如此回報他？打了一輩子的仗，年紀一大把了，此時才來個大意輕敵，導致晚節不保！

柳家失利，朝中商討著要派何人增援，在太子的授意下，有不少官員便舉薦曾經大敗西其的慕錦毅，而其他派別的官員亦舉薦了心目中的人選，佑元帝一時有點猶豫不決。

最終，佑元帝選擇了另一名老將陳魯作為元帥，慕錦毅則被任命為大將軍，擇日趕赴邊疆支援。

慕錦毅接到旨意時只是動作稍頓了一下，便跪下領旨謝恩。

楚明慧憂心忡忡地替他收拾行囊，不管是她自己，還是慕錦毅，早就沒有了對當下之事的先知，上一次慕錦毅出征，她因知曉他定會平安歸來，故也並不如現在這般憂心。

只是這一次卻不同，兩人對未來均是一無所知，前方等待著他們的是什麼，他們並不知曉，而西其和南邨聯軍來勢洶洶，連老將柳震鋒都陣前失利，慕錦毅只不過上了一回真真正正的戰場，並不見得會比柳震鋒更為出色。

她心神不寧，手上的動作停了又開始，開始不到片刻又停了下來，磨磨蹭蹭半天都收拾不好。

慕錦毅嘆息一聲，一手握著她的手，一手輕輕撫著她的臉龐，柔聲道：「妳放心，即便是不為自己，就是為了妳，為了阿盼，我也定會平安歸來。」

楚明慧垂下頭，心中一陣翻騰，刀劍無眼，百密尚有一疏，他如今這般許諾，只不過是為了讓她安心罷了。

如今慕國公府，尤其是他們母子兩人，是斷離不得他的，若是他有個萬一……

想到這裡，她不禁打了個寒顫。慕錦毅始終細細打量著她，見她這般模樣，心中明白她所想，可事到如今，除了說些話安慰她外，又能怎樣？

兩人一時相對無言。

正沈默間，便聽門外傳來阿盼奶聲奶氣的叫喚聲。「爹爹！爹爹！」

慕錦毅不自覺地勾起一絲笑容，輕輕拍拍楚明慧的手。「阿盼來了，相信我，這一生，我定會守著你們的。」

話音剛落，便見穿得圓滾滾的阿盼如同小炮彈一般直直朝他撞來。

慕錦毅伸手一撈，將他撈進了懷裡，大手輕輕揉了揉兒子的小腦袋，低聲道：「怎跑這麼快，若是摔著了可該如何是好？」

阿盼雙手環住他的脖子，嘟著嘴巴撒嬌地道：「阿盼要爹爹，要爹爹！」

慕錦毅心中一軟，將懷中越來越沈的兒子抱得更緊了些。「爹爹遲些日子要外出，你是家中的男子漢，要替爹爹好好照顧曾祖母、祖父與娘親，萬不可再淘氣。」

阿盼一聽他又要離開，眼淚汪汪、可憐兮兮地望著他，委屈地道：「爹爹不要阿盼了。」

慕錦毅只覺得整顆心都融化了，他輕輕將兒子眼角的淚花擦掉，柔聲道：「爹爹又怎可能不要阿盼了，只是爹爹有很重要之事要出外一段日子，曾祖母與祖父年紀大了，娘親又是女子，阿盼是家中唯一的男子漢，爹爹只能將他們託付給你了。」

阿盼眨巴眨巴著一雙神似楚明慧的大眼，似懂非懂地望著他。

慕錦毅又抱著他說了一番鼓勵的話，終於將他哄得高興了起來，還朝著慕錦毅用力地點了點小腦袋。「爹爹放心，阿盼會照顧曾祖母、祖父、娘親、三嬸嬸、小妹妹……」一邊說，還一邊掰著小指頭，樣子說不出的逗趣可愛。

慕錦毅微笑地望著他，見他將家中親近之人一個一個地數了一遍，末了還撲閃撲閃著那雙大大亮亮的眼睛期盼地望著他，似是等著他誇讚一般。

慕錦毅不負所望地摸摸他的小腦袋，讚許地道：「阿盼長大了，能幫爹爹做事了。」

阿盼一聽，眼睛更為閃亮，片刻，才用一雙胖嘟嘟的小手捂著小嘴嘻嘻嘻地樂個不停。

慕錦毅望著他這副可愛模樣，忍不住輕輕咬了一下他的小手，阿盼也扭著小身子直往他懷裡鑽。

楚明慧含淚望著其樂融融的父子倆，心中的憂慮卻是更深了，以兒子對慕錦毅的依戀，若是他不能平安歸來，那……

縱使她再不捨，幾日後，慕錦毅終是帶著大軍遠赴邊關了。

這一次，劉通卻沒有跟隨慕錦毅出征，而是被慕錦毅留在府中，與慕維一起聽命於楚明慧。朝局不穩，夏氏又是那般死去，他如今要趕赴邊關，鞭長莫及，實在是放心不下，只能將身邊的力量全部留下來，盼著能護著他的家人，也能讓他少幾分擔心。

慕錦毅走後，阿盼無精打采了兩日，又生龍活虎起來，每日屁顛屁顛地跑到太夫人屋裡，奶聲奶氣地說些小大人似的話，逗得太夫人直抱著他「心肝肉」地叫個不停。

楚明慧謹守慕錦毅臨走前的囑咐，除非必要，否則絕不外出，而府內亦有劉通等人重重守著，甚至連神捕魯耀宇如今也暫住在慕國公府。

金燕這次被他抓個正著，本想偷偷溜走，可身上的傷卻又未全好，只得苦著臉老老實實待在府中，時不時忍受一下魯耀宇如火一般的目光。

楚明慧擔憂前線的慕錦毅，每日都有些心神不寧，對戰爭結果及將來的未知，讓她實在安心不下來，雖亦好奇這對冤家的種種相處，但到底沒有多餘精力去關注，只是讓下人們好生伺候著。

過幾日，京城中傳揚著一個消息，一直待在國公府中守孝的楚明慧亦聽聞了——楚明涵的夫君，安郡王死了！

安郡王死得突然，郡王府對外只稱是突發惡疾而亡，可楚明慧卻覺得事情絕不會如此簡單，好端端的一個人，又怎會無緣無故突然死了？

自從前安郡王妃的親弟被郡王太妃尋著之後，楚明涵失了最有力的把柄，在安郡王府的勢力亦隨著安郡王太妃強而有力的反擊而逐步瓦解。

「妳倒是殺了我啊！有本事便把我肚子裡這個安郡王府唯一的血脈一塊殺了！」楚明涵面目猙獰地望著郡王太妃，挺著肚子一步一步逼近她。

「妳懷有身孕了？」安郡王太妃不敢置信地盯著她的肚子，顫抖著問。

「是，我懷孕了，肚子裡這個正是妳兒子唯一的血脈！我倒要看看妳想怎麼收拾我！」

楚明涵如今有著肚子裡這塊護身符，自是不懼對方。

安郡王是死了，死在楚明涵的貼身婢女彩雲手上，而彩雲亦是在殺了安郡王之後畏罪自盡了。對於彩雲的死，楚明涵確實是有一絲愧疚，畢竟，若不是她主動提出將彩雲給了安郡王那畜生，彩雲又怎會不甘折磨而採用這般激烈的手段？

只是，一想到那個一直折磨她、讓她過得生不如死的安郡王終於死了，她心中是一陣陣說不出的暢快，對彩雲的那點愧疚很快也煙消雲散了。

郡王太妃神情複雜地望著一臉得意的楚明涵，身旁大夫的恭喜聲她全然沒有聽進去，心中又喜又恨，喜的自然是這麼多年府中終於要添丁，她終於能抱孫了；恨的是如今暫且動不了楚明涵，心中憋了那麼久的氣仍是發洩不出來。

楚明涵毫不畏懼地與她對視著，眼中閃現著挑釁，看得郡王太妃心中又是堵得異常難受。

「妳好生歇息，定要好好地護著肚子裡的這塊護身符，若是他平安降生，妳也能保得住性命；若是他沒了……哼！妳知道老身的手段！」郡王太妃冷笑一聲，陰狠地望著她道。

楚明涵身子一僵，一股寒意從腳底處慢慢升起，對方的手段她早已領教過，又怎麼會不清楚！可她表面卻仍是一副「妳能奈我何」的囂張模樣，輸人不能輸陣，如今她懷著免死金牌，若是此時不反擊一番，待到孩子落地，估計就是她喪命之時！

慕錦毅這一走就是兩年，這兩年，楚明慧偶爾從魯耀宇帶來的消息知道，大商國軍隊稍勝西其、南邨聯軍，但是要贏也十分艱難，接手的元帥陳魯受傷後，交戰之事大多由大將軍慕錦毅主持，另三名柳家的孫輩小將對敵英勇，屢立戰功，讓佑元帝對柳家的怒火稍稍平息了些許。

這兩年，京城也不太平，朝堂上太子與五皇子的鬥爭開始白熱化，太子雖屢被佑元帝訓斥，可他手上的勢力卻是五皇子遠遠不及的；五皇子雖不如他，卻得佑元帝的寵信，假以時日，鹿死誰手還未可知。

而後宮中，麗妃盧素媛與賢妃分庭抗禮，麗妃得寵，賢妃得權，麗妃背後有皇上，賢妃背後有太后，雙方各不相讓，但到底仍是掌握後宮大部分權力的賢妃稍占上風。

另一處鬥得比較厲害的則是太子東宮，太子妃與沈良娣毫不相讓，沈良娣自徐良娣差點小產一事被太子厭棄後，隔幾個月又重新勾起了太子的憐惜，成功得寵，讓太子妃恨得差點將手上絹帕都絞破了。論理，她不應該將注意力放在這個有寵無子的沈氏身上，那個一聲不吭、專心照顧兒子的徐氏才應該是心腹大患，可是沈氏卻害了她女兒的命，更完全不將她這個太子妃放在眼內，她怎可能嚥得下這口氣，兩人便越鬥越烈。

徐鳳珍冷眼旁觀，儘管兩人鬥得要生要死，她也絲毫不為所動。

兩年前，她誕下了皇子，是自皇長孫之後五年來東宮唯一出生的皇孫，為母則強，若是她們又將主意打到她及兒子身上來，那就不要怪她手段狠辣！她不爭，只因她覺得不值得，天家無情，爭那一朝一夕的寵愛又有什麼用！為了權勢？徐家低調行事，萬事不出頭的家風也根本無須她多此一舉，她應該做的只是好好撫養兒子，讓他平平安安、健健康康地長大。

相比之下，一直閉門守孝的慕國公府平靜多了。

六公主成功誕下了長子慕紹安，向來像個長不大的孩童一般霸道、愛鬧脾氣的慕錦康彷彿一夜之間長大了般，真的有幾分為人父的樣子，與六公主的關係也漸漸融洽起來，雖仍是隔三差五鬥鬥嘴，但楚明慧覺得這不過是小夫妻間的情趣罷了，算不得什麼。

太夫人的身體與兩年前相比，除了越發容易疲累之外，倒也看不出有其他問題，楚明慧私下問過了常替太夫人請平安脈的大夫，得到了准信，確定太夫人身子無礙後，也放下心來。

阿盼已經由最初一日念叨爹爹數十遍，慢慢變成如今偶爾才提起一句爹爹，小孩子忘性大，慕錦毅離家兩年，他只記得自己有個會抱著他拋高高、握著他小手教他寫字的爹爹，可爹爹的樣子卻已經慢慢變得模糊了。

楚明慧嘆息著摸摸他的小腦袋，親自握著他的小手教他畫慕錦毅的樣子，當那剛毅的臉龐慢慢在雪白的宣紙上浮現時，阿盼歪著小腦袋，打量了片刻，才突然指著畫中人大聲叫。

「爹爹！」

楚明慧微微一笑，抱著他軟軟暖暖的小身子，俯在他耳邊低聲道：「對，這是你爹爹，他如今在前線抗擊壞人，保家衛國。」

阿盼愣愣地望著畫上慈愛地望著他笑的人，突然轉過身來抱著楚明慧，悶悶地問：「爹爹怎麼還不回來？他不要阿盼了嗎？」

楚明慧緊緊地抱著他，眼中淚光閃閃。「傻孩子，爹爹最疼的便是阿盼了，又怎麼會不要阿盼，只不過如今壞人還沒有全部趕走，他一時還回不來。」

「嗯！以後阿盼要幫爹爹一起打壞蛋，這樣他就不會這麼久都不回家了。」阿盼抬起頭，堅定地握著小拳頭，對著楚明慧道。

楚明慧笑著摸摸他的臉蛋，讚許地道：「好，阿盼真是個好孩子。」

阿盼害羞地捂著臉蛋，將小身子拚命往楚明慧懷裡鑽。楚明慧笑盈盈地抱著他，母子兩人一片和樂。

當慕國公府終於可以除孝之時，阿盼已經快要五歲了，小小的孩童如今一邊跟著魯耀宇學武，一邊由楚明慧教他讀書寫字。

魯耀宇這三年來一直謹守與慕錦毅的約定，留在慕國公府替他守護家人；有幾次，楚明慧外出遭遇伏擊，便是他帶人擊退殺手，讓楚明慧倖免於難，可以說，慕國公府這幾年被守得密不透風，他功不可沒。

還有一事，便是金燕終於肯面對魯耀宇對她的心意了，也總算點頭同意嫁給他，只不過他兩人如今都住在國公府，因國公府在孝期，暫且不適宜舉辦婚事，於是親事就被拖延了下來，對此，楚明慧感到十分過意不去。

如今孝期一過，她提出替魯耀宇與金燕兩人操辦婚事，這兩人都是父母早逝，孤身一人，如今喜結良緣，由國公府操辦倒也說得過去。

只是魯耀宇思量了片刻，才搖頭道：「此事還是待世子回來再議，再者，在下打算帶著她回鄉舉辦婚禮。」

他逗留國公府幾年，不過是敬佩慕錦毅為人，亦感激他們夫婦對金燕的照顧，但他只想要一輩子做個普普通通的捕頭，不大願意與權力圈子打交道；慕國公府是太子一派無庸置疑，太子如今與五皇子鬥得厲害，將來能否順利登上那個位置還未可知，他實在不願過多摻和這些。

楚明慧見他心意已決，亦不多勸。

又過一個月，迎來了太后千秋，前兩年國公府因為有孝，故無法進宮恭賀，如今既除了孝，府中有品級的夫人皆要進宮了。

楚明慧一早穿戴妥當，又到了太夫人院裡伺候她換上朝服，當她抬起太夫人瘦弱的手臂替她整理衣袖時，心中一酸，一輩子剛強的國公府太夫人，終究也是老了，這位令人敬佩的女子，從夫君、長子過世後就獨自撫養長孫，以一己之力強硬地為慕國公府撐起一方天，直至長孫慕錦毅長成，接過她身上的擔子。

太夫人感到她動作有異，不禁好奇地回過頭來打量了她一眼，見她眼眶微紅，心中猛地一跳。難道她知道了？知道自己時日無多了？

自上回大夫臉色凝重地告訴她，讓她不要再多思多慮，否則身子耗損得更加厲害，只怕，只怕……

她無奈地嘆口氣，家中的支柱慕錦毅一日未得勝歸來，她怎可能放心得下？府中這幾年禍事頻出，她怎能不憂慮？大概她這一輩子便是個勞碌命，哪有鬆口氣的時候。

楚明慧壓下眼中淚意，勾出一絲笑容輕輕拍拍她朝服上的縐褶。「好了。」

太夫人見她神情已無異狀，亦只得裝作若無其事的模樣拍拍她的手背。「好，咱們走吧！」

二少夫人文氏因品級不夠，無法進宮，楚明慧就拜託她暫且管理府中諸事，文氏自是一口應承。楚明慧深深地望了她一眼，低聲謝過了她，這才跟著太夫人及六公主上了進宮的馬車。

太后千秋，眾命婦齊齊進宮恭賀，楚明慧有過上次在宮中的驚險經歷，自是寸步不離地跟著太夫人，絕不敢再落單，如此一來，倒讓不少當家夫人對她生出幾分好感來。

說起來，自慕錦毅當眾說過要「許她一人」後，雖不少女子暗自羨慕楚明慧能得這樣一位年輕有為、前途無量的男子之愛慕，但亦有不少當家夫人對楚明慧嗤之以鼻；畢竟替夫家開枝散葉是為人妻子的本分，她如今只得一子，不但不想著多替夫君納幾房妾室綿延子嗣，反而獨霸夫君，活生生一個妒婦模樣。

如今見楚明慧寸步不離、低眉垂眼地跟在慕國公太夫人身邊伺候，舉止有度，目不斜視，一心一意照顧著長輩，倒是不得不讓人讚嘆一句恭敬孝順。

賢妃這幾年一直小心地在太后身邊伺候，倒是讓太后對她多生出幾分真心實意來，而六公主自幼與賢妃、五公主親近，是以太后對六公主也是愛屋及烏；見六公主一直在她耳邊念叨著國公府太夫人、世子夫人待她如何和氣，小姪兒阿盼如何聰明伶俐，如何有模有樣地帶著堂弟慕紹安讀書，完全一副好哥哥的樣子，便不由得對慕國公府幾位女眷多生出幾分注意來。

慕國公府太夫人她自是見過，倒是那位世子夫人她沒怎麼留意過，如今聽六公主這般說，便不著痕跡地觀察了楚明慧一番，見她那般行事，心中亦多了幾分讚許，能將兒子教養得那般懂事，又對太婆婆孝敬有加，可見是位賢妻良母。

殿中正熱鬧，一名掌事宮女打扮的女子湊到太后身邊，俯在她耳邊說了幾句話。

楚明慧正不動聲色地微抬頭觀察這位大商國最尊貴的婦人，便見那掌事宮女湊到了太后身邊低語幾句，緊接著見太后臉色突然變化。

她正感意外，又見太后對賢妃說了幾句話後，就由著掌事宮女扶著她繞進了百鳥朝鳳落地屏風後。

賢妃對眾人說了什麼話她並不曾留意，視線不著痕跡地掃了一圈殿內，見宮中地位比較高的妃嬪都在場，她稍思量了一下，才發覺麗妃竟然不在。

論理，麗妃就算再得寵，太后千秋也不可能不跟著眾妃嬪出面恭賀才是，佑元帝以孝治國，再糊塗也不可能會允許她這般做的，再想想方才太后的臉色，她又不覺深思幾分。

也不知過了多久，楚明慧才跟著太夫人起身行禮，這才發現身邊不少夫人都已經告退了。

直至回到了國公府，她仍想不出宮中到底發生了什麼事。

次日晌午，魯耀宇求見，楚明慧怔了怔，魯耀宇一直謹守禮法，平日有事大多讓金燕轉達，如今這般直接求見倒是首次。

「快請。」她不敢耽擱。

魯耀宇一臉凝重地進來，與她見過禮後就直接道：「皇上駕崩了。」

第六十章

佑元帝逝世得突然，朝中上下都被他的死打了個措手不及，論理，佑元帝生前已經立了太子，太子繼位理所當然，但五皇子如今籠絡了不少人，這批人也想著從龍之功，豈會甘心就此放棄，自然有好一番爭鬥。

慕國公府如今守衛更加森嚴，魯耀宇叮囑若無特別重要之事，府中的人不要隨意外出，如今朝局不穩，就怕有人會狗急跳牆，到時只怕京城有變。

楚明慧心中不安，忍不住問：「皇上怎麼去得如此突然，這當中是不是還有什麼內情不足為外人道？」

魯耀宇沈默了一下，終是點點頭道：「皇上，是長期服用助興藥物，昨晚又與麗妃及麗妃宮中一名宮女……是故才突然駕崩。」當中扯出了些男女之間的骯髒事，魯耀宇也只得含含糊糊地帶了過去。

楚明慧神情一僵，亦覺得有點彆扭，輕輕用絹帕拭了一下嘴角，才若無其事地道：「如今宮中形勢怎樣了？」

「麗妃及那名宮女被太后關了起來，估計是命不久矣。如今太后及賢妃掌著宮中事，支持太子登基。」

他想到當年那名因為生母過世而悲泣不止的嬌柔女子，如今竟然落得這般下場，魯耀宇亦不勝唏噓，這皇宮果真是天底下最容易改變一個人心性的地方。

京中局勢越來越嚴峻，太子與五皇子爭奪皇位，雙方各不相讓，一時京中人人自危。慕國公府一連大半月都緊閉大門，除了每日外出採購必需品的下人，其他人均不得輕易進出。

楚明慧驚得夜不能寐，每晚都要緊緊將兒子抱在身邊，貼著他暖呼呼的小身子，心中才能暫且獲得片刻的安寧。這一刻，她極度盼望著慕錦毅能回到她的身邊，彷彿只要他在，她們母子倆就能安然無恙。

沒多久，太子因名正言順，手上的勢力比五皇子要強上不少，加上又有太后支持，很快便順利登基，並改元承德。

承德帝登基後以雷霆手段收拾了一批五皇子的人，五皇子——如今應稱之為五王爺的勢力被打擊得七零八落。

太子既然順利登基，局勢便漸漸開始穩定，加上邊關又傳來捷報，大將軍慕錦毅一舉殲滅敵軍主力，將聯軍遠遠趕出了國土，直打得聯軍毫無還手之力。

消息傳來，舉國歡騰！

楚明慧雙目含淚，這場大戰總算是快要結束了。

又過了幾個月，果然傳來聯軍投降且請求議和的消息。

新皇順利登基，前線又是大捷，一時間，京城處處洋溢著一片歡慶，一掃前段時間因為佑元帝駕崩而帶來的種種陰霾。

太夫人激動得老淚縱橫，阿盼像個小大人似地坐在她身邊安慰著，童言童語逗得太夫人哭也不是，笑也不是。

這幾年，小傢伙倒真有幾分小大人的模樣，每日讀書學武，有模有樣地學著丫鬟們的樣子替長輩們捶捶背、捶捶腿，讓人窩心到不行，甚至還一本正經地教不滿三歲的小堂弟慕紹安唸書，讓六公主樂得喜笑顏開，直呼著以後可以省下一筆束脩了。

慕錦毅成功退敵，太夫人連呼著要到廟裡還願，可惜這幾日她的老毛病又犯了，大夫讓她好生歇息，楚明慧也不同意她出門。太夫人沒有辦法，只好讓楚明慧先代替自己到廟裡上香，待她稍好些了再到佛祖面前請罪。

剛好昨日楚明慧收到五妹妹楚明芷邀她到廟裡為生病的晉安侯老太爺祈福的帖子，如今又見太夫人如此吩咐，自然應了下來。

次日，楚明慧收拾妥當，好不容易將鬧著要跟去的阿盼勸住了，生怕他又要吵鬧，於是急急吩咐人準備馬車出門。

當馬車抵達了慈恩寺，楚明慧又順著僧人的指引到了與楚明芷約好的廂房，她吩咐燕容在門外等著，然後推門進去。

「嘎吱」的一下推門聲，她進了廂房，見一名身形纖瘦的黃衣女子背對著她靜靜立在屋裡。

「五妹妹，我到了。」她輕喚一聲。

見那女子仍是不聲不響地站著，她正感奇怪時，對方緩緩轉過身來……

「是妳？」楚明慧一怔，這轉過身的女子不是楚明芷，而是楚明涵。

由於兩人身量相似，她又先入為主，倒不曾想到屋內另有其人。楚明涵詭異地朝她笑笑，未等她反應過來，有人從身後用帕子捂住了她的口鼻，她掙扎了一下，終是軟軟地暈了過去。

「三姊姊，三姊姊！」一聲聲關切的呼喚將楚明慧從昏迷中喚醒了過來。

楚明慧迷迷糊糊地睜開雙眼，見五妹妹楚明芷及七妹妹楚明婧擔心地望著她。

她微愣了一下，瞬間想起了昏迷之前的事，於是掙扎著想站起來，卻發現雙手被反綁著。她又望望楚明芷與楚明婧，見她們雙手也是一樣被綁著。「發生什麼事了？怎麼妳們也在這？」

楚明婧哭喪著臉道：「我也被騙了！」

楚明芷愧疚地看了看兩人，低著頭輕聲道：「對不住，這都怪我，我也沒想到她會這麼做。」

楚明慧定定地望著她。「帖子是她要求妳送的？可妳為何會聽她的命令行事？」

楚明芷咬著嘴唇一言不發，只是眼中的愧疚越來越濃。

楚明慧微皺秀眉，罷了，如今不是追究責任的時候，而是要看看楚明涵到底把她們綁來要做什麼！

在楚明芷與楚明婧的幫助下，楚明慧終於成功站了起來。她細細打量了一下四周，見所處的是一間小木屋，木板釘得密實牢固，只有一扇一人高的小窗戶及只容得下兩個瘦弱女子出入的門。

「三姊姊，妳說二姊姊把我們帶到哪兒了？」楚明婧有點害怕地挨到她身邊。

楚明慧搖搖頭。「我也不清楚。」

「二姊姊到底想做什麼呢？」楚明婧喃喃地道。

楚明慧正想著安慰她幾句，門外就傳來男女對話聲，緊接著，門「嘎吱」一聲從外頭打開了。

姊妹三人緊緊地靠在一起，緊張地盯著門口。

一名身形高大的黑衣男子出現在她們面前，將屋外照射進來的陽光遮去大半，楚明慧正欲大聲喝問，對方卻往旁邊閃去，一身素雅打扮的楚明涵出現在眼前。

黑衣男子再往一邊讓了讓，楚明涵整個人露了出來。

她輕笑著走了進來，有點可惜地搖頭道：「三位妹妹，真是好久不見，可惜大姊姊和四妹妹沒法請來，否則咱們姊妹也能齊聚一堂了。」

四妹楚明嫻因懷有身孕即將臨盆自是無法外出，而大姊楚明婉是忙著處理婆婆衛郡王妃的喪事，抽不出空，是故只有楚明慧與楚明婧應邀而來。

「不知安郡王妃請妾身姊妹三人到此意欲為何？」楚明慧壓下心中驚慌，冷靜地問。

「安郡王妃？」一聽到這個讓她痛恨非常的身分，楚明涵恨得雙眼發紅。

楚明涵狠狠地瞪著緊緊靠在楚明慧身邊的楚明婧，心中又悔又怨又恨，若當初她沒有推了林家的親事，今日的林夫人該是她才對！若是她沒有鬼迷心竅，就不會受了那麼多的非人對待！

想到自她小產後，郡王太妃對她所做的事，她整張臉都扭曲了。那老妖婆，她不是人，是魔鬼！若不是她後來搭上了宮中的麗妃及五皇子，恐怕如今早就被折磨得生不如死了！

生不如死？確切來說她一直活得生不如死，既然她活得這般痛不欲生，那乾脆將她們拖下來作陪！

楚明慧見她面目猙獰，整顆心驚得一陣陣亂跳。

楚明涵冷笑一聲，突然將衣袖挽起，只見她原本白皙無瑕的手臂上，如今卻滿是怵目驚心、密密麻麻的傷痕，瞧著雖有些時日了，但從那一道道深深的傷疤上仍可想像得出當初是傷得有多重。

她一步一步靠近三人，將手上的傷痕湊到楚明婧面前。「妳看看，妳看看，這上面有鞭傷、刀傷、燙傷，但凡妳想像得到的傷，在我身上都能找到，妳要不要再瞧瞧我背後那些？」

她一邊說，一邊做出解衣裳的動作來，楚明婧嚇得閉著眼睛拚命搖頭。「我不要看，不要看！」

楚明涵突然發出一陣大笑，並且越笑越瘋狂，楚明慧三人下意識地往後退了幾步，與她的距離拉開了一些。

好半晌，楚明涵才止住笑聲，她擦拭了一下笑出來的淚水，盯著楚明婧陰森地道：「單是讓妳看看妳都嚇成這般模樣，若是讓妳幾年如一日地承受這些虐待，妳又會如何？這些，均是拜妳那好母親所賜！」

想到從郡王太妃處得來的消息，她這門親事竟是嫡母主動提出來的，又想想訂親前她對自己的態度，以及成親後她對安郡王府的態度，楚明涵就認定嫡母當初肯定是故意推她入狼窩的！

楚明涵越想越恨，周身充滿了濃濃的煞氣，盯著楚明婧的目光越發狠毒。

楚明婧將身子往楚明慧身後縮了縮，結結巴巴地反駁。「母親又怎會知……知道那郡王府如此可怕，她、她……」

「她不知道？妳怎麼不回去問問她到底事前知不知道！」楚明涵咬牙切齒地道。

楚明慧不動聲色地觀察了一下門外，猜測著衝出去逃命的可能性有多大，以燕容的警覺，想必很快會發現她的失蹤，此刻應該是召集人馬來營救了，她們只要撐到救兵到來即可。

正思量間，她感覺到有雙柔軟的手碰著她的手，然後抓住她手上的痲繩用力扯著，楚明慧不著痕跡地各瞄了一眼兩位妹妹，見楚明芷一臉害怕地挨著她，額上卻滲出幾滴汗珠，她頓時清楚是何人暗中替她解繩索。

「三妹妹也挺命大的，連麗妃三番五次派去的人都取不了妳性命。」楚明涵平復了一下，轉頭望著楚明慧冷冷地道。

楚明慧三人怔住了，楚明芷及楚明婧齊齊地望著她。「三姊姊，妳……」

楚明慧皺眉。麗妃？可魯耀宇等人查到的是五王爺府上的殺手啊，難道……這兩人早就勾結在一起了？

「也難怪，麗妃癡戀了足足十年的人，居然被妳身邊的賤婢勾去了，她不恨妳又能恨哪個？總得有點恨意才能支撐著她在宮中過下去吧。」楚明涵有點幸災樂禍地道。

楚明慧心中一片驚濤駭浪，盧素媛癡戀了十年的人被她身邊的丫鬟勾了去？盈碧嫁了慕維，玉秋許了太夫人身邊劉嬤嬤的姪兒，翡翠、染珠那幾個尚未訂親，怎地勾了盧素媛癡戀之人？

怔愣間，便覺手上的動作越發急切了，她心思一轉，故作不屑地道：「妳做就做了，偏要扯到別人身上去，還扯什麼我的丫鬟勾了麗妃的人，簡直是笑話！郡王妃這些年真是越活越回去了！」

楚明涵又是一聲冷笑。「妳身邊那名叫金燕的婢女，不是已經成功勾得魯耀宇肯娶她了嗎？那魯耀宇，正是十年前麗妃在老家為母守孝時認識的人，麗妃一心一意想與他做一對平凡夫妻，為此連盧家小姐的身分都甘願放棄。」

楚明慧微微一驚，魯耀宇與盧素媛？她倒是從未想過這兩人能湊在一起。

楚明涵又道：「她心中如神祇一般的人物，竟然被妳身邊的賤婢勾去，她怎麼可能吞得下這口氣！」

「那魯耀宇心悅誰、想娶誰又不是三姊姊能決定的，那麗妃分明是遷怒。」楚明婧從楚明慧身後探出半個頭來，不平地反駁道。

楚明涵冷哼一聲。「麗妃遷怒不遷怒我不清楚，但她恨不得妳那三姊姊死卻是板上釘釘的事實。」

「我只是不大明白，妳今日將我們姊妹三個捉到這兒來到底是想要做什麼？」手上的麻繩越來越鬆，楚明慧以極不易察覺的動作輕輕轉了轉雙手，那麻繩上的結徹底鬆了開來。

她暗暗心喜，緊緊抓著那繩，以防它掉到地上引起對方的注意。

而終於成功將她手上的麻繩解開了的楚明芷，指甲都折斷了幾片，心中卻鬆了口氣。

楚明慧拉住她欲收回去的雙手，緩緩地將手上的麻繩移到她的手腕上，然後摸索著找到楚明芷手上的繩結，同樣不動聲色地替她解了起來。

「做什麼？」楚明涵將垂下來的髮絲撥到了耳後。「自是想讓妳們陪伴我了。」

那老妖婆郡王太妃已經死在她手上，這事早晚也會被揭發出來，到時等待她的只怕除了死再無其他，殺一個是殺，殺兩個也是殺，倒不如臨死之前將所有的怨恨都清算一遍。

楚明慧雙手背在身後，飛快地解著楚明芷手上的繩結，因她如今兩手是自由的，倒是比方才楚明芷綁著手替她解結更方便、更快些，直到感覺那繩結鬆了開來，她才停止動作，可臉上卻仍是做出一副驚訝的模樣道：「陪伴妳？」

楚明涵詭異地笑笑。「都說浴火重生，我倒是很想看看火中重生的妳們，到底會是什麼樣子！」

楚明慧大驚，她這是什麼意思？難道是……

她們正驚懼間，外頭傳來男子粗獷的聲音。「夫人，柴火都準備好了！」

楚明婧嚇得尖聲問：「二姊姊，妳到底要做什麼？難道想燒死我們？我們到底哪裡招妳、惹妳了？」

楚明涵也不答話，深深地望了她們一眼，轉身往門外走去。

趁此機會，楚明慧猛地從頭上拔出銀釵，一步上前，一手抓住她，一手將銀釵死死地頂在她咽喉處。同時，楚明芷亦成功地將捆住楚明婧的麻繩解開了，見楚明慧制住了楚明涵，亦隨手撿起不遠處一根粗木棍，快步走到楚明慧身邊，緊張地盯著門外。

楚明婧有樣學樣，也撿起木棍強壓下心中的慌亂站在楚明慧的另一側。

門外的男子聽到異動衝了進來，見三人制住了楚明涵，倒是一時間不知該如何反應。

「讓開！否則我直接要了她的命。」楚明慧厲聲道，握著銀釵的手又用上了幾分力，尖利的銀釵很快在楚明涵脖子上刺出血痕來。

楚明涵臉色煞白，可臉上卻依舊一片雲淡風輕。「三妹妹，妳不敢下手的。」

楚明慧輕笑。「妳錯了，既然今日我難逃一死，能在臨死前替自己報仇，那也總算是死得瞑目了。」說罷，手上的銀釵又刺進了些許。

楚明涵臉上又白了幾分，額頭大滴大滴的汗珠滴落下來，她雖曾想過報了仇之後再自盡了事，總好過被官府捉拿，可如今死亡真的臨近，她卻發現自己並不像她所想的那般無懼。

她慘白著臉，強作鎮靜地朝著門外兩名黑衣男子道：「讓開！讓她們出去！」

門外的兩名黑衣男子怔了怔，倒也沒有上前阻止，眼睜睜看著楚明慧三人挾持著楚明涵從木屋裡走了出來。片刻，兩人才對望一眼，其中一名身材稍高的男子突然轉身飛快朝不遠處的樹林中跑去。

楚明慧心中一跳，難道樹林裡面還有幫手？這一分神，握著銀釵的力量不知不覺又重了幾分，痛得楚明涵忍不住驚呼出聲。

她不敢耽擱，加快腳步欲離開此處，片刻，又發現方才那離開的黑衣男子從樹林裡快步走了出來，遠遠便朝著另一名同夥做了個抹脖子的動作。

楚明慧暗叫不好，未等她提醒楚明芷與楚明婧，那兩人便提著劍朝她們這邊跑來。

她用力將楚明涵一推，一左一右地抓住楚明芷與楚明婧的手，飛快轉身逃走。

生死關頭，三人拚盡吃奶的力氣朝前奔去，眼看著身後的追兵越來越近，楚明慧咬牙喘氣道：「快，兵分三路，他們只有兩個人！」

話音剛落，三人各自往前方三岔路口不同方向跑去，對方只有兩名追兵，她們有三人，兵分三路起碼能讓一人活下來，總好過三人抱團喪命。

黑衣人追到了三岔路口，快速對望一眼，其中一人朝著左方的楚明婧逃跑方向追去，另一人朝著右邊的楚明慧追去。

楚明慧專挑些彎彎曲曲、樹叢繁多的小路走，雖然比平坦之路要困難，但或多或少都能稍微阻攔一下身後追兵。

突然，身後響起兵器碰撞的打鬥聲，她抽空往後一看，見兩、三名黑衣人與幾名護衛打扮的男子正纏鬥在一起。

她心中一喜，救兵來了！

只是，很快有一名黑衣人從打鬥中抽身而出，飛快地朝她這邊跑來！

楚明慧大驚，顧不上細看來的救兵到底是不是慕國公府的人，就轉頭朝前方急奔而去……

「啊」的一聲驚呼，她腳下一扭，緊接著「啪」的一下摔倒在地，此時，追兵剛好趕到，提起劍要朝她刺來，楚明慧又是一聲尖叫，然後就地打了個滾，險險地避開了長劍。

那人見一劍落空，又揮著劍再刺過來，她驚得順手抓起地上的泥土朝對方用力撒去……

黑衣人始料未及，被迎面飛撒而來的泥土撲了正著，下意識止住了動作，伸手揉了揉眼睛。

趁此機會，楚明慧強忍著腳上劇痛，一拐一拐地拚命往前跑，身後似是又響起打鬥聲，可她卻無暇再去看看是哪方人馬，腦中只有一個想法：快跑！絕不能死在此處！

想想家中的兒子，她累得已經快到極限的身子裡又生出些許的力氣，直到感覺到再也跑不動，她才尋了處隱密的草叢，將整個人伏在裡面，靜候著救兵的到來。

她屏住呼吸，一動也不敢動，腳上傳來一陣又一陣的痛楚，痛得她臉色發白，冷汗不住地從額上流下來，可她卻不敢伸手去擦拭，更不敢查看傷口如何。

身上的衣物已經被劃破了好幾處，髮髻也全亂了，她甚至能感覺到手上、後背等多處的傷口都在滲血，汗水流過，更是激起強烈的痛楚。

一陣清風拂過，她不由得打了個寒顫，忍著痛意打量了一下四周，見她隱身的此處遍地是半人高、迎風擺動著的野草，而不遠處則是一片廣闊平坦的綠草地。

她仔細想了一下，猜測著楚明涵大概是將她們帶到了京城西南邊的壽理山，她輕吁口氣，幸好仍是在京城當中！

轉念想到楚明芷與楚明婧，她又禁不住擔憂，不知道她們兩人如何？有沒有擺脫追兵？楚明涵，怎麼會如此，突然不顧一切把罐子摔破了？自聽聞她小產後不久又搭上了貴人，在安郡王府中重又得勢，照理如今應該忙著與郡王太妃爭奪府中權力才是啊？

又回想一下楚明涵方才提到麗妃盧素媛，她就有點了然，看來楚明涵搭上的貴人是盧素媛，如今盧素媛失勢，她自然又沒了靠山。只是早些時候的伏擊和此次的追殺又是怎麼回事？就算是盧素媛，也斷不可能會有這麼多的人馬，看來還有人助她們，這個人，非如今的五王爺莫屬！

陳冰月主僕、盧素媛、楚明涵，這些人都與五王爺有著或深或淺的聯繫，從夏氏的死開始，她感覺五王爺似是對慕國公府有著不尋常的恨意。論理，他若是爭奪皇位，眼光應該放在曾經的太子身上，縱使慕錦毅是太子身邊之人，但慕錦毅這三年的時間都不在府中，他又何必揪著些婦道人家不放？

再想想徐鳳珍所處的東宮，以及突然夭折的大郡主，楚明慧不由得想，這當中莫非也有五王爺的手筆？想了片刻，仍是百思不得其解，她也就放下了。

又是一陣風吹過，她覺得寒意更重，身子微微顫抖，想到這幾年的遭遇，又想起遠在邊關的慕錦毅，不知怎麼就覺得鼻子酸酸的。

「三妹妹讓姊姊好找啊！」

突然響起的聲音，將她心中那點酸楚一下子打壓了下去，她驚慌地循聲回頭，就見楚明涵滿身狼狽，左手臂上一片血污，眼光如同毒蛇一般陰狠地盯著她。

楚明慧望了一眼她右手上抓著的匕首，一點一點往後挪了挪，小心地拉開與對方的距離。

楚明涵步步逼近，全然不顧左手上的傷。她作夢也沒有想到自己帶來的那些人竟然絲毫不將她當一回事，楚明慧推開她之後，她就被撲上來的黑衣人砍傷了左臂，連跌帶爬地避了開來，驚險地撿回一條命。

她東躲西藏欲躲開黑衣人的追殺，倒沒料到居然被她發現楚明慧的藏身之處。

想到方才偶然聽到黑衣人的對話，慕國公府已經派了人過來，她心中又妒又恨。

楚明慧見她逼近，強忍著痛楚站起來一拐一拐地往後走，一邊退，一邊道：「我倒是不知道，侯府的姊妹哪裡就招妳恨了？六妹妹的慘死，難道還不夠？」

楚明涵陰毒地道：「不夠，我過得這般痛苦，自然也不能讓妳們好過！」

「妳覺得自己日子過得不好全是因為遇人不淑，但就以妳無恥地覬覦妹夫，即使將妳嫁到了好人家，妳依然會憤恨不平！」楚明慧冷冷地道。

林家不是好人家嗎？可她前世不也一樣處處見不得別人好？

楚明涵動作一頓，眼中閃過一絲驚訝和心虛，可一眨眼的工夫又若無其事地道：「我不懂妳在說什麼！」

「不懂？七妹妹與林家的親事，到底是怎麼訂下的，妳不懂？慕淑穎生前妳是懷著什麼樣的心思接近她的，妳當別人全是傻子不成？」楚明慧冷汗不斷，可仍佯裝冷淡地道，只想著再爭取一點讓救兵到來的時間。

楚明涵腳步一頓，她倒沒有想到楚明慧竟然將她的心思看得清清楚楚、明明白白，一時間，她覺得自己如同被扒光了衣裳裸露在日光下一般，心中那些齷齪的念頭被人當面道了出來，讓她又羞又惱又恨。

楚明慧終於退到了廣闊的草地上，她望了望對方一陣青、一陣白的臉色，又道：「若是妳沒有那些心思，老老實實地聽從大伯母的安排嫁到林家去，如今的大學士夫人就是妳。」

楚明慧這番話，再次激起了楚明涵心底深處的不平。新帝登基，林煒均一如既往地受皇帝重用，官職一升再升，如今已是京中炙手可熱的新貴。

救兵久等不到，楚明慧心中也不由得急了，她如今這副樣子，未必跑得過楚明涵。

楚明涵的思緒翻騰一番後，她回過神來，見對方已經退到離她快有一丈遠的草地上，心思猛地一轉，便抓緊手上的匕首，朝著楚明慧衝去。

一直在觀察著她的楚明慧見她突然衝過來，暗叫不好，拖著受傷的腿轉身朝前奔去。可她腳上受了傷又幾乎脫力，哪裡跑得過楚明涵，片刻就被楚明涵追上了。

楚明涵抓著她的領子，陰森森地笑著，高舉右手匕首，正要用力朝她心口處刺下去——耳邊傳來一下沈悶的利器入肉聲，楚明慧用力地閉上雙眼，可遲遲感覺不到痛楚，她睜眼一看，見一支長箭從楚明涵後背穿胸而過……

楚明涵掙扎著回過頭去，見遠處一名身穿戰甲的高大男子，手上持著長弓，正遙遙對著她。陽光照著男子，他身上的盔甲反射出一道道耀眼的光線，讓他整個人顯得凜然不可侵犯。

一絲鮮血從楚明涵嘴角滲了下來，她慘然一笑，今生她得不到他，能死在他手上，也算是值得了。

第六十一章

楚明慧愣愣地望著緩緩朝她身上倒來的楚明涵，整個人尚未從死裡逃生的震驚中回過神來，便見一隻大手一把將壓在她身上的楚明涵推開，然後自己落到了一個寬厚的熟悉懷抱中。

她怔怔地伏在慕錦毅懷中，直到感覺對方圈住她腰肢的手越收越緊，終是回過神來，眼淚大滴大滴地滾落下來。

慕錦毅將她抱得更緊，剛勁有力的雙臂不住收緊，好像恨不得將她揉進身體裡一般。

「明慧，明慧……」

他驚魂未定，在她耳邊不住地輕喚，每喚一聲，手上的力道又加深幾分，好像只有這般，才能確定懷中人的安好。

楚明慧反手抱著他，全然不在乎腰上傳來的絲絲痛楚，她用力回抱著他，任由淚水如同決堤般傾洩而出。

她還活著！

慕錦毅雙眼通紅，在她額邊輕輕地親了又親，突然彎下腰來將她打橫抱起，沙啞著聲音道：「咱們回家。」

楚明慧哽咽著「嗯」了一聲，將身子往他懷裡縮了縮，冰冷的盔甲磨著她的肌膚，可她整個人卻彷彿泡在一陣陣暖流當中。

片刻，又像想起了什麼，楚明慧掙扎著抬起頭，急切地道：「還有五妹妹和七妹妹，她們、她們……」

慕錦毅在她唇邊落下一吻。

「別擔心，她們沒事。」

聽聞楚明芷與楚明婧都沒事，她終於徹底鬆了一口氣，緊繃著的心弦一鬆，整個人因疲倦而慢慢墮入了黑暗當中。

慕錦毅見她突然軟下了身子，渾身一僵，顫抖地將頭俯低，輕輕用臉碰了碰她的臉，直至感覺到對方輕柔的呼吸，他僵直的身子才鬆了下來，抱著此生最大的牽掛，大步流星地朝前方走去。

迎上前來的副將擔憂地看著慕錦毅的右手，欲言又止，良久，終究仍是憂心忡忡地道：「將軍，軍醫叮囑過，您的右手不宜再用力。」

慕錦毅直直從他身邊走過。「無妨。」

副將凝望著他遠去的背影，不禁長嘆一聲，先是不顧傷勢強行彎弓搭箭，再是抱著夫人這般走路，只怕傷勢更重了。

副將又上前幾步查看倒在地上的楚明涵，見她當胸一箭，可想而知射箭之人到底用了多大的力量，明明右手臂已嚴重受創，如今又這般發力，那隻手可還保得住？

另一廂，慕錦毅抱著楚明慧坐到馬車裡，雙手仍是緊緊將她擁在懷中，眼睛一眨也不眨地望著她平靜的睡顏，忍不住想伸出手去撫摸她的臉龐，甫一動，右手臂就傳來一陣痛楚，他皺皺眉，轉頭一看，見右臂上已隱隱透出一絲血跡。

他嘆息，心知傷口大概是裂開了，方才憑著一股驚懼強行發力，倒一時忘了身上的傷；只不過，再轉念想想柳家的下場，他覺得這手毀了便毀了，也不算什麼。

放下心中鬱結，慕錦毅定定地看著懷中人，見她昏睡中仍是蹙著兩道秀眉，忍不住輕輕抹了抹她的眉頭，又溫柔地將她黑亮的長髮撥開，心中慶幸，幸好自己來得及時，若是真如軍醫說的那般多歇息數日再起程，只怕到時會後悔莫及。

想想楚明涵，又想想楚明慧過去所遭遇到的危險，他眼中一片狠戾，有些人只怕是活得不耐煩了。

楚明慧幽幽醒來的時候，感覺到身上有幾處冰涼，似是敷了藥，而受傷的腳卻是一陣熱辣辣的，還散發出一陣藥油的味道。

「醒了？」一個輕柔的聲音在她耳邊響起。

楚明慧循聲望去，見幾年不見的慕錦毅正坐在床沿上，滿目柔情地望著她。

她怔怔地望著眼前人，眼眶一點一點變紅，眼前漸漸變得一片朦朧。

慕錦毅輕嘆一聲，俯身在她額上輕輕親了親，然後用額頭抵著她的，低聲道：「明慧，我回來了。」

楚明慧眼中淚水一下子流了出來，她抬起雙手抱著他的脖子，抽抽噎噎地道：「你怎麼現在才回來！」

他回來了，壓在心底長達三年之久的徬徨無助也湧了出來。

慕錦毅一下又一下地親在她淚光盈盈的雙眼上，每一下，都伴著一聲聲的抱歉。「是我不好，回來得太晚，讓妳受苦了。」

楚明慧聽他這般說越覺委屈，抽抽噎噎地道：「就是你不好！」

「是，是我不好。」慕錦毅憐惜地親了親她的臉蛋，柔聲道。

「我都要嚇死了！」

「別怕，我會一直在。」

「我……我以為我會回不來了！」想到楚明涵的瘋狂，她禁不住又是一陣後怕。

慕錦毅心中一窒，用力在她唇上親了親。「是我來得太晚了。」

楚明慧發洩過一陣子後，心裡也舒坦了許多。她輕輕撫摸著他剛毅的臉，三年征戰，他整個人都黑瘦了不少，一雙深邃的眼睛柔柔地望著她，薄唇緊緊抿著。

兩人這般靜靜地對望著，彷彿這世間只得彼此，再無其他。

「你要回來，怎麼事前我並未得到消息？」楚明慧輕聲問道。

慕錦毅動作頓了一下，雲淡風輕地道：「受了點傷，暫且不適宜騎馬，加上又有主帥在，我就先回來了，已經著人稟了皇上，他也允許了。陳元帥則帶著大軍明日再進城。」

一聽他受了傷，楚明慧急了，掙扎著要起來。「傷哪兒了？讓我瞧瞧！」

慕錦毅止住她的動作。「不礙事，休養一段時日即可。」

楚明慧固執地望著他，一臉「不說就不甘休」的表情。

慕錦毅無奈輕嘆，指著軟弱無力的右臂道：「傷在這裡，不過真的無大礙了。」見她欲伸手來挽起衣袖查看個究竟，他閃了閃，急切地道。

楚明慧不說話，只用一雙猶帶著淚意的清澈大眼定定地望著他，直望得他心中發虛，只好老老實實地坐著一動也不動，任由對方小心翼翼地將他右手寬衣袖挽了起來……

入眼就見他右肩至手肘處被白布包著，白布的幾處還透著血跡，她不敢伸手去觸碰，就怕不小心會弄疼了他。

「別擔心，戰場上刀槍無眼，磕著、碰著些也是難免，再過幾日就無礙了。」慕錦毅雖暗暗心喜她臉上露出的心疼表情，但到底不願讓她過於擔心，故裝作一副毫不在意的模樣道。

楚明慧瞋了他一眼。「做什麼還要逞強，不管大傷、小傷，終究還不是傷著了，又怎能這般輕輕放下。」

慕錦毅訕訕地笑了一下。

楚明慧又細心檢查了一遍，確信他身上再無其他傷口，這才放下心來。

夫妻兩人細細低語，楚明慧絮絮叨叨地說些這三年來家中發生的事，包括太夫人這段時日身子瞧著不大好，可大夫卻說沒有什麼大礙；慕國公已經很少外出，每日都樂顛顛地逗弄孫兒、孫女；六公主生了個可愛的兒子；阿盼雖懂事了不少，可近來越來越喜歡帶著堂弟、堂妹到處淘氣……

慕錦毅始終含笑望著她，聽著她語帶輕柔地說些家中瑣事，只覺得內心一片平和，這種平平淡淡而又充滿溫馨幸福的日子，才是他要追尋的。

也不知過了多久，屋外傳來「躂躂躂」的急促腳步聲，楚明慧不禁搖頭輕笑。「阿盼來了。」

慕錦毅怔了怔，驚喜地望向門外。他一回來先吩咐人請大夫，又向太夫人等長輩們請過安，才得知兒子去了六公主府，只是他心中擔心楚明慧，也不曾多想，便一直守在妻子身邊等她醒來。

如今聽楚明慧說兒子來了，他不禁激動得整顆心怦怦亂跳，這麼多年沒見過兒子，不知道他長高了多少，可還記得他這個爹爹嗎？

阿盼跑了進來，邊跑還邊叫。「娘！」

直到快跑到楚明慧床前，他才發現一個高大的男子站在床邊，正滿臉激動、充滿期盼地望著自己。

他停下腳步，歪著小腦袋好奇地回望他，突然，小指頭指著他大聲叫道：「爹爹！」

慕錦毅哈哈一笑，一步上前單手抱起他。「好阿盼，還認得爹爹啊！」

阿盼抱著他的脖子，在他懷中一聲聲地喚著「爹爹」，彷彿要將這幾年積攢下來的思念全部都喊出來一般。

楚明慧含笑望著這對其樂融融的父子，又擔心慕錦毅受傷的右臂，便勸道：「快把他放下，小心傷口裂開了。」

慕錦毅只得將沈了不少的兒子放到床上，摸著他的腦袋瓜子，聽他吱吱喳喳地掰著手指頭數每日裡要做的事。

「爹爹，魯叔叔說等我生辰一到，就送我一張小弓，表弟說應該還要匹小馬，這樣才像個大將軍！」阿盼撲閃撲閃著大大的眼睛，期望地看著他道。

慕錦毅尚未反應，楚明慧就輕輕捏了一把他的臉蛋。「小壞蛋，娘跟你說過了，現在還不能騎馬，等大了些才可以。」

阿盼失望地「喔」了一聲，倒也不再糾結，又興奮地將他跟著魯耀宇學武的事告訴了慕錦毅。

慕錦毅見他說到學武是一臉興致勃勃的模樣，心中微微嘆息，果然是武將之後，他調教了那麼久，好不容易讓他對書本有了興趣，如今離開幾年，倒被扭轉了過去。

罷了，經此一戰，大商國邊境可保數十年和平，兒子縱然要從軍也沒什麼機會上戰場了。

一直到了點燈時分，阿盼的熱乎勁才減了些。

這晚，夫妻兩人躺在床上，楚明慧才問起慕錦毅在戰場上的事。

慕錦毅沈默片刻，突然轉過身來緊緊摟住她，將臉埋進她懷裡，半晌，才悶悶地道：「柳元帥，是被人出賣才中了埋伏，並不是眾人以為的大意輕敵。」

楚明慧大驚。「被人出賣？」

「嗯，被他一向信任的副將出賣，我也是偶然間才得知的。」

「若是這樣，你為何不報出來洗脫柳元帥身上的污水？」柳震鋒一世英名，死後還頂著個大意輕敵的污名，這實在令人痛心。

慕錦毅沈默良久，才沈痛地道：「因為指使那副將做事的，就是當今皇上。」

楚明慧一僵，不敢置信地將他推離懷中，盯著他一字一句地問：「當今皇上？」

慕錦毅痛苦地合上眼。「是，是他！他當年屢屢被先皇訓斥，柳家把持兵權又是先皇的人……」

柳家父子一倒，自然要派人接任，先帝信任的將領，除了柳震鋒就是陳魯，是故這個接任之入，非陳魯莫屬！

而陳家早已倒向當時的太子，否則，陳元帥受傷後怎會如此乾脆地將軍中大事全交由慕錦毅處置？皆因他與慕錦毅都是支持同一個人。

楚明慧心中久久不能平靜，為了權勢，無視將士，無視邊疆百姓性命，這樣的人當了皇帝，真的是天下百姓之福嗎？

想想柳家父子的下場，慕錦毅只覺得心寒不已，甚至產生了一種兔死狐悲的感覺，柳震鋒一心為國，最終卻落得如此下場，死後亦要承受污名，晚節不保，這就是皇家！

他能做的是儘量護著柳家僅存的三名孫輩小將，護著他們立下戰功，如此也能讓柳家多一分生機。

柳震鋒失利，佑元帝若是仍活著也肯定饒不了他，雷霆震怒之下會對柳家做出怎樣的處罰，沒有人能預料得到；即使是如今的新皇帝，會不會乘機抓著此事發落柳家，他也不能肯定。如今柳家三位小將立下不少戰功，承德帝為了展示他的仁德，或許能讓他們功過相抵。

他右手臂上的傷，能傷得如此嚴重，其實亦有他故意的成分在，他立下了大功勞，承德帝定會諸多封賞。只不過，慕國公府與晉安侯府是姻親，而侯府又與禮部尚書的凌家、衛郡王府、昌邑侯府、林家等是姻親，個個都是掌實權的家族，久而久之，承德帝會不會心生他想，他不敢賭，倒不如先退一步，一個再也舞不動兵器、上不了戰場的將軍，相信會讓很多人放下心來。

夫妻兩人一時又陷入了沈默當中。

良久，慕錦毅才輕輕撫著楚明慧順滑的長髮，低聲道：「妳放心，我絕不會讓咱們家也陷入如柳家那般境地當中，遲些，待時局穩定下來，我打算以傷勢未痊癒為理由，將身上的職務卸下來，一心一意留在家中。」

楚明慧一言不發，只是將整個人縮進他的懷中，雙手緊緊抱著他勁瘦的腰。

次日一早，元帥陳魯率領大軍進城，慕錦毅也早早換上朝服，跟隨著陳魯上殿朝見承德帝。

承德帝論功行賞，果然如慕錦毅預料那般，柳家功過相抵，陳魯被封為鎮國公，慕錦毅則升任正一品五軍都督府左都督。

宮中自然又有一番慶賀，慕錦毅年紀輕輕升至了正一品左都督的位置，加之他又是國公府世子，比起剛升了國公的陳魯，自然更讓眾人另眼相看。

慕錦毅榮歸，慕國公府門前又是好一番熱鬧，只不過因仍是國孝期間，許多喜慶之事都不敢做得太過張揚。

楚明慧自從被慕錦毅救了回來後，一直老老實實聽從他的吩咐好好養傷，她身上均是些擦傷，並不礙事，腳卻是扭傷了筋，得好生休養一段時日。

雖然慕錦毅說楚明芷與楚明婧兩人皆平安無事，但她終究放心不下來，於是就派翠竹代她到兩家探望一番。

「七小姐倒不曾受什麼傷，只是受了驚，如今被七姑爺勒令在家中好生休養；五小姐左手受了傷，大夫看了說沒有大礙，不會影響日後生活，如今亦是被五姑爺要求在府中養傷。」

翠竹歸來後，一五一十將楚明芷與楚明婧的情況說了一遍，同時也帶來兩人所贈的一些藥材及問候。

楚明慧聽罷不由得一怔，她記得當時那兩名黑衣人分別朝著七妹妹與她追過去，怎麼七妹妹沒有受傷，倒是五妹妹受傷了？還有安郡王府與楚明涵……

想到楚明涵，她臉色一寒，如今對方如此結局，倒也算是死得其所了。

慕錦毅從外頭回來後，她忍不住問他。「安郡王府可是發生了什麼事？」

慕錦毅頓了一下，便道：「安郡王太妃被人殺死在她屋裡，下人發現時已經死了一段時日，按魯耀宇偵查，她應該是死於楚明涵之手。」

楚明慧吃了一驚，楚明涵竟然殺了安郡王太妃？難怪她會突然這般不顧一切了。

「安郡王府及那日妳們所遭遇之事，我已詳細稟報了皇上，妳不必擔心。」

楚明涵到底是朝廷命婦，無論她是因何而死，都得向上面稟報一聲，也好絕了日後可能會帶來的麻煩。

「五王爺早就與曾經的麗妃勾結在一起了，想必他能在生母倒了之後又重獲聖寵，與麗妃的枕頭風不無關係。」一想到慕錦毅這幾年不在京中，她又將關於朝中及後宮爭鬥之事向他道來。

慕錦毅握著她的手憐愛地道：「這幾年真的是讓妳擔驚受怕了，妳別擔心，這些事自會有人向我稟報，如今我既回來，再也不會讓妳陷於那般境地。」

他頓了頓，又道：「至於那些三番五次欲加害我們的人，我定不會放過他！」

五王爺與他有殺母之仇，這筆帳他總有一日會清算，如今對方不過是秋後螞蚱，蹦躂不了幾日，承德帝早就將他視為眼中釘、肉中刺，若不是尋不到光明正大的理由，早就處理他了，哪會讓他逍遙至今！

如今他竟又幫助楚明涵鬧出綁架刺殺這一齣，承德帝對他自然更忌憚幾分，加上麗妃曾給先帝服用的那些藥，根本不是出自太醫院，說不定也是他弄來的，否則以麗妃及盧家的勢力哪會做得到？再者，那日與先帝鬼混導致他喪命之人，除了麗妃盧素媛，還有五王爺的嫡親表妹，譚家的嫡出小姐。

這兩人當初未入後宮之時就與先帝搞到一塊兒，後來譚家敗落，先帝不捨這位譚小姐被賣為奴，偷偷將人留在後宮，藏於麗妃盧素媛的宮中。這兩人，一個與五王爺聯合，一個是他嫡親表妹，一左一右枕頭風，讓五王爺又重獲聖寵！

不過這些骯髒事，慕錦毅自然不會說出來污了妻子的耳。

由於慕錦毅的歸來，慕國公府上上下下都似吃了定心丸一般，說到底，府中沒有他撐著，大家終究少了幾分心安。

太夫人自他回來後，整個人氣色都好了不少，瞧著也有精神，這讓一直擔心她身子的楚明慧與喬氏等人也稍放下心來。

隔幾個月後，一年國孝期便過了，魯耀宇提出要帶著金燕返鄉成親，慕錦毅夫婦苦留不住，準備了不少賀禮親自送了他們出城。

馬車一路在官道上疾馳，直至漸漸看不到影子，楚明慧怔怔地望著他們離去的方向，久久回不過神來。

「咱們回去吧，將來總會有與他們再見的機會。」慕錦毅將她身上的披風裹好，柔聲道。

「魯先生與麗妃……」楚明慧回過神來，想到楚明涵曾經說過的事，不禁擔憂地道。

金燕是個好姑娘，她自是相信魯耀宇的人品，只不過，情之一字實屬難說，一旦黏上了，就容不得半粒沙，她不希望金燕日後會陷於情傷中不能自拔。

「魯耀宇的家與盧家祖宅相隔不遠，盧素媛當年回鄉守母孝，路上遇險，是魯耀宇所救，更是魯耀宇一路護送她父女平安到達目的地。」見她擔心此事，慕錦毅解釋道。他頓了一下，又繼續道：「魯耀宇行事果決，意志堅定，若是他認定的人，便會想盡辦法、不顧一切得到手，這點妳從他追著金燕跑了那麼多年也能看得出來了；他若是對盧素媛有那種心思，早就行動了，哪會拖到現在，想來那不過是盧素媛一廂情願罷了。」

聽他這般說，楚明慧終是放下心來。「這樣就好，畢竟再深厚的感情，若是夾雜了傷痛，就再難回到最初。」

尤其是金燕此等烈性又有點潔癖的女子，魯耀宇若真與盧素媛有過什麼，只怕她是再也不會接受他了。

慕錦毅身子一僵，手足發冷，再深厚的感情，若是夾雜了傷痛，就再難回到最初？這番話，如同一盆冷水兜頭淋下來，將他這段日子的暖意沖刷得乾乾淨淨。

「怎麼了？」楚明慧行前幾步欲上馬車，不見他跟上來，轉身疑惑地問。

慕錦毅扯出一絲笑容。「沒事，走吧。」

馬車躂躂地往城中駛去，慕錦毅一動也不動地坐在車上的軟榻上，心中一片冰涼。

還是不夠，還是不行嗎？

這幾個月來，慕錦毅早出晚歸，有時休沐也帶了不少幕僚到書房商議事情，這讓一直等著他陪自己打拳的阿盼大為不滿，不止一次在楚明慧跟前嘟囔著爹爹陪些伯伯、叔叔都不肯陪他，讓楚明慧哭笑不得，只得輕聲哄著他，承諾明日給他做紅豆糕，這才讓小傢伙開懷。

慕錦毅在忙些什麼，她雖沒有直接過問，但多少猜得到幾分，如今五王爺被人舉報他向麗妃提供含有致命毒素的助興藥，間接造成了先帝的死亡，同時亦有人彈劾他私養殺手，排除異己，謀害朝廷命官。
緊接著，又有官員陸陸續續上摺子彈劾，累計的罪名竟達七、八十項之多，逢高踩低、落井下石在某些官員身上表現得淋漓盡致。
承德帝仁厚，念在兄弟情面上饒他一命，只是下令將他拘禁在五王爺府。
曾經風光無限的五王爺府，如今門庭冷落，尤其是當侍衛慢慢將府邸圍起來後，眾人甚至都不敢從那裡經過，寧願遠遠繞道。
這些事，楚明慧不問慕錦毅，也能從外頭聽到。
她猜測著這一切不過是下面的人在皇帝默許下做的，畢竟以承德帝與五王爺之間的仇怨，他怎可能再隱忍五王爺礙他的眼？
承德二年五月，宮中傳出喜訊，沈淑妃懷上了龍嗣，這是新皇登基後的第一個孩子，加之沈淑妃又得寵，自然倍受關注。
說起來，當今皇上子嗣不豐，只得兩名皇子，唯一的公主早些年又夭折了，兩名皇子中，大皇子是皇后所出，二皇子的生母則是宮中的徐貴妃。
至於柳家，祖孫三代六人去，只得三名孫輩歸，柳家同前世一樣靜悄悄地變賣家產，遠離了京城，不知所蹤，這當中，包括五駙馬柳擎南。
據聞他給了五公主一封放妻書，消息一傳出，京城一陣議論紛紛。皇家公主收放妻書？這算不算是抗旨？畢竟這兩人可是先皇賜婚！
同時也有另一種看法，猜測大概是五公主見柳家敗落了，五駙馬又放心不下家人，欲跟隨家人離京，公主不願，這才自求放妻書。

對於柳家的離去，慕錦毅心中一片沈重，曾經與慕國公府齊名的柳府，如今已人去樓空，與相隔一條街的鎮國公府相比，更顯得一片淒涼，他心中那股兔死狐悲的感覺越發濃厚了，直壓得他透不過氣來。

第六十二章

這日，楚明慧正陪著兒子練字，看著小小的人兒滿臉認真地抓著筆，歪歪扭扭在紙上寫下「慕紹瑞」三個字，她不禁露出個欣慰的笑容。

待阿盼將今日的五十個大字任務完成後，蹦蹦跳跳地捧著那疊寫滿大字的宣紙來到楚明慧跟前。「娘，我寫好了。」

楚明慧接過他的作業，仔細翻了翻，見字寫得比前些日子工整了些，不由得讚許地摸摸他的腦袋瓜子。「阿盼寫得比上回好了。」

小傢伙聽見娘親稱讚他，有點害羞地抱著楚明慧的手臂，將紅撲撲的臉蛋貼在她的手臂上。

片刻，小傢伙抬頭睜著雙亮晶晶的人眼望著她，板著小臉一本正經地道：「娘，我長大了，不能再叫小名，得叫我慕紹瑞。」

楚明慧怔了怔，忍著笑意道：「好，我家阿盼長大了，不能叫小名，得叫紹瑞了。」

阿盼嚴肅地點點頭。「嗯，先生就是這般叫我的。」

房門口傳來「噗哧」的笑聲，六公主邊走進來邊取笑道：「小傢伙才幾歲啊，這就是長大了？還不讓人叫小名？」

阿盼先是有模有樣地學著慕錦毅的樣子朝她作了個揖，然後癟著小嘴不滿地道：「三嬸嬸又取笑人。」

六公主捏捏他的臉蛋，故意道：「三嬸嬸就是喜歡叫你阿盼，阿盼、阿盼、阿盼！」

阿盼張著小嘴呆呆地望著刻意唱反調的六公主，突然轉身撲到楚明慧懷中，不依地扭著身子道：「娘親，三嬸嬸又欺負人。」

楚明慧忍著笑意，抱著他圓圓暖暖的小身子，安慰地拍拍他的後背。「嗯，是三嬸嬸不好，又欺負娘親的小阿盼。」一邊說還邊看了六公主一眼。

這人，都當娘這麼久了，還這般愛捉弄小孩子，當初的六公主起碼瞧上去還有幾分高不可攀，現在簡直是半個孩子，不但愛捉弄姪兒，連她自己的兒子也不放過。

六公主笑笑地在她身邊坐下，輕輕戳了戳正躺在楚明慧懷中撒嬌的阿盼。「小笨蛋。」

阿盼被她戳得更加往楚明慧懷中鑽去……

楚明慧笑著將他抱得更緊了些。「傻孩子，三嬸嬸在逗你玩呢！」

妯娌兩人又逗著阿盼說了些話，一會兒就有丫鬟來稟，說是國公爺讓小少爺過去呢！

楚明慧整了整阿盼的小衣裳，又掏出帕子替他擦了擦小臉，再抹抹小手，就讓丫鬟將他帶到慕國公處去了。

慕國公如今每日都會讓丫鬟帶小孫子們到他院裡玩耍一陣子，他如今也就只有這個興趣了，楚明慧也不覺得兒子親近他有何不好，故每次只是叮囑阿盼莫要淘氣就送他過去了。

阿盼走後，六公主嘆息一聲，有點唏噓地道：「五皇姊，如今又要準備成親了。」

楚明慧一驚，這頭剛和離沒多久，又要成親了？

「不知準五駙馬是哪家的公子？」

「是以前五皇姊的未來夫婿，就是頭一回訂親的那個，原本大家都認為他早就已經死了，沒想到半年前卻回來了，還帶著個兒子。據聞是曾經摔傷了頭，忘卻了前塵往事，就與救了他的那戶人家的姑娘成了親，不久前想起了過往，才帶著兒子回來認祖歸宗。」

楚明慧皺皺眉道：「那他娶的那名女子呢？」

「聽聞早些年病逝了。」六公主嘆道。

不管是什麼原因，五皇姊在夫家落魄時選擇和離另嫁，在外人看來都是過於無情了，也不知賢母妃與皇兄是如何想的，居然也肯應了她。

五公主與五駙馬和離一事鬧得不可開交，賢太妃為了這個女兒沒少抹眼淚，可惜她再惱怒也不得不替女兒收拾殘局；幸而承德帝雖對五公主未經允許私下和離極為不悅，但仍感念賢太妃當年相助之恩，並沒有追究五公主及柳擎南的罪責，就連五公主與前未婚夫的婚事也點頭應允了，橫豎是一個沒有什麼實權的家族，五公主既然看上就看上了，總好過以後一直寡居。

「也不知五皇姊是怎樣想的，五姊夫對她那般好，她怎麼就放棄了呢？那個江家公子都已經娶過親，甚至還有一個兒子了，她怎麼還是執意要嫁呢？」六公主百思不得其解，五駙馬柳擎南對五公主的好，她是看在眼裡的，即使成婚多年，五公主一直未有身孕，柳擎南待她亦始終如一，如此一心一意待她的男子，她怎麼就看不到他的好呢？

楚明慧覺得一陣唏噓，只是這些事的內情她並不清楚，也不方便發表意見，但對柳家卻是頗為同情，曾經那般顯赫的家族，如今卻徹底從京城消失，再難尋其蹤跡。

「大少夫人，世子爺受傷了。」兩人正沈默間，就聽見外頭的丫鬟進來稟道。

楚明慧大驚失色，猛地從榻上站起來。「怎受傷了？可派人去請大夫了？」

「宮中的太醫已經跟著到了府裡，如今正在為世子診治。」小丫鬟又道。

六公主見她步伐匆匆急著去見慕錦毅，也不便久留，派人到六公主府通知慕錦康，讓他過來瞧一瞧具體情況。

楚明慧急匆匆地來到屋裡，守在裡屋的劉通見她進來，朝她躬了躬身。「世子夫人，世子爺如今在裡頭，太醫仍在診斷中。」

聽他這般一說，楚明慧停住了腳步，擔心地朝裡頭望了望，便問劉通。「好端端的，怎又傷了？傷在哪裡了？」

劉通沈默了一會兒，低聲道：「傷在右臂。」

楚明慧驚得連退幾步，右臂？慕錦毅雖有意瞞著她傷勢之事，但她日日與他相處，又怎會不清楚他傷的程度，只不過既然他不希望自己擔心，是故她才裝作毫不知情，也只當是一般的傷。

原本就未曾痊癒的右臂，如今又傷著了，這後果……

她喉嚨一堵，半晌才順下氣來問道：「是怎麼傷著的？」

「為了救大皇子。」劉通輕聲道，並將事發的經過說明給楚明慧聽。

不滿十歲的大皇子，差點從假山上摔下來，幸而剛從御書房中走出來的慕錦毅身手敏捷地接住了他，這才避過一難；那當下慕錦毅雖感覺到右手臂有些疼痛但並無大礙，也就沒放在心上，直到回府的半途中發覺不對勁，才請太醫來就診。

「世子夫人。」頭髮花白的老太醫從裡屋出來，見她守在門外，朝她作了個揖，楚明慧也慌忙還禮。

「太醫，他的傷勢如何？」

老太醫遲疑了一下，才道：「世子右臂原就傷重未癒，如今又傷上加傷，只怕……日後大概會有些麻煩。」

楚明慧身子微微顫抖，雖這個結果她曾想過，但如今真的被證實了，她也不禁感到有些難以接受。

「會有什麼麻煩？」她平復一下心緒，鎮定地問。

「日後估計再不適宜拿重物。」老太醫有些惋惜地道。

楚明慧愣了片刻，這才謝過太醫，又親自送他出去後，這才進到裡間去看看慕錦毅。

慕錦毅靠坐在床上，見她進來就扯起一絲笑容。「明慧，過來。」

楚明慧朝他一步一步走過去，直走到床邊才停下腳，怔怔地望著他，見他臉上仍是毫不在意，不知怎麼回事，心中的怒火升了起來。

「你……你怎能這般不顧惜自己！若是有個三長兩短的，你讓我們怎麼辦才好……」她越說越委屈，越說越心傷，眼中慢慢浮起一絲淚意。

慕錦毅嘆息一聲，伸手輕輕將她拉到身邊坐下。

「對不住，一直瞞著妳傷勢的事。」他單手圈住她的腰肢，靠在她耳邊歉意地道。

楚明慧眨眨眼，用帕子將淚花拭去。「我雖不清楚你這樣做是為了什麼，但是你不應該拿自己的身子來冒險。」

慕錦毅又是一聲嘆息，柔聲道：「我打算過幾日以傷勢未癒為由，請求卸去左都督一職，妳意下如何？」

楚明慧驀然回過頭望著他，見他神情認真，並不是開玩笑。她愣了片刻，才輕聲問：「可是因為柳家一事，你才……」

「與這事有一定關係，但並不是全部，我只是覺得國公府如今已經有些過了，伴君如伴虎，皇上這幾年來性情越發莫測，行事急躁了許多，對權勢抓得比先皇要緊，趁著如今他對我尚有幾分情面，倒不如急流勇退，或可避免將來的麻煩。」慕錦毅不再瞞她，將心中打算一一說了出來。

「如今我這右手被毀，也能讓他放下心來，加上又是為了救大皇子所致，於情於理，日後國公府就算失了實權，相信少不了皇恩。」

楚明慧靜靜地望著他，心中對他能放棄來之不易的權勢甚為意外，慕錦毅作為光耀國公府的希望，她原以為他會一直在官途上追逐，直至最後位極人臣呢。

「你這般想法，祖母可曾知道？她會不會同意你這樣做？畢竟，她一直希望你能將國公府發揚光大。」楚明慧輕聲問道。

「祖母那邊，我自會與她細說，她是個明白人，相信不會有異議。」

「既然如此，那就按你心中所想的去做吧。只是，你的右手，日後可怎麼辦？」她直直地望著慕錦毅纏著白布的右臂，眼眶又不知不覺地紅了。

「不礙事，只不過是拿不得重物，這有什麼？況且，沒了右臂，還有左臂呢！」慕錦毅不在意地道，他既然敢這般做，就是想過後果了，一條手臂而已，又不是完全殘廢了，這算得了什麼。

慕國公府世子右手傷重，不得已上摺子請求卸任職務留家養傷的消息，不到半日就傳揚了出去，有人幸災樂禍，有人惋惜，有人慶幸，亦有人暗暗思索當中可能蘊含的深意。

承德帝駁回了慕錦毅的摺子，只讓太醫每日到國公府上替他療傷，將一批一批的珍貴藥材從宮中送至慕國公府，朝臣得知，不由得感嘆慕國公府當真得聖寵。

慕錦毅又上了兩回摺子，言詞懇切，只說如今已成廢人，實不堪擔此重任。

承德帝再三思量，只得撤了他五軍都督府左都督職務，另任命他為太子太傅，只待傷好之後再上任。

朝臣一見，不得不再次感嘆慕錦毅聖眷深厚。

此後，慕錦毅以養傷為名義，一心一意留在府中，全然不理會外頭對他的各種議論。

他每日都留在家中，最開心的人莫過於阿盼了，小傢伙跟著先生唸完書後就一蹦一跳地跑到慕錦毅身邊，拉著他的手讓他聽自己背書，五歲多的孩童學著先生的模樣搖頭晃腦地唸著《三字經》，樣子說不出的逗趣，讓慕錦毅心情大好。

阿盼背完後就眨巴眨巴一雙大眼睛望著他，慕錦毅微笑，將他小小的手包在自己的大掌中，慈愛地問：「先生還教了什麼？」

阿盼奶聲奶氣、清脆地回答。「先生還教了寫字，阿盼現今會寫好多好多字啦！」小傢伙一邊說，一邊將手從慕錦毅手中抽出，雙手張得大大的。

「那改日將阿盼寫的字拿來讓爹爹看看。」

「好！」小傢伙用力點頭，手腳並用地爬上慕錦毅坐著的榻上。

「爹爹，魯先生不在了，你教阿盼打拳吧！凌叔叔說你拳打得可好了，比魯先生還要好！」阿盼抱著慕錦毅的左臂，仰著頭一臉期待地望著他。

「爹爹如今受了傷，不能打拳。」慕錦毅尚未回答，捧著藥碗走進來的楚明慧就替他拒絕了。

「哦……」阿盼失望地拖長了尾音，片刻，又皺著小眉頭盯著慕錦毅包著白布的右臂，伸出肉肉的小手輕輕覆在上面，擔心地問：「爹爹，還痛嗎？」

慕錦毅摸摸他的小腦袋。「不痛了，阿盼不用擔心。」

楚明慧捧著藥在榻沿坐下。「先把藥喝了吧！」

慕錦毅點點頭，接過她遞過來的藥，一飲而盡。

阿盼一臉敬佩地望著他，直到他將碗裡的藥全部喝光。「爹爹好厲害！」

慕錦毅失笑，這小傢伙最怕喝藥，每次生病喝藥都鬧得人仰馬翻。

楚明慧亦覺好笑，輕輕捏捏兒子的小臉。「好了，爹爹喝了藥要歇息一會兒，你先去跟著盈碧到祖父那玩。」

「好……」阿盼從榻上跳下來，拉起跟著楚明慧走進來的盈碧的手，蹦蹦跳跳地去慕國公院裡了。

這日，楚明慧正給兒子做著小衫，如今慕錦毅父子倆的貼身衣物都是她親手所做，原本她也只是幫兒子縫製，後來被慕錦毅撞見幾回，他酸溜溜地發表了一番意見後，楚明慧亦只好無奈地替他縫製。

「少夫人，唐夫人求見。」剛升任二等丫鬟的碧珠進來稟道。

楚明慧身邊原本的一等丫鬟玉秋前段時間出嫁了，二等丫鬟中染珠與翡翠亦訂了親事，如今楚明慧免了她們的差事，讓她們安心待嫁；只有燕容與紀芳，她不知道應該如何安排，問過了慕錦毅，他只說一切聽她的安排。

楚明慧原想著也替這兩人物色個好人家，可剛表明了這方面的意思，兩人就跪著懇求她莫要將她們趕走，她們願一輩子留在她身邊伺候。

她再三解釋說只是想讓她們有個好歸宿，若是她們願意的話，嫁人之後亦可像翠竹與盈碧一樣回到文慶院來；燕容與紀芳想了想，只說如今暫無嫁人的打算，若是將來有了這方面的意思，再請少夫人替她們作主云云。

如今燕容與紀芳成了一等丫鬟，二等丫鬟有剛提拔上來的碧珠、碧玉。

聽聞韓玉敏到了，楚明慧放下手中做了一半的小衫，細想一想，她倒有好長一段時間沒有見過韓玉敏了，只聽聞唐永昆如今升了官，是承德帝身邊的紅人。她命人收拾一番，就迎了出去。

進了招待女客的花廳，乍一見韓玉敏，楚明慧不禁嚇了一跳，如今的韓玉敏，整個人卻是比上一回所見瘦了整整一圈，人瞧著也憔悴了許多。

「妳怎麼瘦成這般模樣？」楚明慧抓著她的手，震驚地問。

韓玉敏笑笑，拍拍她的手背道：「不是挺好的嗎？身段纖細，多少女子想都想不到！」

楚明慧不贊同地瞪了她一眼。「胡言亂語些什麼，告訴我，到底發生了什麼事？怎才幾個月不見就瘦得這般厲害？可是發生了什麼事？」

韓玉敏仍只是笑，片刻才轉移話題道：「怎麼不見妳家的胖兒子？我還帶了些好玩的東西給他呢！」

「他跟著他三叔到六公主府去了。別想著轉移話題，到底發生什麼事了？」

韓玉敏左顧右盼，就是不敢對上她的視線，直到楚明慧捧著她的臉轉過來對著自己，她才輕嘆一聲，苦澀地道。

「妳又何必問呢！」

楚明慧何時見過她這般落寞的樣子，心中大驚，揚揚手讓周圍的丫鬟退下去，這才拉著她的手輕聲問：「可是出了什麼事？」

韓玉敏低著頭，良久，一滴淚珠掉落下來，滴在楚明慧的手背上，激起小小的水花。

楚明慧心頭一震，正想追問，就見她掏出帕子拭了拭淚水，強笑道：「其實也不是什麼大事，左不過是家中添了位姨娘，如今身懷六甲，我很快要做母親了。」

楚明慧一驚。「唐大人納了妾室？」

韓玉敏點點頭，扯出一絲笑容道：「這也不算什麼，他如今眼看就到而立之年，膝下卻一直無子，納個妾室綿延子嗣亦是人之常情，說起來，他能拖到如今才納妾，亦算是極為難得了。」

韓玉敏嫁入唐家八年有多，可一直無子，唐老夫人性子再好，也早就忍不下去了，雖說她是低嫁，可成婚至今無子，安寧侯府也沒多少底氣指責唐家納妾。

楚明慧定定地望著她，直望得她再也笑不出來。片刻，她才雙手掩面，哽咽著道：「若是……若是他早些納妾，我又怎會如此！若是唐永昆早兩年，不，不用兩年，只須早一年納了這個妾室，她根本不會像如今這般心痛難忍。

自穿越到這世上，她一直以自強自立為目標，從未曾想過要將後半生交託到旁人手上；可自遇上了唐永昆，無論她做任何事，甚至有些事在如今的世道看來是極為離經叛道的，唐永昆仍一直站在她身後支持著她，從不曾說過她半句不是，就算她一直無子，唐老夫人三番兩次讓他納門妾室，他也始終沒有點頭。

長達八年的日夜相處，即使她是塊冷石，亦被捂熱了，更何況她並不是無心無情之人。

可當她終於決定結束手上的生意，專心尋個婦科聖手，好好調養身子，替唐永昆生個孩兒，以後一心一意留在府中做個賢妻良母，再不理外面之事時，偏偏在此時唐永昆卻抵擋不住唐老夫人的再三要求，終是點頭納了門妾室，並且，讓對方成功懷上了他的孩子。

她有怨亦有恨，怨自己終是對這世間的男子動了情，恨自己如同這世間的女子一般哭哭啼啼，全無當年的灑脫。

「我知道，在這個世間上，女子生不出孩子，替丈夫納個妾室是正道，更是本分，可是……可是，我實在是無法抑制心中的怨恨，他怎能在我動了心、動了情之後，又狠狠往我心上插這麼一刀！」韓玉敏滿懷痛楚，也顧不得考慮這番話說出來會讓人怎樣想她。

楚明慧輕輕環住她的肩膀，哽咽著聲音道：「我明白，我明白！」

韓玉敏的遭遇，讓她想起自己前世的遭遇，一樣是無子，一樣是讓她動了情思的夫君納了別人，這一刻，她感同身受。

「妳明白？」韓玉敏淚眼汪汪地望著她。「妳不會覺得我有這般想法是個妒婦？不會覺得我這是小題大作？」

「不，不會的，妳傷心難受，皆因妳心中有他，若是妳心中無他，他這番作為又怎能傷得了妳半分？愛之深，恨之切，我懂得。」楚明慧壓抑住眼中淚意，柔聲安慰道。

韓玉敏望了她片刻，驀地一把抱住她，任由淚水肆意而下……

也不知過了多久，楚明慧才輕輕將她臉上的淚痕拭去，低聲問：「如今妳有什麼打算？」

韓玉敏苦笑。「還能怎樣？米已成炊，我又能怎樣？只是，若是想讓我將那個孩子當成自己的孩子一般教養，他唐永昆想也不要想。」說到後面，她面露狠意。

「我如今慢慢將京城的大生意交了出去，正逐步脫離上面的掌控，上頭也不過是想著賺大錢，如今我將能賺錢的都給了他們，相信也能脫身了。今日我來，便是想向妳道別的，過幾日，我將南下，以後……以後大概不會再回來了。」她吸吸鼻子，將心中的打算對楚明慧道出。

「妳要走？」楚明慧大為震驚。

「嗯，我無法像這世間大多數女子一般，明明心中不願，卻仍要裝個賢妻模樣替丈夫養小妾通房的庶子、庶女，他既然身邊有人又有了後，我們之間只能到此為止了！我已經命人在南方的燕州買了座房子，也將剩餘的一些生意轉移了過去，快則三日，慢則七日，我就要離京了。」韓玉敏整整衣裙，再抬頭之時，又是那個自信灑脫的奇女子。

楚明慧一眨不眨地望著她，心底深處浮起一絲說不清、道不明的感覺，最終，卻只是低低地問：「妳這般打算，可曾與韓伯母、唐大人說起過？」

韓玉敏垂下頭，良久，才呢喃出聲。「我管不了那麼多了。」

第六十三章

韓玉敏走後，楚明慧怔怔地坐在太師椅上一動也不動，前世直至她死，都未曾聽聞過韓玉敏傳出喜訊，她並不清楚她與唐永昆最終的結局如何；但是，在對夫君失望之後能果斷地放手離去，這分果敢，她自問真的遠遠不及。

她想，若是前世在貴妾進門後，她也像韓玉敏這般決絕而去，那他們會不會有不一樣的結局？

唐永昆有錯嗎？他堅守了八年，最終抵擋不住年邁祖母的再三懇求，點頭納了妾室，能說他錯了嗎？而韓玉敏，她要求夫君一心一意，君既無情我便休，這般做法，顯然更不容於世道，可是，難道她就不痛嗎？

「他縱是回頭，可終究也不乾淨了，我不可能當什麼事也不曾發生過，如最初那般待他，心頭上的刺即使拔了，可那傷痕依然留在原處……」

韓玉敏臨走前的那番話，一直在楚明慧腦中迴響，將她壓制多年的苦澀又勾了起來。

天色漸暗，府中陸陸續續點起了燈。

「少夫人，原來妳在這兒，小少爺一直在鬧著要找妳呢，誰都勸不住。」燕容邊走進來邊道。

楚明慧從沈思中回過神來，深吸一口氣，起身往門外走去。

「那回去吧。」她邊走邊問：「世子爺呢？可在屋裡？」

「世子爺在外書房見客，方才慕維來稟，讓少夫人與小少爺不用等他一起用膳，他要陪客人。」燕容跟在她身後回道。

楚明慧點點頭，亦沒有問她來訪的客人是哪個。

與此同時，文慶院正房，阿盼正在發脾氣，盈碧柔聲哄了又哄，可他卻仍是扭著身子嚷嚷著要找娘。

楚明慧走了進來，見兒子嘟著小嘴，誰勸都不聽，不由得笑嘆道：「小壞蛋，嘴翹得都能掛個油瓶了。」

阿盼見她進來，眼睛就亮了，一下子從椅上跳了下來，直直朝她衝過去，一把抱著她的腿，撒嬌地道：「娘，妳去哪裡了，怎麼現在才回來？」

楚明慧摸摸他的腦袋，憐愛地道：「娘在廳裡，一時忘了時辰，讓阿盼久等了。」

「以後一定要早點回來。」阿盼嘟著嘴道。

「好。」楚明慧笑著摸了摸他的小臉，一邊拉著他坐下，一邊讓人擺膳。

「爹爹還沒回來。」阿盼膩在她懷中，突然清脆地說了聲。

楚明慧笑笑。「爹爹今晚有事，就不回來陪阿盼用膳了。」

阿盼失望地垂下了嘴角，楚明慧哄了他一會兒，這才又綻開笑顏。

母子兩人用過晚膳後，楚明慧拉著他說了一會兒話，由著他在屋裡鬧了半個時辰，又將做了一半的小衫在他身上比了比，見他有了睏意，這才讓盈碧把他帶下去。

楚明慧沐浴更衣過後，又去側院房裡看看阿盼，見小傢伙已經呼呼大睡，她在他額上親了親，又替他掖好被角，這才回到正房。

一進門，她就見慕錦毅歪在長榻上，心不在焉地翻著書冊。

「阿盼睡了？」見她回來，慕錦毅坐直身子，並對她招招手示意她過去。

楚明慧順著他的意思坐到了他身邊，隨口問道：「睡了，今晚來的是什麼人？」

「是唐永昆，他家裡出了點事，來尋我喝酒。」慕錦毅左手玩弄著她垂下來的髮絲，老實回答。

楚明慧身子一頓，垂下了眼瞼。「他家裡出了什麼事？」

慕錦毅鬆開髮絲，長嘆一聲，有點唏噓地道：「大概是與唐夫人鬧了矛盾吧，他也沒有直說，只是悶聲不吭地喝酒，一杯接著一杯，我從未見他這般沮喪失落過。」

「聽聞唐大人最近納了房妾室，如今妾室有喜，他即將當爹了，這不是好事嗎？應該春風得意才是，怎麼還會心情低落到要尋人喝悶酒？」想起明媚動人的韓玉敏消瘦得那般厲害，她冷笑一聲，諷刺地道。

慕錦毅怔了怔。「他要當爹了？這還真是件大喜事。」

唐永昆年紀比他還要大些，又比他成婚得早，如今阿盼已經快要六歲了，可他至今無子，別說是唐老夫人，連他們這些與他交好的人，也不禁替他心急起來；如今聽聞他終於有後，慕錦毅不知不覺也替對方高興起來，一時之間倒忽略了楚明慧說這番話的語氣。

楚明慧聽他這種帶著歡喜慶幸的語調，又想到韓玉敏的消瘦憔悴，不知怎地心中極為不舒服，又冷笑一聲。「是啊，可不正是件天大的喜事嘛，原配夫人生不出就納妾開枝散葉，這世間上的男子哪個不是左擁右抱、三妻四妾的，不孝有三，無後為大，玉敏姊姊無子還不替夫君納妾，真是活該她落到如今這般下場。」

慕錦毅終於察覺到她語氣不對了，小心翼翼地看了看她的神色，見她臉上滿是憤恨不平的表情，有點不安地問：「怎……怎麼了？唐夫人什麼下場？」

「沒什麼，玉敏姊姊那是咎由自取，要求太高。」楚明慧別過臉去，淡淡地道。

慕錦毅暗自思量了一下，唐夫人韓玉敏無子，唐永昆納妾，妾室有孕……

他猛地醒悟過來，心中一跳，猜測著楚明慧是不是由唐家夫婦想到了他們的前世，不由得暗暗叫苦。

「唐永昆年紀大了又無血緣兄弟，唐老夫人年事漸高，身子又不好，一心想著抱重孫，唐永昆也是迫於無奈才點頭同意納了妾室。」

楚明慧靜靜地望著他，讓慕錦毅心中更為不安，不禁期期艾艾地道：「怎……怎麼了？我這話可、可是有何不妥？」

楚明慧收回目光，淡然道：「沒，沒任何不妥，相反的，很是有理，理所當然，理應如此！」

她從榻上站了起來，背對著他語氣平淡地道：「時辰也不早了，沐浴更衣過後早點歇息吧，我明日還要到侯府看看祖父，就不伺候你了。」

慕錦毅張嘴欲喚住她，卻說不出半個字，只得眼睜睜看著她進了裡屋，捲起的簾子一下就被放了下來，發出一陣陣響聲，讓他心中升起一陣強烈的不安感。

楚明慧心情不暢地回到裡屋，坐在床沿上，心中有些許難受。

按方才慕錦毅的說法，是不是前世即使沒有慕國公鬧的那齣貴妾事件，他後來也會因她生不出孩子而再納妾室、抬通房，替他生兒育女啊？即使是一時不同意，若太夫人再三要求，他應該也會如唐永昆這般，最終妥協了吧？

這種事本屬平常，這世間對女子從來是嚴苛的，她應該早知曉才是，怎麼心中仍是覺得鬱悶且有點難以接受呢？

她嘆息一聲，軟軟地倒在床上，拉起錦被從頭到腳蓋了起來，將自己藏在黑暗當中。

外間的慕錦毅仍是一動也不動地坐在原處，眼睛直直地望著那道簾子，不知所措。

次日一早，楚明慧仍是神色淡淡，看不出喜怒，亦如往常那般服侍他們父子用過早膳之後，帶著阿盼坐上去侯府的馬車，只剩下慕錦毅眼巴巴地望著他們母子漸漸遠去的背影。

馬車裡，阿盼坐在她腿上，吱吱喳喳地問她關於外祖父母的事，楚明慧柔聲回應他，直到小傢伙問累了，伏在她懷中沈沈地睡了過去。

她拉過一旁的薄毯，輕輕蓋在兒子身上，將他抱得更緊了些，聽著馬車輪子轉動的聲音，又陷入了沈思當中。

她細細回想了一下今生與慕錦毅的相處，不得不說，這一輩子的慕錦毅待她極好，只是最初她放不下前世的怨恨，一直不冷不熱地待他，後來經歷了那麼多，她也逐漸學著放下，加上兒子阿盼的出生，更是讓她無暇去想前世那些情情愛愛之事。

如今轉眼過去了這麼多年，尤其是兒子出生的這幾年，她覺得自己已經完全放下了過往的情感糾纏，不會在意那些前塵往事，可以平平淡淡地度過餘生。

可是如今唐永昆與韓玉敏之間的事，卻讓她勾起曾經的心酸難受，此時此刻她才突然發現，那些往事其實並不像她以為的那樣徹底淡去了，而是深深地埋在她的心底。

她也清楚再這般糾葛前塵往事只會打破現在的平靜，現今的平靜生活她深感滿意，就算將來就此平平淡淡過下去，她也覺得並無不妥，只是有些時候，內心的情緒卻由不得她。

楚明慧輕吁口氣，見兒子在她懷中不舒服地扭了扭身子，於是小心翼翼地替他挪了個舒服的位置。她輕輕親吻兒子睡得紅撲撲的臉蛋，目光柔和。

與此同時，慕錦毅一個人坐在書房案前，望著不遠處的房門出神，他一直戰戰兢兢地維持著表面的幸福，如今卻被唐家夫婦之間的那點事打破了，他清楚楚明慧定是想到他們前世那些不愉快的經歷。

他更清楚，只要過幾日，楚明慧又會若無其事地站在他面前，如這幾年一般溫柔體貼地待他，他曾經如履薄冰的幸福又會回來。

只是這些真的是他所要的嗎？表面的平和，表面的幸福，不知什麼時候又會被意外的事、意外的話所擊破，然後又是冷待，接著是粉飾太平，周而復始，直至生命的盡頭，或者感情的徹底淡化……

他重重地嘆了口氣，不知怎地覺得十分無力，人真的不能做錯事，若是做錯了事，縱使你懊悔不已，千般抱歉、萬般補償，亦挽不回被你傷害過的心，果真是破鏡難圓啊！

楚明慧從侯府回來後心情更為沈重，晉安侯府老太爺的身子是每況愈下，如今已經不大起得了身，話也說得不大索利，大夫說大概也是這幾個月的事了。

回憶起這一趟娘家之行，讓楚明慧頗感鬆口氣的是五妹妹楚明芷如今與婆家、夫君終於能和平相處了，再不像前些年那般咄咄逼人。

她看著楚明芷紅潤的氣色，又聽楚明婧俯在她耳邊偷偷說「五姊姊如今與五姊夫處得倒比剛成婚那會兒更好了」，她頓感意外，不明所以地回望楚明婧。

楚明婧又壓低聲音道：「上次那件事，據說是二姊楚明涵抓住了五姊夫的把柄，要脅五姊姊下帖子的，大概五姊夫感念她相救之恩，兩人便和好了吧！」

楚明慧怔怔地望著不遠處的幾個姊妹，暗舒口氣。

大姊姊楚明婉，自婆婆衛郡王妃去世後就徹底掌控住衛郡王府後院，她的妯娌二夫人被她壓得再也蹦躂不起來，在府中亦是要看她臉色行事。如今楚明婉育有兩子，郡王世子身邊雖有兩名妾室，但大多時候仍是留在她房裡，楚明婉曲意討好過一段日子，終覺厭煩，就不冷不熱地對他，只盼著對方能漸漸冷了心，再不要來煩她，可郡王世子卻無視她的冷眼，一直往她身邊湊。

四妹妹楚明嫻在生下長女後也終於誕下了兒子，她性子寬厚，如今兒女雙全，婆家又一直因早些年曾經慢待她之事而底氣不足，待她越發上心，如今她心滿意足，日子過得自然舒心。

「我一直忘了問妳，上回那事，五妹妹怎會受了傷？」楚明慧想到姊妹幾人被楚明涵綁架的那件事不由得好奇一問，為何被追殺的楚明婧沒有受傷，反而是楚明芷傷到了？

聽她提起上回的驚險，楚明婧仍心有餘悸，輕輕拍拍胸口，有些歉意地道：「五姊姊上次是踅回來救我才受傷的。」

楚明慧有點意外，不過細想楚明芷為了夫君而欺騙了姊妹，繼而讓姊妹陷入危險當中，心生歉疚的確是會做這樣的事。她想想當年尚在閨中，楚明芷與楚明婧這對庶姐嫡妹日日針鋒相對，一點雞毛蒜皮之事亦能吵上個大半日，惱起來甚至恨不得撕裂對方，可在生死關頭卻能相互扶持，共度危關，或許這就是血緣的羈絆吧！

想到她自己唯一的妹妹楚明雅，她又有點黯然，若是她仍活著，現在大概也應該有自己的孩兒吧！

從侯府回來沒幾日，楚明慧就得到唐老夫人去世的消息，她沈默了片刻，才輕嘆一聲，時光飛快，他們成長了，祖輩卻漸漸老去，直至從他們身邊徹底離去……

因為唐永昆的嫡親祖母去世了，韓玉敏終究沒有走成，即使她再不樂意留在唐家，但只要她仍是唐夫人，就不得不老老實實替唐老夫人辦起喪事，守滿三年的孝，她雖不在乎世人的異樣眼光，可卻不得不為父母著想。

之後，楚明慧跟著慕錦毅到了唐府，見到了一身縞素的韓玉敏，見她比前幾日所見又更消瘦幾分，楚明慧不自覺紅了眼，拉著她的手哽咽著道：「妳再傷心、再難過，也要顧著身子啊！」

韓玉敏勉強對她露出一個蒼白的笑容。「放心，我沒事的。」

「夫人，姨娘哭暈了過去，是否要去請大夫來瞧瞧？」小丫鬟有點忐忑不安地進來回稟。

韓玉敏冷笑一聲。「自然該去請大夫，她如今肚了裡懷的可是唐家的獨苗，出了事誰也擔當不起。去請大夫，順便派人去通知妳家老爺，讓他回來瞧瞧他兒子的生母。」

小丫鬟戰戰兢兢地福了一下身子便退了出去。

楚明慧擔心地望著她。「那個妾室……」

「沒什麼，只不過想著母憑子貴罷了，我若不在這府中就算了，我在這裡又哪輪得到她爬到我頭上，惹惱了我，便讓她後悔來到這世上！我倒要瞧瞧，到時候唐永昆會不會替她出頭。」韓玉敏一臉煞氣，想讓她像這世間的女子一般做牛做馬，替男人養小妾、養庶子庶女？別說門，連窗都沒有！

楚明慧用力握著她的手，盯著她微紅的雙眼，語氣懇切地道：「我不管妳要做什麼，但是請一定要好好保護自己，讓自己過得好好的。我還是喜歡當初那個明媚飛揚、充滿自信的玉敏姊姊。」

情字最傷人，縱是灑脫如韓玉敏，終究也躲不過去。

韓玉敏回望著她，眼中漸漸泛起淚光，慢慢地凝聚成大滴大滴的淚珠，如同斷了線的珍珠一般啪嗒啪嗒地落了下來。

唐老夫人的死，徹底打亂了她的計劃，她原想著先離家一年半載，待心情平復下來，將心中那段情絲徹底斬斷，再讓唐永昆寫下放妻書，從此天涯各一方，各自婚嫁，他行他的陽關道，她走她的獨木橋，此生此世再不相見，永無瓜葛。

如今唐老夫人一死，她不得不停下腳步，日日在府中冷眼望著那個挺著大肚子、嬌不自勝的妾室時不時在她眼前晃來晃去，心中像是有把鈍刀一點一點地磨著一般，讓她痛得手足冰冷。

她真是作夢都沒有想到自己也會有這樣軟弱的一日，別說是明慧，連她也是更喜歡當初那個飛揚自信的自己！

楚明慧緊緊地握著她的雙手，無聲安慰著。

也不知過了多久，韓玉敏的淚水才止住，她輕輕將手從楚明慧手中抽了出來，掏出月白的絹帕擦拭了一番，這才吸著鼻子啞聲道：「讓妳笑話了。」

楚明慧嘆息一聲，輕聲道：「妳的笑話，以後還是只讓我一個人看吧。」她的狼狽，只能讓痛惜她的人看，怎可能在無關之人面前自降身分？

韓玉敏明白她的意思後，努力揚起一個笑容。「好。」

另一廂，唐永昆得了下人回報妾室哭暈過去的消息，只是淡淡地說了聲。「知道了。」下人猶豫了片刻，這才吞吞吐吐地將韓玉敏讓他過去瞧瞧姨娘的意思表達出來。

唐永昆一僵，垂下眼，將眼中的苦澀掩去，心中那股痛楚慢慢傳遍全身，讓他不自覺握緊了拳頭。

「一個妾室而已，有什麼好看的！」他冷冷地道。

下人不敢再說，瑟瑟發抖著退了下去。

自從府中進了這位姨娘，老爺與夫人的關係降到了冰點，往日的恩愛甜蜜全無，讓下人們日日心驚膽戰，生怕一不小心惹惱了這對渾身上下散發著陣陣徹骨寒意的夫妻。

慕錦毅沈默地望著整個人顯得陰沈的唐永昆，心中百感交集，他想起前世與唐永昆喝得醉醺醺時，亦曾聽對方嘟嘟囔囔地說什麼女子太好強不好捂之類的話，他倒是沒有想到，當唐永昆好不容易將對方捂熱了，最終卻是功虧一簣。

韓玉敏那般剛強的女子，怎可能會委屈自己與人共事一夫？

良久，唐永昆才捂著雙眼苦澀地道：「錦毅兄，我大概做了件無法挽回的錯事，你說若是時光能回頭，一切能重來，那該有多好啊！」

慕錦毅心中亦是一片沈重，他輕輕靠在椅背上，仰著頭，聲音飄忽。「縱使時光能回頭，一切能重來，有些傷害卻是怎麼也抹不掉的。」

兩人心中各有所思，各有所感，書房頓時陷入濃濃的悲切絕望當中。

唐永昆收斂一下心頭苦澀。「府中如今這般混亂，我不多留你了，待日後再親自到府上賠罪。」

慕錦毅抑制心中難受，嘆道：「你我這般交情，又何必在乎這些俗禮，若是有事需要我幫忙儘管吩咐便是。」

「多謝。」

從唐府回國公府的路上，慕錦毅與楚明慧兩人均是沈默不語，唐家夫婦走到今日這般地步，讓他們始料未及，也讓他們想到了兩人如今的相處。

楚明慧有時不禁會想，唐永昆與韓玉敏如今的境況，會不會是前世她與慕錦毅的另一種可能？

她清楚自己又鑽了牛角尖，無論前世她與慕錦毅會有多少個不一樣的結局，那終究是過去了，她不應該再回想，而是應該放眼未來，著眼於現在，好好經營自己的家。

只是有些事，理智上明白是一回事，實際上做又是另一回事，她無法抑制住心中泛起的一陣陣酸澀難受，儘管她自己也有點分不清楚這些難受是為了韓玉敏，還是為了曾經的自己。

慕錦毅沮喪地坐在另一側，心中卻是前所未有的無力與挫敗，唐永昆盼著時光能回頭，一切能重來；他的時光倒是回頭了，可並不是一切都能重來，他到底還能怎麼做？

如今楚明慧又像前些年那般賢慧體貼地待他，他卻再也尋不回當初那種欣喜若狂的感覺，每每望著她帶著柔和體貼笑意的容顏，不知怎地心裡卻是一股說不清、道不明的難受，難受得讓他落荒而逃，再不敢面對。

他寧願她如前世那般跟他吵、跟他鬧，心情不暢快就朝他使性子，那樣他才覺得自己是真正擁有了她，擁有一個活生生、真實的她，而不是像現在這般恍若這世間最完美無缺的賢慧妻子一般。

如今這個賢良淑德的楚明慧，也只有在她驚慌失措或者被他們父子惹惱之時才會露出幾分真性情，或嗔或怒，或哭或笑，一舉一動對他來說，都是彌足珍貴的。

他心中苦笑，覺得自己真是沒救了，妻賢子孝，這世間男子有哪個不期盼？他如今都有了，反而懷念曾經被稱為「妒婦」的那個楚明慧，真是太不知好歹了！

馬車行走在路上，夫妻各懷心事，一路無言。兩人一下馬車後，直接回到了文慶院。正在院裡戲耍的阿盼，遠遠看見父母回來，歡叫著朝他們跑來。「爹爹，娘！」

楚明慧見他直直朝慕錦毅撲過去，生怕他撞到慕錦毅受傷的右臂，嚇得大聲制止。「小心別碰到爹爹的右手！」

話音剛落，卻見慕錦毅單手抱住了他，笑嘆著道：「你這小子，再大些爹爹就抱不動了。」

阿盼膩在他懷裡，雙手摟著他的脖子，撒嬌地道：「等我長大了，換我來抱爹爹不就行了？」

慕錦毅哈哈大笑，抱著他大步往正房走去。「好，爹爹等著。」

楚明慧搖頭失笑，縈繞在心頭上的沈重倒被兒子這番動作沖散了，她定定望著那對父子漸漸遠去的身影，片刻，才提起裙襬跟了上去。

院子隱隱約約傳來稚子的童言童語、成年男子爽朗的大笑聲，伴著天邊晚霞，將提著裙襬的女子身影拉得長長的……

第六十四章

祖父的病重、唐老夫人的過世，讓楚明慧對太夫人的健康狀況更加上心。她明明覺得太夫人如今精神狀態比早些時候要差了一些，所以特意詢問了負責給太夫人把平安脈的吳大夫，可對方卻說太夫人身子無礙。

她並不是質疑吳大夫的醫術，而是內心深處總是有點不安，老一輩的親人，年事已高，他們這些小輩更是應該時時刻刻關注才行，她想著要不要再多尋個大夫照料太夫人，這樣總能多幾分保障。

當她將這個想法告知慕錦毅時，他思量了片刻，才道：「吳大夫負責照料祖母數十年，沒有人比他更清楚祖母的身體狀況，要不這樣，明日待孫太醫來府時，拜託他替祖母把平安脈，妳看可好？」

楚明慧想了想，覺得這樣也好，點頭道：「好，如你所說的吧！」

孫太醫是承德帝專門撥來替慕錦毅療傷的太醫，來往的日子多了，與慕錦毅倒也處出了幾分交情，慕錦毅只不過拜託他順便替太夫人把個平安脈，這等小事他自然不會推辭。

這日，慕錦毅夫婦帶著孫太醫來到太夫人院裡，太夫人一見到太醫，愣愣地望著他。

「這是怎麼了？」

楚明慧攙扶著她在太師椅上坐下。「沒什麼大事，只是拜託孫太醫來給祖母您把平安脈。」

太夫人心中一跳，連忙擺手道：「不必了、不必了，多謝孫太醫，老身身子一向極好，況且早幾日也讓吳大夫把過了平安脈，並無大礙。」

「祖母，並不是孫兒信不過吳大夫，只是想著多幾分心安，孫太醫是太醫院裡的好手，醫術高明，連太皇太后都讚不絕口，讓他替妳把把脈吧。」慕錦毅亦勸道。

太夫人正欲再拒絕，便聽孫太醫捋著花白的鬍鬚笑道：「太夫人，這也是世子與世子夫人一片孝心，妳就不必推辭了，讓老夫替妳把把脈，若是無礙，也讓他們吃顆定心丸，這不是挺好的嗎？」

太夫人勉強笑道：「這……孫太醫說得也是。」

她心中嘆息一聲，知道今日大概是避不過了，如今長孫平安歸來，慕國公府重振聲威，她就算死，亦可以安心了。罷了罷了，之前瞞著也只不過是怕長孫擔憂她的身子，以致在外頭無法心安，如今諸事已定，再瞞下去也沒有必要了。

想明白通透了，太夫人平靜地坐好。「那有勞孫太醫了。」

片刻，孫太醫臉色凝重地收回替她把脈的右手，猶豫地望著太夫人。

「太醫，怎樣了？」慕錦毅見他臉色不對勁，心中忐忑，不安地問。

孫太醫沒有回答他，而是望著太夫人道：「太夫人對自己的身子狀況是否心中早已有數？」

太夫人平靜地點點頭。「的確如此，孫太醫實話實說便可。」

孫太醫長嘆一聲，轉頭望向慕錦毅，搖頭道：「老夫無能為力，太夫人如今只須好好養著，莫要再耗費心神，如此估計尚且能多一些時日。」

慕錦毅臉色大變，顫聲道：「這……這話是何意？」

「毅兒，你過來。」太夫人朝他招招手，示意他走近她的身邊。

「毅兒，祖母能看到你取得今日這般成就，心中甚為欣慰，祖母親手帶大的孩子，青出於藍，比他的祖父、他的大伯父更為出色，祖母在九泉之下，亦能坦然面對慕家列祖列宗。況且，上天待祖母亦算不薄，能讓祖母支撐至今，看著你功成名就。」太夫人輕輕拍著他的左手背，微笑著道。

早幾年她知曉自己命不久矣，可卻不曾想過能一直支撐至今，她還有什麼好怨的？

「祖母……」慕錦毅哽咽著望著她，滿眼通紅。

楚明慧亦覺心中酸澀，深悔自己照顧不周，竟然沒有早些發現太夫人身子的異樣。

「妳莫要怪吳大夫，這些都是祖母的意思，是祖母讓他一直瞞著你們。」太夫人又道。

楚明慧低著頭，淚珠在眼中不停地打轉，最終「啪嗒」一聲滴落下來。

上一輩子，太夫人原先對她寄予厚望，可她卻沈迷於兒女私情，最終傷了太夫人的心，及至後來太夫人將陳冰月送到慕錦毅身邊，她表面雖表現得毫不在意，可心中亦是有點怨的。再後來她在府中處處受到夏氏等人的排擠，太夫人只是冷眼旁觀，除非夏氏做得太過，否則絕不會多言。甚至有幾次，她從太夫人眼中捕捉到她對自己的怨責，她想不明白，明明是府中這些人慢待她，她從不曾為難過別人，為何太夫人卻要怪她、怨她？

今生，她原沒有想過再嫁到慕國公府，她對這座府邸蘊含了太多複雜的情感，不僅是對慕錦毅，還包括對他的親人。她在府中一步一步走到今日，當中很大一部分是得了太夫人的支持，雖然這當中或許牽涉到利益問題，但終究這一輩子，直到今日，太夫人都未曾薄待過她。而自阿盼出生後，她感覺得到太夫人對自己態度的轉變，少了幾分利益算計，多了幾分真心看顧。

如今聽聞太夫人命不久矣，楚明慧只覺得整個胸口似是被重物壓住了一般，壓得她喘不過氣。

她甚至在想，若是太夫人早些年已知道自己身子不妥，那前世逼著慕錦毅納陳冰月也說得過去了；那時慕錦毅成婚數年膝下無子，與她這個原配夫人關係又僵，且梅芳柔遭他厭棄，太夫人又怎會不擔心？陳冰月進府之後一直不聲不響，體貼地照顧她，選擇這般溫柔嫻靜、體貼入微的女子做重孫的生母，也無可厚非。

孫太醫見屋內一片沈重，嘆息一聲後輕輕退了出去，將空間留給裡面的祖孫三人。

太夫人一手拉著慕錦毅，一手拉著楚明慧，和藹地道：「國公府交給你們兩個了，望你們能互相扶持，將門庭支撐起來。」

慕錦毅哽咽著道：「祖母……」

太夫人淚光閃閃，可臉上卻是浮著陣陣慈愛的笑容。「傻孩子，生老病死，人之常情，祖母活至這般年歲，早就心滿意足，再無遺憾，便是離去，亦是含笑而去，你們又何須難過？」

以她這般高齡，逝去亦是喜喪。

楚明慧泣不成聲，她怎會想到那頭親祖父病重，這頭瞧著還算硬朗的太夫人，竟然是命不久矣。

太夫人含笑擦去她臉上的淚水。「莫要哭，他日祖母離去之時，記得誰也不要哭。嗯，聽話，莫要哭。」

楚明慧用力點頭，想著將淚水收回去，可眼中淚意不但收不起來，反而越來越盛。

太夫人長嘆一聲，將夫妻兩人同時抱入懷中，雙手輕輕在他們背上拍著。「莫要哭，莫要哭……」

這晚，楚明慧再三懇求要留在太夫人屋裡照顧她，太夫人見她一片孝心，只得點頭同意。

伺候了太夫人用了晚膳，兩人坐在榻上說話，太夫人握著她的左手，柔聲道：「毅兒日後就交給妳了，他待妳一片真心，妳莫要辜負了他。他是祖母親手帶大的，他的性子沒有人比祖母更瞭解，他就是個鋸嘴葫蘆又是個心腸軟的人，即便心中再苦，亦不會對人明言。這幾年祖母也算是看明白了，我這個孫兒，竟是個世間難得的癡情種。」

太夫人輕嘆一聲，片刻又道：「幸而，他看中的是妳這般明理能幹又知進退的女子，若是個拎不清的，祖母寧可讓他怨我恨我，也不會讓他沈迷於兒女私情，誤了家族大業。」

楚明慧打了個冷顫，不知怎地就想起前世的自己，可不就是個拎不清的？她相信前世慕錦毅待她確實是真心實意的，若是、若是……

一個荒唐的想法突然從她腦中跳出來，前世她的死會不會其中也有太夫人的放任？否則以陳冰月主僕之力，就算加上夏氏，也不可能毫無聲息地將她毒殺在國公府上。

這種念頭一升起，她忙不迭地用力將它拍回了腦海深處。

後面太夫人還說了什麼，她也沒有聽進去，心中那股冷意慢慢升騰起來，滲到四肢，讓她僵了手腳。

太夫人見她臉色不對，摸摸她的手，發覺一片冰冷，不禁關切地問：「怎麼手這麼冷？可是累著了？妳年紀尚輕，要多注意身子，尤其是女子，更是受不得半點寒氣，祖母還想著讓妳給阿盼多添幾個弟弟、妹妹呢！」

楚明慧勉強揚起一絲笑容。「不礙事的，大概是天氣轉涼，一時不大習慣。」

「要記得保暖，別誤了自己。」太夫人殷切叮囑。

「好，孫媳知道了，祖母放心。」

次日一早，楚明慧陪著太夫人用了早膳，又吩咐丫鬟們小心照顧，這才回到文慶院裡。回了正房，才發現慕錦毅睜著雙眼一動不動地躺在床上，她愣了一下，轉身望向一臉擔憂的紀芳。

紀芳壓低聲音道：「世子爺一夜未睡。」

楚明慧長嘆一聲，揮揮手讓紀芳退下去，這才輕手輕腳地走到床邊，抓著他的左手輕聲問：「可是在擔心祖母？」

慕錦毅怔怔地轉過頭來望著她，片刻才輕輕一拉，將她拉倒在他身上。

他用那隻沒有受傷的左手環住她，靠近她耳邊沙啞著聲音道：「祖母，她真的要離我們而去了嗎？」

楚明慧沈默地伏在他身上，聽著他的心跳聲，一下一下強而有力的心跳，讓她心中一片複雜。

良久，又聽慕錦毅哽咽著道：「我想了一夜，想到的卻是前世……前世我那般死去，祖母會有怎樣的反應？孫太醫說，她的身體狀況已經持續了數年之久，前世她將畢生希望寄託在我身上，可我卻讓她失望透頂，到後來甚至讓她白髮人送黑髮人，她又怎承受得住？」

年輕時喪夫失子，年老時又沒了最出色的孫子，這得是多大的痛，多深的絕望啊！他只要一想，就抑制不住心中的劇痛。

楚明慧回抱著他，眼中也充滿了淚水，她哽咽著聲音道：「那些事都已經過去了，上蒼大概是覺得她上一輩子過得太苦了，這才讓你重來一次，重新光耀國公府門楣，宣揚先祖威名，圓祖母畢生希望。」

前世縱然是太夫人放任了自己的死亡又如何？今生她既然如此善待自己，過去那些，自己又何必執著？

她不怨了，也不恨了，無論前世她的死到底還隱藏著什麼，慕錦毅會不會如唐永昆待韓玉敏那般對待她，她都不想計較了，活在當下，珍惜眼前，沒有什麼比現在、比未來更重要！

夫妻兩人緊緊擁在一起，任由淚水肆意而下，悲泣至親的生命即將離去。

侯府的老太爺終究沒有熬過這年的冬日，如同國公府的太夫人一樣，他臨終前亦叮囑兒孫不必悲傷，即便是舉喪，亦是喜喪。

楚明慧跟著慕錦毅到了侯府，果然沒有聽到半點哭聲，下人們井然有序地忙碌著，到了靈堂之上，見娘家親人都靜默著，她壓下內心哀戚，恭恭敬敬地磕了幾個響頭。

到了侯府太夫人屋裡，嫡親祖母坐在上首慈愛地朝她招招手。「三丫頭，到祖母身邊來。」

楚明慧勾起一絲笑容，溫順地坐到她的身旁，攬著她的手臂，柔柔地喚了一聲。「祖母。」

太夫人拉著她的手，溫聲問道：「老姊姊如今身子可還康健？錦毅的傷勢又怎樣了？怎麼不見阿盼？」

「都好，都好，阿盼跟著他的六舅舅與七舅舅到爹爹書房去了，等會兒就來向祖母請安。」楚明慧回握著她消瘦的手，鼻子酸酸的。

「好好好，來了便好，來了便好，妳祖父去之前還念叨著這孩子。」太夫人連聲稱好，臉上的皺紋都笑得堆在一起了。

楚明慧望著她越發蒼老的容顏，心中酸意更甚。

「祖母如今心裡就只有三妹妹，都看不到咱們姊妹了。」一旁的楚明婉故意努著嘴不高興地道。

「都有都有，來，都到祖母身邊來。」太夫人笑得更開心了，朝著楚明婉、楚明嫻幾個孫女揚揚手。

姊妹幾人便一窩蜂地圍坐在她身邊，爭先恐後地說著一些兒女的趣事，逗得太夫人笑得合不攏嘴。

下首的陶氏等人見她這般模樣，不禁輕舒了口氣。自老太爺去後，太夫人情緒一直很低落，做什麼事都無精打采，讓侯府眾人憂心不已，如今見她還能與孫女們說說笑笑，倒不由得稍放下心來。

回府的路上，楚明慧見兒子耷拉著腦袋，一副無精打采的模樣，不禁好奇地捧著他的小臉問：「怎麼了？怎麼像被霜打蔫的茄子一般模樣？」

慕錦毅聽她這般問，嘴角不自覺勾起一絲笑意，慢條斯理地端起小桌上的茶碗喝了一口。

阿盼哭喪著臉道：「六舅舅說我叫阿盼，那就是小胖子，和他書院裡的小胖子一樣，像隻小豬一樣哼哼叫。」一邊說，還一邊學著小豬哼哼的樣子。

即使楚明慧因祖父去世一事心中難受，此時也忍俊不禁，而一直坐著不說話的慕錦毅則是毫不給面子地噴笑出聲，惹得阿盼更沮喪了。

楚明慧忍著笑意，摸摸他的小腦袋。「六舅舅胡說呢，我家阿盼才不是小豬。」

阿盼口中的六舅舅，正是楚明慧那對雙胞胎弟弟中的老大，剛過十歲生辰的楚晟遠，這小傢伙可是個調皮鬼，沒少讓二老爺楚仲熙頭疼；幸而他調皮歸調皮，學業倒也沒有落下，雖比不上雙生弟弟楚晟澤，但與同齡的孩子相比亦是十分出色。

「以後不准再叫我阿盼！」小傢伙抓緊小拳頭，眼中閃現著堅決的光芒。

楚明慧終是忍不住笑出聲，見兒子一副就快要哭的模樣，連忙拍拍他的後背安慰道：「好好好，以後不叫阿盼，叫瑞兒。」

阿盼得了娘親的准信，又扭過頭去望望他親爹慕錦毅。

慕錦毅佯咳一聲。「你娘親怎樣叫你，我也就怎樣叫。」

阿盼一聽，臉上霎時露出個笑容來，撒嬌地膩在楚明慧身邊，嘟著嘴巴拉長聲音道：「六舅舅老欺負人，外祖父、外祖母也不管管他……」

楚明慧更感好笑，抱著他圓圓的小身子道：「好，下次娘親見了外祖父與外祖母，讓他們好好管管六舅舅，再不讓他欺負小阿盼。」

「娘親！」阿盼驀地從她懷中抬起頭來，不高興地望著她。

楚明慧愣了片刻才反應過來，失笑道：「好好好，是瑞兒，不是阿盼。」

被兒子這般一鬧，馬車廂原本有點沈悶的氣氛不知不覺散去了，連帶著慕錦毅與楚明慧的心情也放鬆了些。

回到慕國公府，一家三口先到太夫人房裡陪她說一會兒話，阿盼的童言童語逗得太夫人笑個不停，正和樂間，就聽丫鬟進來稟報，說是三爺和六公主帶著小少爺來了。

太夫人大喜。「快讓他們進來。」

太夫人的身體狀況再也瞞不住之後，慕錦康夫婦時不時會帶著兒子回到國公府陪她坐一會兒，說說話，彷彿是要補償這些年未能盡到的孝道一般。

太夫人心如明鏡，更是感動於孫輩的孝心，也將壓抑了數十年的心情徹底散了開來，每日樂呵呵地逗逗重孫，再不理其他事，這樣一來，身子反而好了些。

慕錦毅聽了孫太醫之話後，心中多了幾分期盼，可整個胸口卻又覺得悶悶的，祖母如今這般，還不是因為操心府中事、擔心他才引致的嗎？

他心中鬱結，深深自責，只覺得自己真的是欠了祖母良多，讓她一把年紀了還要操心自己，真是太過於不孝了。

這一年冬天，太皇太后薨逝，沈淑妃產下了死嬰，並且損了身子，太醫斷言日後有孕的機率極小；再過不久，又聽聞皇后娘家親弟犯了事，國丈被承德帝在朝堂之上訓斥，罰閉門思過。

慕錦毅如今在家養傷，朝堂這些事他一律不理不睬，若是可能的話，他更希望將頭上這個太子太傅的頭銜也摘了。

自得知太夫人的身體實情，兩人抱在一起哭了一場之後，慕錦毅感覺到楚明慧對他態度的變化，但是要讓他說到底是哪裡改變了，他又說不清楚，只知道現在的楚明慧，雖仍舊是溫柔體貼地待他，但比起早些年又有點不同，像是隨意了許多。

他百思不得其解，不知道這種變化到底是好是壞，會不會又如過往那般，讓他飄到半空又狠狠地摔落下來，摔得四分五裂、痛不欲生，他已經不敢再抱有期待了。

至於唐永昆新納的那房妾室，在太皇太后薨逝的半個月後，也產下了唐府的庶長女，他心中的失望自不必說。

慕錦毅將此消息告知了楚明慧，她只是面無表情地「哦」了一聲，就背過身去忙活手頭上的事。

今年的冬天比往年要冷得多，她擔心太夫人的身子承受不了，早早準備了禦寒衣物，又命人多備了些銀霜炭，她如今只顧著家中的老老少少，唐家妾室生的是男是女、是好是歹與她何干。

而韓玉敏早就在唐老夫人百日之後搬到離唐家家廟不遠的一處小莊子，她的衣物用度也陸陸續續移轉過去。楚明慧知道，她這是等孝期一滿，就要徹底擺脫「唐夫人」的身分，南下燕州重新開始她的人生。

對於韓玉敏的決絕，楚明慧有點訝異，這的確是時下許多女子做不到的事，有時楚明慧會有種奇怪的想法，彷彿這樣的女子根本不屬於這個世間，她的聰慧、她的堅強、她的果敢、她的自信、她的灑脫，試問這世間有哪個女子能如她這般？

如此奇女子，即使獨自一人，也能開創屬於她自己的另類人生，根本無須攀附他人。

唐永昆，他是一步之錯，就錯失了如此美好的女子，也不知他將來會不會後悔……

至於唐永昆會不會後悔？

會，他早就後悔了，從他點頭答應唐老夫人納了妾室那一刻開始，他便後悔了。

八年的夫妻，韓玉敏是個什麼性子，他又怎會不知道？不管他有什麼苦衷，只要他身邊有了其他人，縱使她的心亦會痛，亦會難過，她仍會頭也不回地離開。

有時候他真的很恨她，恨她這般決絕，恨她全然不理解他，恨她輕易放棄了他們之間的感情，八年的堅守，如今看來倒像是一場笑話！

他怔怔地望著空蕩蕩的正房，裡面屬於女子的東西全部被搬空了，彷彿這間屋子從不曾住過一名叫韓玉敏的女子，自始至終，他都是孤身一人。

從最初的一見傾心到如今的勞燕分飛，他用了八年時間，去打動那個看似熱情實則冷情的女子，當他的付出終於有了回應時，他簡直欣喜若狂，那一刻，他只覺得就算是這麼死去，也值得了。

但是一想到逝世的祖母，他心中一片哀戚。九歲那年父母相繼離他而去，是祖母獨自一人艱難地扶養他長大，一個目不識丁的老婦人，白日到大戶人家裡幫傭，晚上挑燈做繡活賺錢，他能有今日全靠他的親祖母。

為了子嗣一事，他讓白髮蒼蒼的祖母屢屢失望，可她也不過望著他嘆息，從不曾為難他的妻子，更沒有硬逼著他納妾，他能堅守八年，皆因祖母心慈。

可是，祖母纏綿病榻時流著眼淚懇求他替唐家想想，也讓她去得安心，他能怎樣做？是的，他同意了祖母臨終前唯一的請求，納了那名妾室，斷了與妻子的情分……

他至今無法忘懷韓玉敏得知他將納妾時震驚失望的表情，原本笑意盈盈的臉，瞬間就暗沈了下來，那一刻他有一個感覺，或許此生她都不曾接受他了。

而唐永昆夫妻一事，也在慕錦毅這對夫妻身上產生了些許影響與變化。

慕錦毅看著楚明慧冷冷淡淡的表情，知道她如今對唐永昆、唐家那位妾室極為不待見，他也搞不清楚自己為何鬼使神差地將唐家庶長女出生之事告知她。

他的目光緊緊跟著楚明慧四處忙活的身影，他似是想開口解釋些什麼，可又有點猶豫，有些話即使說出口，也未必能取信於人，可是不說，他又擔心她一直糾結於心，萬一將來又遇上如唐家夫婦此類之事，會不會再次影響他們夫妻兩人的相處？

楚明慧被他灼灼的目光盯得渾身不自在，她放下手中的帳冊，無奈地望著他。「你到底有什麼話想對我說？」

慕錦毅張了張嘴，猶豫再三，卻仍是說不出話來。

楚明慧嘆息一聲，起身走到他身邊，查看了一下他右臂上的傷，見傷口處已經開始結痂，歪歪扭扭的疤痕讓他整條手臂看起來異常駭人。

她憐惜地輕輕撫了撫上面的疤痕，柔聲問：「還痛不痛？」

慕錦毅下意識地搖搖頭，呢喃道：「不痛了，早就不痛了。」

楚明慧小心翼翼地將他右手的衣袖放下，隨手拉過一旁的繡墩，坐在他的面前，眼睛一眨不眨地盯著他。

慕錦毅被盯得心生不安，期期艾艾地問：「怎……怎麼了？」

「這話應該是由我來問你才對，你到底想和我說些什麼？」

「我、我……」慕錦毅吞吞吐吐，見對方面露不悅，不禁急了起來。「有、有的，我有話要說。」

「嗯？」

「那個……」慕錦毅合上眼睛，平復一下緊張的情緒，然後睜開眼迎上她的視線，壓低聲音道：「不會的，我不會像唐永昆這般待妳。」

楚明慧疑惑地輕蹙秀眉。

慕錦毅握住她雙手，望著她輕聲道：「也許妳不會相信，但是上一世，我原是想著就算妳真的不能再生兒育女也不要緊，我大可以從三弟身邊過繼一個來，他與我一母同胞，祖母即使一時不悅，待時間長了也不會再說什麼。」

楚明慧驚訝地望著他，倒是想不到他已看穿她前段時間心中的糾結。她以為自己早放下這些糾結了，但是如今聽他這麼一說，她才察覺自己心底某處放鬆了許多。

「我們之間有許多問題，我曾經做錯了許多事，曾經辜負了許多人，包括妳、包括祖母。我不能將過往那些全部抹去，發生過就是發生過了，那些錯誤時時刻刻印在我心裡，提醒著我曾經錯過了什麼，我不敢保證未來會做得盡善盡美，但是，我會竭盡全力讓自己做到最好，用最好的自己來待妳，妳可願……可願再信我一次？」

有這麼一個人，他曾經帶給妳滿滿的幸福，也曾經於攜手走在人生路上時放開過妳的手。如今，這個人意識到錯誤，他願在未來的日子裡竭盡全力做到最好，用最好的自己來待妳，只希望妳能再信他一次，面對這樣的一個人，妳會怎樣做？

楚明慧承認，這一刻，她的心情十分複雜，各種滋味齊湧心頭。

她垂下頭，雙手緊緊抓著衣裙，直抓出一方縐褶來。

相信他嗎？好像是信的，相信今生的慕錦毅會待她好，只是她心底深處又總覺得沒有底氣，少了那股敢交付信任的底氣，這一生還有漫長的數十年，在這數十年當中會不會有什麼不測，誰也不敢保證。

重活至今，她已經漸漸學會了放下，可是她卻沒有學會撿起，撿起曾經遺失的勇敢；她如今再也沒有當年那種因為愛，便全身心投入、付出的勇敢。

慕錦穀忐忑不安地望著她，額上慢慢地滲出一圈汗水，如同在等待宣判的重刑犯，整顆心都提到了嗓子眼。

不知過了多久，楚明慧才緩緩抬頭，迎上他緊張不安的雙眼，認真地道：「我相信，相信你會比上一世待我更好，至少在此刻，我是相信你的。但是，歷經過一番生死，我已經沒有了當初那種為愛而不顧一切的勇氣，很多時候會再三衡量得失，走一步，看三步，才敢勉強做出決定，你可明白？」

慕錦穀的心中像是被重錘擊了一下般，悶悶作痛，她不敢相信以後，不敢輕許未來，只是因為她曾經許了他未來，可惜他沒有珍惜。

縱使他做得再好，她也只敢相信當前的他，未來的，她不敢賭。

他垂目斂眉，一遍遍在心裡安慰自己。也好，起碼此時此刻她是相信他的，他所做的並不是沒有任何回報，人生漫漫，如今只不過是將數十年的未來劃分成一小段一小段，他每一段都做到最好，都做到能讓她交付真心的地步，這不也是一樣嗎？

想明白了這層，他收起臉上的失落，眼中帶著不容置疑的堅定。「我明白，今後我再不會問妳這種問題，妳只看我以後。」

楚明慧微微一笑，朝他用力地點點頭。「好！」

再多的承諾都不如實際行動，她等著，等著他踐行曾經的諾言……

兩人既然將話說開了，相處起來就多了幾分默契。有時她做繡活累了，他便不聲不響地替她揉捏一下痠痛的肩膀，然後她會回他一個微笑；有時他被兒子纏得脫不開身，她就端起嚴母的典範上前搭救，他會感激不盡地向她作個揖，得到她一個嬌嗔。

如此簡簡單單、平平淡淡的生活，彷彿與早些年沒有多大的不同，可只有他們身邊親近之人才知道，圍繞著他們的是彼此的包容與體諒，一個會心的微笑，一個貼心的擁抱，這些看似微不足道的小動作，卻是早些年的生活中不曾有過的。

第六十五章

春去秋來，太夫人熬過了寒冷的冬天、溫暖的春天、炎熱的夏天，可卻沒有熬過收穫的秋天，終是在次年秋季含笑而終。

她是沒有任何遺憾地離去的，這位一生堅強的女子，熬過了人生最為艱難的階段，用她柔弱的肩膀撐起搖搖欲墜的慕國公府，一步一步扶持孫兒從懵懂少年到如今威名遠播的大將軍，當中蘊含著多少的汗與淚，是旁人無法想像的。

是的，她的手或許並不乾淨，或許有許多陰暗之事在她的策劃或默許下進行，但是這不會完全抹殺掉她身上那種獨立堅強、不畏艱難的美好品行。

儘管慕錦毅對太夫人的離世早就做好了心理準備，但當真的看到太夫人渾身僵硬地躺在床上，他仍舊抑制不住潸然淚下。

床上的太夫人面容安詳，嘴角含笑，彷彿只要阿盼撒嬌地叫上一聲「曾祖母」，她就會睜開眼來，笑呵呵地抱過小重孫一般。

時隔多年，慕國公府再次辦起了喪事，這一次，府中眾人謹守太夫人生前的囑咐，不要有哭聲，她即使離去，亦是喜喪。

喪事有條不紊地進行著，楚明慧有過一次的經驗，又早早有了準備，許多事根本無須她插手，她只要吩咐下去，自有下人辦得妥妥當當，她如今只擔心慕錦毅。

慕錦毅對太夫人的感情，她自是清楚，自小他跟著太夫人，由太夫人教養長大，他的人生信條、行事準則，有許多都是受了太夫人的影響；如今太夫人這般離去，縱然他早已有了心理準備，可一時半刻又哪能真正接受。

自上次在太夫人床前那番落淚之後，他的確沒有再掉過半滴眼淚，可是他身上所散發出的那種濃濃悲痛，卻讓人看了難受。其實，楚明慧覺得或許讓他痛痛快快地哭一場反而更好。

慕國公府太夫人的喪事，辦得極為隆重，並不是國公府刻意高調，而是計劃趕不上變化，承德帝突然下旨嘉獎了太夫人，稍有眼色的人都知道，這是慕錦毅聖眷仍隆的表現。

這突如其來的聖旨，生生打了楚明慧一個措手不及，許多布置不得不推翻重來，死後得了聖旨嘉獎的誥命夫人的喪禮，自然與普通的誥命夫人是無法相比的。

一批又一批功勛貴族、名門望族上門來弔唁，讓國公府上下忙得團團轉，個個都恨不得自己會分身術，好分擔一下手頭上的活兒。

當楚明慧暈倒在待客的花廳上時，原本就忙得團團轉的下人們更加驚慌失措了，連前來弔唁的貴夫人，也擔心她是不是忙壞了身子。

等楚明慧幽幽醒來時，就見慕錦毅神情古怪地望著她，似是想笑又似是想哭，她疑惑地望著他，片刻才低聲問：「怎麼了？可是……可是我身子有什麼不妥？」

慕錦毅目光閃亮地望著她好一會兒，才抓著她的手，貼在自己臉上，沙啞著聲音道：「明慧，妳有了咱們的孩兒了。」

楚明慧目瞪口呆地望著他，良久，才不敢置信地摸著肚子。「我……我又有孩子了？」

「嗯，是的，妳又有身孕了，阿盼要有弟弟、妹妹了。」慕錦毅喉嚨有點哽咽。

原以為上蒼給了他們一個兒子已經是極大的恩賜，沒想到如今還有更大、更多的驚喜！

楚明慧雙手輕放在肚子上，喃喃道：「我又要有孩子了。」

當年楚明涵散播的那些流言，加上這麼多年過去了都未見她再傳出喜訊，京城大多數人都認為楚明慧大概是再也懷不上了，連當事人自己也漸漸歇了這等心思，心想著大概這輩子只得阿盼一個孩子了，卻是沒有想到時隔多年，她竟然又懷上了！

慕錦毅坐到床沿，輕輕擁著她，柔聲道：「是的，我們又要有孩子了。」

他一時心中又想，若是早一點知道這個消息，說不定祖母會更加高興，她雖沒有再提過子嗣之事，但他不是不知道，祖母始終覺得他膝下空虛了些。

生老病死，有人從他身邊離去，又有新的生命降臨他的身旁，這便是人生。

不久的將來，要榮升哥哥的慕紹瑞小少爺，雖然已經有了慕紹安這個堂弟，還有了慕詠嬋這個堂妹，但對娘親肚子裡的孩子亦是十二萬分期待。

他每日從學堂裡回來，便蹦蹦跳跳地跑到文慶院，對著楚明慧尚未顯懷的肚子嘰嘰咕咕地說個不停。

如今除了他的親爹慕錦毅、親娘楚明慧外，再也沒人敢叫他阿盼了，即使是他的親爹、親娘，也只是在他不在場的情況下私下叫兩聲。說起來，自從親舅舅楚晟遠取笑過他的小名後，又陸陸續續有其他的舅舅、親戚們拿他的小名來取樂，小傢伙又羞又惱，掄起拳頭狠狠湊了一頓始作俑者楚晟遠後，眾人方醒悟這傢伙是來真的。

當然，這甥舅兩人自然免不了大人的好一頓教訓，一個被訓斥不敬長輩，一個被罵為老不尊，雖然這個老的那時才不過十歲多，但終究也是長輩不是？

原本慕錦毅的右手臂傷勢好了大概，正要走馬上任擔任太子太傅，只可惜太夫人這一去世，他又得守孝三年，差事自然得擱置了。

其實以慕錦毅的想法，他更希望承德帝免了他一切職務，這個掛名的太傅官職也順便一道免去更好，可現實卻讓他失望了。

慕國公府進了孝期，自然又是閉門謝客，楚明慧亦一心一意開始養胎，這個孩子比起懷阿盼時要辛苦得多，慕錦毅父子每每見她吃了又吐、吐了又吃，都不禁替她難受。

阿盼彷彿一下子懂事了許多，下了學堂後，學著燕容等人的樣子貼心地替她捏捏肩膀、捶捶腿。

兒子的窩心讓她身體的不適感不知不覺減輕了幾分。

時光飛快，七個多月後，慕國公府又迎來了一位小少爺——慕錦毅的嫡次子慕紹霖。

得知又是個兒子，慕錦毅先是有點失望，他其實更希望有一位軟軟嫩嫩、嬌嬌弱弱的小女兒，但這種失望也只是持續片刻，他又高興起來，心想，這樣也不錯，有兩個兄長護著，日後小女兒日子過得會更舒心。

次子慕紹霖滿月後不久的某個晚上，慕國公府來了一批不速之客——宮中的御前侍衛。

慕錦毅臉色沈重地與領頭的首領說了幾句話，就走到一臉擔心地望著他的楚明慧身邊，柔聲道：「我有事要進宮一趟，妳好生照顧孩子。」

他頓了一下，又壓低聲音道：「我走後，命人緊鎖大門，不得讓任何人隨意進出。」

楚明慧一聽，心中霎時升起一股強烈的不安感，她憂心忡忡地望著他，欲言又止。

慕錦毅湊近她耳邊，堅定而又輕柔地道：「等我回來。」

說罷，他轉身大步朝大門方向離去。

慕錦毅跟著御前侍衛走後，楚明慧心裡開始七上八下，腦子裡也開始胡思亂想，她想不明白為什麼皇帝身邊的御前侍衛會突然出現在國公府又帶著慕錦毅離去，宮中……是不是發生了什麼不好之事？

小兒子突然爆發的哭聲將她的思緒拉了回來，她抱過奶娘懷中扯著嗓子、哭得小臉通紅的兒子，輕輕搖晃地哄著。

「娘，弟弟怎麼又哭了？」邊揉著眼邊打著呵欠的阿盼走了進來。

「吵醒你了？」她有點歉意地看向長子。

阿盼搖著頭膩在她身邊，望著哭聲漸弱又要睡過去的小弟弟，輕聲道：「弟弟老是睡覺，也不陪我玩。」

楚明慧輕笑，小心翼翼地將小兒子交給奶娘，低聲吩咐了幾句，讓奶娘去安置好小兒子。

「小笨蛋，你像弟弟這般大的時候也時常在睡覺。」她憐愛地捏了捏阿盼的小鼻子，好笑地道。

阿盼抱著她的胳膊，又小小打了個呵欠。「爹爹呢？」

楚明慧身子一僵，半晌，才輕輕摸著兒子的腦袋，聲音飄忽。「你爹爹有事出去了……」

阿盼腦袋一點一點的，咕噥地道：「這麼晚了爹爹還要出去……」片刻，像是想到了什麼，驀地抬起頭來，他滿眼期待地望著楚明慧。「娘，今晚我要和妳一起睡，就像以前爹爹不在家那樣。」

慕錦毅征戰時，楚明慧也有一段日子是抱著兒子一起入睡的，倒沒想到小傢伙還記得這般清楚；況且，今晚她心中憂慮，有兒子陪著分散一下注意力也是好的。

她心裡雖然是答應了，可嘴上卻是取笑道：「都這麼大了，還像個奶娃娃一樣要跟娘一起睡。」

阿盼撒嬌地將她抱得更緊，嘟著嘴巴反駁道：「爹爹比我大多了，可還不是一樣要娘陪著睡？」

楚明慧啞然失笑，無奈地輕點一下他的額頭。「你呀……」

次日一早，楚明慧陪著兒子用了早膳，又細心叮囑了他一番，就讓他到慕國公院裡去了。

她忐忑不安地又等了半日，依舊不見慕錦毅回來，心中憂慮更甚，只是苦於無法派人出外打探消息。

又過了兩日，皇城當中敲響了喪鐘，下人跌跌撞撞來報。「皇上駕崩了！」

楚明慧大吃一驚，承德帝駕崩了？

因慕國公府本就在孝期間，如今再加個國孝，有許多事也容易安排得多，由於鮮亮的物件早就換了下來，全府上下很快換上了縞素。

楚明慧心中思緒一陣翻騰，承德帝剛過而立沒幾年，竟然駕崩了？那前幾日，慕錦毅是因這事才被召進了宮中？

承德帝生前並不曾立下太子，也不知道他是否寫下了遺詔，大皇子與二皇子到底是哪個繼承大統？那代表著至高無上權力的龍椅，到底是十二歲的大皇子坐上去呢？還是年僅七歲的二皇子得了？

又隔一日，皇城喪鐘再次敲響，這一次，卻是當今皇后娘娘薨逝。

帝后相隔一日先後逝去，古往今來也是頭一遭，朝臣、百姓議論紛紛，各種陰謀論、夫妻情深論層出不窮。

慕錦毅至今未歸，只是命人回府報了平安，得知他安好，楚明慧也稍稍鬆了口氣，人平安就好。

帝后喪儀舉辦，新帝人選亦公諸於天下，出乎朝臣所料的是，繼位的竟然不是形勢大好的二皇子，而是剛失了生母的大皇子！

新帝登基，改元同啟。

接著過了三日，慕錦毅終於滿臉憔悴地回到了國公府，進了正院便見楚明慧激動萬分地望著他。

他微微一笑，快步上前輕輕擁著她的肩膀，湊近她耳邊低聲道：「我回來了。」

楚明慧眼圈一紅，哽咽著「嗯」了一聲。

慕錦毅拉著她柔若無骨的手，邊走邊問：「這幾日家中可好？孩子們有沒有再鬧妳？」

「都好，我照你所說的緊閉大門，輕易不敢放人進出，阿盼也懂事了許多，就是小的那個還是老樣子，稍不如意就哭得震天響，說起這個，倒與他親兄長幼時一般模樣。」說罷，還眼帶戲謔地望了他一眼。

慕錦毅腳步一頓，瞬間想起太夫人曾說過阿盼壞脾氣的模樣像他小時候，他俊臉一紅，知道妻子又想起了「家學淵源」。

他佯咳一聲。「咳，這個……小孩子都是這般，都是這般！」

楚明慧笑盈盈地望了一眼他微微泛紅的臉，終忍不住輕笑出聲。

回到屋裡，慕錦毅換上了乾淨的衣袍，又淨了手，這才接過楚明慧替他倒的茶。

楚明慧原想問問他這幾日發生的事，但見他滿臉疲憊，也只能暫且放下，伺候他進裡屋歇息。

慕錦毅連續幾日幾夜不曾合過眼，如今早就疲倦不堪，也不推辭，由著妻子替他除去鞋襪，整個人倒在床上，溫暖的被褥伴著熟悉的清雅幽香，他不自覺放鬆了下來，很快沈入了夢鄉。

不知過了多久，朦朦朧朧中，彷彿有羽毛輕輕掃過他的臉上。慕錦毅伸手撓了撓，又繼續睡了過去，片刻，又感覺有羽毛在他的鼻子上輕刷著，慕錦毅再次撓了撓，然後迷迷糊糊地睜開了眼。

「爹爹！」一個清脆響亮的童聲將他徹底喚醒過來。

他尚未有反應，身上便壓了一個暖呼呼、圓滾滾的小身子，緊接著脖子被一雙小短手抱住了。慕錦毅輕聲一笑，伸出大掌拍了拍兒子的小屁股。「小壞蛋，又來捉弄爹爹！」

阿盼抱著他格格地笑個不停，慕錦毅輕輕撓撓他的胳肢窩，小傢伙邊躲邊笑，父子兩人一時樂成一團。

「好了、好了，你們兩個別再鬧了，晚膳都已經準備好了。」掀著簾子走進來的楚明慧，見這對父子越鬧越不像樣，不禁好氣又好笑。

慕錦毅滿面笑容地將兒子抱起，再揉揉他的腦袋。「快去用膳，否則你娘就要惱了。」

小傢伙拖長聲音說了句。「好……」

阿盼從床上跳了下來，小跑步來到楚明慧跟前，拉著她的手道：「娘，我先去替妳和爹爹擺好碗。」

「好，有勞瑞兒了。」楚明慧拍拍他的臉蛋，笑著道。

一家三口用過了晚膳，慕錦毅又考查了兒子的功課，見他並沒有因自己這幾日不在家而放鬆了學業，心中欣慰。

他誇獎了兒子幾句，又勉勵了一番，這才讓下人領著他下去歇息了。

夫妻兩人沐浴更衣過後，慕錦毅拉著楚明慧的手在雕花床上坐下，將這幾日發生的事原原本本地告訴她。

「皇上是五王爺所毒殺？」楚明慧瑟瑟發抖，簡直不敢相信自己聽到的。

慕錦毅長嘆一聲。「確實如此，早幾日是五王爺生母的生辰，也不知他是怎樣說服了皇上，兩人一起聚了片刻，回宮之後皇上又因沈淑妃生下死嬰一事訓斥了皇后娘娘，娘娘氣惱之下說了幾句不適宜之話，皇上便……便倒下了。因太醫早幾個月前曾替皇上診過脈，說他不適宜動怒，故賢太妃她們懷疑是皇后娘娘那番話……」

他長嘆一聲又繼續道：「只是太醫查看過後卻說皇上是中了毒，氣惱之下毒才提前發作了，這一查就查到了五王爺府。賢太妃封鎖了消息，急命御前侍衛帶我進宮，商議著如何處置此事。至於皇后娘娘，她是自盡，臨終前將大皇子託付給了徐貴妃，說希望貴妃娘娘許他一世平安。」

當大多人認為二皇子會穩穩繼位時，可是誰也沒有想到，一力將大皇子推上皇位的卻是徐貴妃；就連皇后惹惱了皇上，讓皇上提前毒發這事，亦是她主張全力掩蓋，將此事推到目睹現場嚇傻了的沈淑妃身上。

想到那位殺伐果決的貴妃娘娘，慕錦毅亦不禁沈默了。

那日，在承德帝靈前，徐鳳珍讓他對天發誓一輩子效忠新帝，絕無二心，否則他們夫妻兩人生生世世離心離德，相愛相殺，不得善終，世子夫人楚明慧更是永生永世不得安生。

慕錦毅勃然大怒，他臉色鐵青地狠狠盯著徐鳳珍，咬牙切齒地道：「禍不及妻兒，大丈夫做事，是對是錯又與家中妻子何干？娘娘莫要欺人太甚。」

徐鳳珍絲毫不為所動，只是淡淡地道：「只有以你最珍視、最看重之人起誓，本宮才敢相信你。本宮如今孤兒寡母的，實在不得不多個心眼，世子是個重情重義之人，對夫人又是一往情深，世間罕見，世子出身富貴，不久又將位極人臣，這世間除了世子夫人之外，還有什麼能讓你心生畏懼？」

慕錦毅瞪了她片刻，才突然冷笑一聲，「撲通」一下在靈前跪下，豎起右手擲地有聲地道：「慕錦毅在此發誓，若有二心，今生今世、永生永世都不得所愛，無父無母，無妻無子，孤獨終老，不得善終！」

說罷，他轉頭冷冷地望著徐鳳珍。「娘娘可滿意了？」

徐鳳珍定定地望著他，許久，才若有還無地嘆息一聲……

「滿意了。」

這世間真是有這樣的男子，哪怕是一句虛無的毒誓也不願意用到他摯愛的女子身上，永失所愛，無父無母，無妻無子，孤獨終老，不得善終……這世間最狠毒的話都加之到他自己身上，試問她還有什麼不滿意的？

徐鳳珍暗嘆口氣，深宮多年，她好像已經慢慢喪失了人與人之間最基本的信任，或許她內心深處亦是相信慕錦毅不是那等亂臣賊子；只不過，這麼多年的勾心鬥角，她早已習慣了萬事都給自己留一條後路，凡事都要多疑、多思、多慮，好像只有這樣，她才能安下心來一般。

第六十六章

新皇登基，一切又是一番新景象，慕國公上摺子將爵位傳於世子慕錦毅，同啟帝准奏，尊新任慕國公慕錦毅為帝師，又根據先帝安排，任命了幾位輔政大臣，其中包括有原翰林大學士林煒均、吏部尚書楚仲熙、鎮國公陳魯等。

又隔數月，同啟帝欲尊貴太妃徐氏為太后，徐貴太妃跪請皇上收回成命，同啟帝再三懇求無果，只得撤回了旨意，徐鳳珍仍為貴太妃。

慕錦毅成了帝師，再不能整日留在府中，又回到了前些年那種早出晚歸的狀態。阿盼連續一段時候在白日裡見不到爹爹，起初還念叨幾句，慢慢地也習慣了。

新帝年幼，宮中有徐貴太妃照顧，朝政之事則有眾位輔政大臣，他所要做的便是跟著太傅好好學習帝王之道。

慕錦毅憐惜他年紀小小就身負重任，又見他品行端方，聰明伶俐，處事公正，點評政事往往又能一語中的，見解不凡，心中大為驚喜，只覺得大商國百姓有福了，於是更用心教導，只盼著他能比他的父皇與皇祖父更加出色，做一位流芳百世的千古明君。

楚明慧如今成了國公夫人，長子慕紹瑞則封為世子，小小的孩童也察覺到自己身分的轉變，行為倒多了幾分沈穩，加上他長得與他親爹慕錦毅極為相似，如今板起小臉，倒活脫脫就是一個小慕國公，讓楚明慧等人笑嘆不已。

轉眼又是一年，萬物逢春，一片生機勃勃，楚明慧心情沈重地坐在駛向碼頭的馬車上，她的身旁則坐著好友韓玉敏。

韓玉敏拉著她的手笑道：「又不是再無相見的時候，只要妳願意，可以來看看我，我定會在燕州恭候妳大駕，就怕妳家國公爺不肯放人。」

韓玉敏並沒有等到唐老夫人三年孝期過，就決定南下燕州，反正在小莊子裡守孝是守，在燕州守孝還不是守？

唐永昆自韓玉敏離開唐府之後，也搬到離她所在的小莊子不遠處的莊園裡，對那妾室與新得的庶長女並不多做理會；韓玉敏有時外出散心時，總能遠遠地望見他站立於小山頭，朝她這邊望過來的身影，每當那時，她已經逐漸平靜下來的心又開始隱隱抽痛，她不知道若是再留在此處，等孝期滿的時候，她是否還有勇氣去求放妻書。

所以，她終究是做了逃兵，選擇早早地避開，前往一個新的地方，重新開始她的人生。臨行之前，她主動到莊園裡去尋唐永昆，唐永昆聽到她來了，臉上是抑制不住的狂喜，自她搬走後，這還是第一次她願意面對他。

可當韓玉敏語氣平靜地將她南下的打算道出時，唐永昆臉上的笑意凝住了。

他苦笑一聲，他終究還是高看自己了！

「不孝有三，無後為大，祖母親手撫育你長大，你又是唐家唯一的男丁，又怎可能無後？只是我理解你的不得已，明白你的苦衷，並不代表著我會委屈自己去將就，我亦有自己的底線與驕傲，有些事，可以不計較，可以退讓；可有些事，卻是不能退讓的，哪怕只是半步！我無法指責你有其他人，更加無法當作什麼都沒有發生過一般與你相處後半生，所以我選擇離開，讓你去履行為人子的職責，娶妻納妾、傳宗接代。」

唐永昆雙眼泛紅，咬著牙狠狠地望著她，突然一步上前，死死地將她禁錮在懷中。「八年了，我足足等了妳八年，妳是這般回報我的？祖母拖著病體流著淚懇求我替唐家想一想，我又能怎樣做？妳說，我到底應該怎樣做？如今妳一句離開，就否定了這八年來我為妳所做的一切努力，妳怎能這般狠心？不，妳到底有沒有心？」

韓玉敏用力捶打著他的胸口，想從這個令她窒息的懷抱中掙脫開來，可唐永昆卻將她抱得更緊。

「妳是不是想著先離了我，然後再和離？若有這種想法，我勸妳趁早滅了這等心思，這輩子，妳生是我唐永昆的人，死亦是我唐永昆的鬼，妳想和離，先一刀結果了我！」唐永昆猛地鬆開她，轉身跑回屋內，再衝出來時手上卻多了一把鋒利的薄刀。

「你……你要做什麼？」韓玉敏大驚失色。

「不是想離開嗎？只要我死了，妳想去哪裡就去哪裡！」唐永昆已經陷入了瘋狂當中，他無法接受此生唯一的一次心動，最終卻要徹底從他生命裡退場。

韓玉敏又驚又怒，她眼睜睜看著唐永昆狀若瘋子一般將那把鋒利的刀拚命塞進她手中，然後拉著她那隻握著刀的手直直往他胸口刺去。

她急得眼淚都掉下來了，尖聲道：「你若敢刺進去，我轉身一頭撞死在你面前！」

這話如同當頭棒喝，將唐永昆敲醒過來，他呆呆地望著一臉怒意的韓玉敏，心中深感絕望，手上一鬆，那把尖刀便「啪」的一下掉到地上。

韓玉敏見他終於冷靜下來，深吸口氣，無力地道：「你到底明不明白，若是再早幾年，我根本不會在意你納幾房妾室，生幾個庶子、庶女！」

想到他到那妾室屋裡過的那一晚，以及這一年多的日子，她心如刀割，那種痛，她再也不願意經歷！

唐永昆心口一震，顫聲道：「妳心中仍有我的，對不對？」

韓玉敏深深地望著他。「這些年你待我的好，我一直記在心上，只是你要清楚，我是絕不可能與人共事一夫的，縱是孤獨終老，我亦不可能會那般委屈自己，那不是我！我曉得自己對不住你，若不是我身子不爭氣，又一直顧著外頭的生意，沒有好好料理身子，不能為你生下一兒半女，我們之間大概也不會走到今日這般地步。祖母年邁，她的要求無可厚非，更是人之常情，我不能怪你。」

是的，兩人走到如今這般地步，她也有不可推卸的責任，她總覺得這世間上的男子大多不可靠，三妻四妾，左擁右抱，對這段婚姻亦是抱著可有可無的態度，對婚後一直無子亦不曾多放在心上，只顧著在這世間開創屬於自己的天地，即使將來丈夫另有所愛，她亦能大方接受，瀟灑離去，將人生過得更加精彩。可是，她又怎想到感情會在長年累月的關懷愛護當中慢慢在她心中生根發芽，她，竟然愛上了一個能名正言順、左擁右抱的男人！

韓玉敏微微抬頭將眼中的淚意收回去，又道：「我承認，即使到了如今這地步，雖心中決定將我們之間的情意徹底忘懷，但情這一字，哪能這般收放自如，我確實心中仍有你！至少在目前，還是有的！」

唐永昆輕輕掩住她的嘴，示意她不必再說，她心中仍有他，他的付出不是沒有回報，只可惜天意弄人……

「三年，以三年為期，我給妳三年的自由，妳可以南下去過妳曾經一直想過的生活，但是，妳仍然是我唐永昆今生今世唯一的夫人；至於和離，更是不要再想，別說妳如今心中有我，即便妳心中無我，我亦不可能會放手，這一點，妳務必要好好記在心中。三年之後，我們的未來要怎樣，到那個時候再做決定。」

不捨地輕輕撫了撫她的臉龐，唐永昆又道：「燕州那邊，我會幫妳打點妥當，沒有人敢沒有眼色地在妳的地方生事。」

聽他要插手自己的燕州生活，韓玉敏不禁有點急了，正欲拒絕，又被唐永昆捂住了嘴。

「妳不要拒絕，這是我放妳離去的要求，相信我，今時今日的我，若是要強留妳，絕對沒有人敢阻止，便是岳父大人他們也是一樣。」

每一個地方都有特定的規矩，特定的分界，韓玉敏縱使聰慧過人，但要在人生地不熟的地方開始自己新的生活，不得不花費一定的心血，而他卻不希望她再那般辛苦。

韓玉敏見他語氣強硬，只好憋著一口氣點頭同意了。確實如此，如今的唐永昆是天子近臣，早就不是當年那個太子身邊的小官吏了，她的娘家兄弟，見了他也得客氣幾分。

突然停下來的馬車將韓玉敏的思緒從過往中拉了回來，她定定神，將縈繞在心頭上的那點黯然收了起來，率先扶著婢女的手下了馬車。

「妳家小兒子的周歲禮，我大概是到不了，這些是我早早備下的賀禮，本想著命人送到國公府上去，可這段時間國公府門前人滿為患，我也懶得湊這個熱鬧，就一直拖到了現在，如今當面交予妳，也算是盡了我的一點心意。」韓玉敏接過婢女遞過來的黑漆雕花錦盒，親手交到了楚明慧手中。

楚明慧亦不同她客氣。「妳的心意我收下了，將來若是有機會，我便親自帶著他到燕州去向妳道謝。」

韓玉敏輕笑。「好，我在燕州恭候你們大駕。」

「夫人，該上船了。」

「知道了，這就來。」身邊的婢女輕聲催促，韓玉敏點點頭，隨口應了聲。

「送君千里，終須一別，我這就去了，妳要多加保重。」韓玉敏輕聲道。

「好，妳也要保重。」楚明慧哽咽著聲音道。

這次離開，除了楚明慧，韓玉敏並沒有知會其他人，至於唐永昆，自那日兩人說開後，她一直再沒有見過他。

踏上了甲板，韓玉敏回頭望了一眼岸上朝自己揮手道別的楚明慧，亦不禁含淚朝她揚了揚手，再環顧一下這座包含了她半生喜怒哀樂的城池，直到一個熟悉的身影映入她眼中。

唐永昆……是他！她怔怔地望著岸上凝望著她的唐永昆，兩人就這般靜靜對望，千言萬語都蘊含在彼此的眼中。

「夫人，該進去了。」

「嗯。」她低低應了聲，深深地望了一眼那個曾待她如寶、可最終傷透她心的男人，轉身進了船艙。

南下的官船越行越遠，慢慢變成了一個黑點，直至最後徹底消失在茫茫的天際……

楚明慧拭了拭眼角滲出的淚水，帶著燕容轉身回到了馬車上，啟程往國公府而去。

碼頭上，一身便服的唐永昆怔怔地望著載著他心儀女子的官船離去的方向，久久地站立不動……

這一別，要再等三年！三年，他給自己三年的時間去報答先帝對他的賞識，扶助新帝坐穩皇位，也給他與韓玉敏之間一段冷靜的時間，三年一過，他就能放下一切去尋她，替自己爭取一個新的希望，贏取一個美好的未來。

送走韓玉敏之後，楚明慧回到府裡卻覺得整個人都有點提不起精神，唐家夫婦走到如今這般地步，她覺得心中難受至極，原本以為他們會是這世間上幸福的一對，哪料到結局卻是這般令人唏噓。

三年為期，誰又能預料得到三年後會發生什麼事？也許唐永昆經過這三年，心中執念慢慢放了下來，重新娶位賢良淑德的妻子替他綿延子嗣，傳宗接代；也許經過三年的沈澱，韓玉敏徹底斬斷了情絲，重新開創了更美好的人生，就算是與舊人相見，亦能點頭微笑致意，大方祝福。

時間是世上最好的療傷藥，亦是最為無情的殺手，它能將人的創傷一點一點慢慢地治癒，亦能一步一步地蠶食人的情感，將那些曾經熾熱的情感一點一點地冷卻……

慕錦毅從宮中回來見到她這般無精打采模樣，得了燕容的提醒，想起今日一整日都未見過唐永昆，知道她大概是為唐家夫婦分離之事感傷。

唐永昆這段日子的頹廢失落他是看在眼內，心中對他的遭遇亦頗為同情，易地而處，若是他遇到對方這種事，還真不知道會怎樣決定，上一世，他比唐永昆占優勢的是他有嫡親兄弟，而唐永昆卻是獨子。

他嘆息一聲，摟過楚明慧，將下巴搭在她的肩窩之上。「無論唐永昆與唐夫人將來走上一段怎樣的路，我們除了寄予祝福之外，也是愛莫能助，這些男女感情之事，外人再心焦也無法插手，還是順其自然吧！說不定將來唐夫人又會另有想法。」

楚明慧亦是微微嘆息一聲，語氣惆悵。「也只能這樣了。但是，她一個婦道人家，人生地不熟的，獨自一人在外頭生活，萬一有什麼事，豈不是叫天天不應，叫地地不靈？」

想到這個可能，她又不禁憂心忡忡。

「妳以為唐永昆真會這般眼睜睜地、什麼也不做就放任她離去？」慕錦毅輕笑一聲，將她摟得更緊。

楚明慧吃驚地望了他一眼。「他……」

慕錦毅在她唇上親了一下，卻只是望著她笑，再不答話。

「只不過，唐大人做得再多，以玉敏姊姊那性子……想要她回頭還真不是件容易之事，加上……」加上唐永昆府上那姨娘、庶女，活生生的兩個人，難道還能讓人裝作不曾見過？

問題的核心無法解決，韓玉敏又豈會輕易回頭？

「好了，旁人夫妻間之事，我們想得再多也沒用，早些安歇吧！」慕錦毅又在她臉上親了一下，這才鬆開抱著她腰肢的手。

「我去瞧瞧那兩個小子去。」再輕輕拍了拍她的手，慕錦毅這才走了出去。

楚明慧怔怔地坐在原處，良久，才輕嘆一聲。

韶光荏苒，慕國公府的三年孝期過去了，抱著打扮得如同個小仙童一般的小兒子，楚明慧心中愛極，忍不住在他胖嘟嘟的臉蛋上親了一口。

小傢伙愣了一下，片刻才抬起藕節般的小短手摸了摸被她親過的地方，一雙圓溜溜的大眼睛傻乎乎地望著她，小嘴微張。

楚明慧「噗哧」一下便笑了，這小兒子逐漸長大，性子也不像剛出生那會兒鬧騰，總是安安靜靜的，別人逗他，他就用那雙清澈的大眼睛盯著你片刻，然後低下頭去繼續玩著手上的小玩意。

慕錦毅不止一次誇讚這小子真是個泰山崩於前而面不改色的性子，比他的親兄長慕紹瑞要沈穩得多。

楚明慧反而覺得小兒子有點呆頭呆腦的感覺，可那個有子萬事足的慕錦毅卻不以為然，只說兒子這般才好，將來定是個穩重可靠的。

對於這種護短護到容不得別人說自己兒子半點不好的爹爹，楚明慧也只能啞然失笑。

「對了，明日淳親王府世子妃生辰宴，散席之後，待我過去接妳再一同回府，妳瞧這樣可好？」慕錦毅突然想到這事。

「好，只不過你能那麼快脫得了身嗎？那日到王府的世家貴族、功勛朝臣可不少。」楚明慧有點懷疑。

「無妨，如今朝中上下哪個不知慕國公因傷戒酒多年，況且又是個懼內的，每日都準時返家，不敢在外逗留片刻。」慕錦毅戲謔道。

楚明慧白了他一眼。「你可知京城百姓將我傳成什麼樣了？說慕國公夫人是個五大三粗的母夜叉，否則怎麼連英明神武、讓敵軍聞風喪膽的國公爺都畏她如虎，連個妾室都不敢納？」

慕錦毅哈哈大笑，單手抱過她，在她臉上狠狠親了一口。「什麼五大三粗的母夜叉，分明是個嬌滴滴的俏夜叉，讓英明神武的國公爺拜倒在石榴裙下，甘願只要她一個。」

楚明慧輕輕捶了一下他的胸膛，啐了他一口。「油嘴滑舌！」

慕錦毅又是一陣放聲大笑，笑得楚明慧亦忍不住露出一個燦爛的笑容來。

次日到了淳親王府，楚明慧自然得到淳親王妃與世子妃的熱情招待，嫁為人婦的慕淑琪，見了長嫂到來亦抑制不住歡喜。

說起來慕淑琪自從嫁到了淳親王府，雖只是一位庶子媳婦，但因她的夫君自幼與王妃親近，與世子又是手足情深，世子妃待她自然多幾分真心；加上這幾年慕國公府聲勢浩大，她底氣足，腰板也挺得直，在接連生下兩個兒了、一個女兒後在王府算是徹底站穩了腳根。

歸根究柢還是她本人夠聰明，懂進退又識時務，會看人眼色，對王妃孝順，對世子妃友善，是故日子才得以順暢安穩，否則再好的條件，若是沒有好好經營，照樣是一敗塗地。

楚明慧這些年對她的境況自然清楚，得知她過得好，也放下心來。就連曾經最為膽小懦弱的慕淑怡，嫁了慕錦毅麾下的小校尉，這小校尉在那一場聯軍大戰中立了戰功，如今升了個五品官，待妻子亦是一如既往地尊重愛護。

慕國公府四位姑娘，除了早逝的慕淑穎，其餘三位都將小日子過得有滋有味，作為她們的娘家人，楚明慧自然是異常欣慰。

「大嫂、二嫂、三弟妹！」慕淑琪得了個空閒，過來與楚明慧、文氏及六公主妯娌三個打招呼。

四人見過了禮，慕淑琪問起幾位姪兒，得知他們今日均未到來，不禁有點失望。

「自上回三姪兒生辰，我已經許久不曾見過他們了。」

楚明慧抿嘴一笑。「下一回讓你同時見見四姪兒與五姪兒。」

慕淑琪一愣。「四姪兒與五姪兒？」

楚明慧朝文氏與六公主兩處努努嘴。「喏，他們分明在妳那兩位嫂嫂及弟妹肚子裡，就不知哪個是四姪兒，哪個是五姪兒了。」

慕淑琪怔了怔。「果真？那可是大喜！」

文氏與六公主對望一眼，均有點不好意思地低下頭，兩人懷上的日子接近，還真不敢肯定哪個大、哪個小。

四人又小聲說了一會兒話，慕淑琪就告辭離開了，畢竟她是主人家，還得招呼其他的客人，並不適宜久留。

文氏與六公主坐了一會兒，被幾位相好的夫人拉了過去，而楚明慧則被一群貴夫人圍在中間，她得體地與她們客氣了幾句，就尋了個理由脫身，打算去尋尋侯府的姊妹。

遠遠地，就見三、四位夫人圍著一名貴夫人打扮的年輕女子，她細細打量了一番，發現那女子竟然是她的七妹妹楚明婧，更讓她驚奇的是楚明婧的表現，無論那些夫人跟她說什麼，她都是端莊得體地微笑著，從不搭話，直至那幾位夫人無趣地告辭離去，楚明慧才見她似乎鬆了口氣般掏出帕子拭了拭額角。

楚明慧不由得輕笑出聲，楚明婧聽到笑聲朝她望了過來，見是自家的三姊姊，知道自己方才的樣子落到了她的眼裡。

「三姊姊。」楚明婧迎上前來，拉著她的手有點撒嬌地搖了搖。

楚明慧朝她微福了福。「林夫人。」

楚明婧見她臉上的戲謔，不好意思地笑了笑。「三姊姊就別取笑我了！」她頓了一下，左右望望，見沒有人注意這邊，才壓低聲音道：「方才我臉上都要笑僵了，可是夫君說過讓我在外頭一直這般微笑就好，別人說什麼也不必理會，萬事交給他便可。」

楚明慧一怔，瞬間明白林煒均的苦心，他如今身居高位，自然有不少人打他的主意，而楚明婧這邊是一個很好的突破口，以她的性子說不定還真會被有心人利用。

如今林煒均這般教導她，倒也不失為一個好辦法，既不失禮於人，又免了麻煩，一舉兩得。一想到這對夫妻自成親以來就一直這般融洽幸福，她亦深深替他們高興。

「既然七妹夫這般說，妳就照他所言去做即是。」

楚明婧嘀咕了句。「他還說我就是笨，所以得常常這般微笑，讓人看不出本質，也能裝一下意味深長。」

「噗哧。」楚明慧忍俊不禁，輕輕戳了一下她的額頭。「妳可不就是笨嘛，難怪七妹夫那般說。」

「我哪裡就是笨了，就是他老嫌棄我，不只如此，還老在我面前說幸虧三個兒子都不像我，要不他要操的心可就更多了。妳聽聽，這是什麼話啊！太酸人了！」楚明婧拉著她的手往前走，小聲地表示不滿。

楚明慧笑嘆，這個傻丫頭，正是因為林煒均心裡、眼裡滿滿是她，時時刻刻也記掛著，覺得她無論做什麼事都放心不下，自然會覺得她笨，讓他牽腸掛肚。不過從中也能看得出這些年林煒均將她保護得極好，能讓她一直保持著這般簡單的性子，這何嘗不是一種福氣？

侯府姊妹七人，也就這個小妹妹最得上蒼眷顧，未嫁之時有父母兄姊寵著捧著，出嫁後又有這麼一位夫君愛護著，這世間能有幾個女子有這般深厚福澤？

想想前世林煒均家中的幾房妾室，再想想他今生與楚明婧的一雙人，楚明慧亦不禁輕嘆一聲；有些人，他並不是沒有一雙人的可能，只是沒有遇到那個能讓他願意與她一雙人的對象，正如前世的林煒均與楚明涵，今生的林煒均與楚明婧。

當楚明慧從淳親王府出來時，果見慕錦毅在門外等著她，周圍熙熙攘攘的人群，她一眼就看到了他，同時，對方亦迎上了她的目光，目光相接，慕錦毅不自覺露出幾分笑容。

他大步走過來，執起她的手，溫言道：「咱們回府吧！」

楚明慧笑著點點頭。「好。」

夫妻兩個旁若無人地攜手離開，讓身後眾人目瞪口呆。都說慕國公寵妻，可寵到這種眾目睽睽之下拉著妻子的手的地步，真是太令人震驚了！

文氏與六公主對望一眼，不約而同地嘆口氣。算了，就讓她們兩個結伴回去吧！

身後的議論紛紛，完全沒有影響到慕家夫婦，兩人坐上了回府的馬車，楚明慧輕聲向慕錦毅說了些王府的見聞，而慕錦毅，始終含笑地望著她。

時光匆匆，轉眼兩年多又過去了。

這一日，慕錦毅下朝回來，臉色有些沈重，楚明慧見他心情不暢，走到他身後替他揉捏了一下肩膀，才輕聲問：「可是政事上有麻煩？」

慕錦毅搖搖頭。「不是，皇上如今十六歲了，行事越發沈穩，處理政事亦是得心應手，我與岳父大人幾位輔政大臣商議過，打算提前讓他親政，也好早些卸下身上的擔子。」

同啟帝年輕有為，確實比他皇祖父與父皇更為出色，作為臣子自是最盼望遇上明君，同啟帝雖年幼，但隱隱已有明君風範，讓一直用心教導他的慕錦毅大為欣慰。

「今早，唐永昆向皇上請辭。」慕錦毅滿懷唏嘘地道。

楚明慧動作一頓，片刻又繼續替他捶肩，她垂下眼簾，心中卻是百感交集。

還差三個月，唐家夫婦的三年之期將屆，唐永昆這是準備南下去尋玉敏姊姊了？

想到這幾年越發陰沈、行事越發果決的唐永昆，慕錦毅心裡一陣沈重。

當年那般溫和的男子，如今卻變成這般模樣，還得了個黑面神的外號，這固然與他早些年調到刑部，出任刑部尚書、處事毫不講情面有關，亦與他臉上始終毫無表情、陰陰冷冷的脫不了關係。

這幾年，唐永昆大多時候都是住在府衙，偶爾回到了唐府，只是將自己鎖在與韓玉敏住過的正房，不允許任何人打擾。

唐家的妾室錢氏，自生了個體弱多病的早產女兒，心中一直很不甘，只想著再尋機會懷個兒子，徹底在唐府站穩腳跟；可是唐永昆不回府，她一個妾室又出不了門，即使唐永昆回府，卻將她死死擋在院門之外，根本讓她連人影都見不著。

她不止一次埋怨女兒，覺得是她拖累了自己，若是個兒子，她又怎會落得如今這般地步！

而唐永昆自庶女出生後，命人尋了兩位奶娘，又尋了幾位經驗豐富的僕婦照顧孩子，但他本人卻甚少見這位庶女，除非庶女又犯病。就算他不待見錢氏，也對這個庶女生不出多大的感情，可那終究是他的親生骨肉，他怎能置之不理？

錢氏無奈，只得一次又一次利用女兒的病，想將他引過來，可唐永昆每次不是讓人將女兒抱過去，就是遣人來讓她回避，根本讓她無機會可尋。

她只得趁著這日唐永昆回府，闖進了書房，跪在地上哭求著讓他圓了老夫人生前的願望，讓唐家後繼有人。

唐永昆冷冷地望著她，嗤笑一聲。「圓祖母生前願望，讓唐家後繼有人？妳倒不如直接說，讓妳自己生個兒子。只是，妳也太當自己是一回事了，我唐家的子嗣何曾輪得到妳一個賤婢擔心，難不成這世間就妳一個女子能生？」

錢姨娘打了個寒顫，被他陰冷的目光盯得手足冰冷，她差點忘了，如今的唐大人早就不是當年那個會溫言向她道謝、感激她用心照料祖母的唐大人！

當初她正是被他渾身上下那一股溫和的氣質所吸引，這才暗生情愫，不時在唐老夫人面前暗示願作妾室替唐家開枝散葉的想法。

她承認唐夫人韓玉敏是個出色的女子，只可惜她太好強了，女子本應該一心留在家中伺候夫君，孝敬公婆，又怎能三頭兩日往外跑，甚至連成婚多年無子亦不曾請大夫調理身子，只說什麼一切隨緣。

一切隨緣？她更相信事在人為，這不，她當年不是成功地鼓動了唐老夫人向唐永昆施壓，圓了她進門為妾的夢想了嗎？

當自己隱藏的那點小心思被對方赤裸裸地晾出來，她一時覺得非常難堪。

強按下心中失望，錢姨娘又輕聲道：「婢妾聽聞大人欲辭官？老夫人一直盼著你能光宗耀祖，若是泉下有知，必定是不同意的。」

唐永昆厭惡地望了她一眼，話中帶毒。「別將妳那些骯髒的想法加諸於祖母身上，我辭官與否，與妳又有何干？妳是什麼身分，膽敢在此指手畫腳！祖母生前，妳唯一的用處是照料她老人家，如今，妳只不過是一位照料我唐府小姐的僕婦！滾出去，別髒了我的地！」

錢姨娘被他毫不掩飾的厭惡嚇住了，又見他突然發作，只好連跌帶爬地出了書房。

扶著婢女的手回到了房裡，錢姨娘心中餘悸未消，良久，才慢慢緩了下來。她壓著心口處，只覺裡面堵得厲害，韓玉敏離開後她也有過妄想，總覺得如今府裡後宅只得她一人，唐永昆即使對韓玉敏再情深，相隔得遠了，又哪比得她近距離細心照顧，天長日久不愁入不了他的心。

只可惜，唐永昆的反應卻讓她一切想法都成了切切實實的空想。

但是，無論唐永昆再怎麼思念韓玉敏，他的人總是離她最近的，如今他竟要辭官，難不成打算拋下一切去尋韓玉敏？

想到這個可能，她不禁心驚膽戰，如今兩人離得這般近她都得不到他，若是他走了，此生她再無希望，即使她生了個女兒，但一個庶女又能有多大分量？正如他方才所說的，世間上又不是只有她一個女子能生。

「姨娘，小姐的藥已經熬好了。」照料唐府庶女的婆子進來回稟。

錢姨娘煩躁地揮揮手。「熬好了就餵她吃吧！」

一個給她增不了底氣且病懨懨的丫頭片子，能有什麼用？也只不過將她老子引過來看一眼罷了。

而唐家這些內宅之事，楚明慧自然不知，她只是從慕錦毅口中知曉同啟帝苦留不住，終於同意了唐永昆的辭官請求，現今唐永昆已陸陸續續將手上公務交接妥當，亦確定南下燕州的日子，就在一個月之後。

她輕嘆口氣，唐永昆這一走，也不知與韓玉敏到底能不能有個好結局，他用了八年才讓她打開了心扉，如今情況比當年可是要差得多，別說八年，估計十年，甚至十八年，他都未必能再讓她重新接受。

卻說唐永昆將事情交代妥當後，對錢氏母女也做了安排，就是讓她們繼續留在京城唐府，他留了足夠的錢財可保這對母女餘生衣食無憂，他能做的也只有這麼多。

錢氏再怎麼令他厭惡，可若不是他點頭，哪會有庶長女的出生；至於這個女兒，雖不是他所期待的，但終究是唐家的血脈。

唐永昆安排得再好，卻仍是出了意外，這四歲多的庶女，最終夭折了。

他聽了負責照顧女兒的婆子及奶娘回稟，不敢置信地望著癱在地上、面無血色的錢姨娘。

「虎毒尚且不食子，妳明知女兒體弱又尚在病中，竟然還抱著她吹了一夜冷風？」

唐府的庶長女死於高燒不退，小姑娘早幾日受了些風寒，用了幾日藥之後已有所好轉，可昨日突然高燒不止，甚至還陷入了昏迷當中，奶娘等人嚇得半死，急著派人請大夫，並請人到府衙通知唐永昆。

唐永昆急忙趕回來的時候，小姑娘已經只有進氣沒有出氣了，最後在他懷裡永遠地閉上雙眼。

他紅著眼，雙手不停地抖著，明明前日他瞧著已經好轉了的女兒，怎會突然發起高燒？未等他下令徹查，錢姨娘就撲過來搶過女兒，顫抖地試了一下她的呼吸，然後整個人軟倒在地，放聲痛哭。

他只聽得她含含糊糊地哭道：「我不知道，不知道會這樣，我真的不是故意、不是故意的！」

他愣然地望著錢氏，心中冒出了一個荒唐的想法。待奶娘及照顧女兒的婆子跪下來，並將昨日錢氏抱著女兒在窗邊吹了一夜冷風之事道來，那個荒唐的想法終是被證實了。

「我真的不知道會這般嚴重，我只想著……想著她再病一會兒，這樣你就不會拋下我們母女了！」錢姨娘悔不當初，她縱然一直怨這個女兒為何不是個兒子，為何入不了唐永昆的眼，但當懷中的孩童真的停止了呼吸，再無法睜著那雙清澈的大眼喚她姨娘時，她才醒悟過來，這個孩子可是她至親骨肉啊！

唐家唯一的孩子夭折，唐永昆的計劃就被打亂了，他命人將女兒安葬在離唐老夫人之墓不遠處，讓她離祖母近一點，畢竟，這大概是祖母唯一的重孫了。

至於錢氏，唐永昆原想直接要她替女兒償命，可見她如今夜夜作惡夢，受盡良心譴責，也不欲多做理會了，直讓人將她送到家廟，在祖宗靈前贖罪。

他怔怔地環顧了一周又剩下他一人的偌大府邸，心中生出一陣淒涼之感，這一刻，他迫切希望妻子出現在他眼前，縱使她仍如當初那般冷冷冰冰的也無所謂，只要她在便好。她在，他才不會感覺整個人像是被世間拋棄了一般，他的心才能有所停靠，不會再如現在這般似若無根的浮萍。

安葬女兒之後，他又將願意離府的下人的賣身契歸還，並贈了部分銀兩，讓他們各奔前程，唐府如今只剩下幾個忠僕看守家門。

唐永昆臨行前，特地告知了慕錦毅，因著兩人多年來的深厚交情，慕錦毅也來送他遠行。

「這一別，也不知何年何月再相見，望你好好珍惜眼前人，莫像我這般，失去了才悔不當初。青山不改，我縱是遠在他鄉，亦祝你與夫人白頭偕老，恩愛一生，保重。」唐永昆一身青布衣，揹著個簡單的包袱，拍了拍慕錦毅的肩膀，沈聲道。

「多餘的話我也不說了，願你得償所願，此生再無遺憾！」慕錦毅用力握著他的手。

「承你貴言。」唐永昆笑笑。「好了，我該上船了，就此別過。」

開往燕州的官船漸漸駛離了岸邊，慕錦毅遠遠望著孑然一身的熟悉背影，輕聲道了句。

「珍重。」

半個月後，燕州城內。

韓玉敏正坐在櫃檯後對著這個月來的進帳，便聽外頭的小丫鬟進來稟。「韓夫人，有位先生尋妳，說是妳家相公。」

她怔了怔，有點意外。「我家相公？」

「嗯，就在門外呢！」小丫鬟伸出手指，比向大門。

韓玉敏順著她的手望去，就見滿身風塵的唐永昆，揹著個青布包袱走了進來。

「久聞韓夫人宅心仁厚，在下無家可歸，求夫人賞個棲身之處吧！」

第六十七章

當得知父母將要為年紀最小的弟弟訂下親事，楚明慧嘆息一聲，感慨時光飛逝，一眨眼，當年那個朝她撒嬌要抱抱的小弟居然到了可以娶親的年紀了。

她摸了摸臉蛋，輕舒口氣。「不知道到瑞兒與霖兒娶親的時候，咱們會老成什麼模樣了。」

慕錦毅哈哈一笑，輕輕彈了一下她的額角，得了妻子一記嬌瞋，笑道：「我家夫人就算當了祖母，亦是個風華絕代的美祖母，那些小丫頭片子又哪裡及得上半分。」

楚明慧啐了他一口。「又胡說。」

「怎麼就是胡說了？這可是為夫真實的心裡話，絕不摻假。」慕錦毅笑嘻嘻地在她身邊坐下。

如今皇帝親政，他身上的擔子卸下了許多，每日有更多的時間留在府裡陪伴妻子與兒子。長子慕紹瑞跟著岳父讀書，自然少在家中，而小兒子如今正是好玩的年紀，加上他性子安靜，不愛吵鬧，慕錦毅閒時抱著他逗弄一番，倒也自得其樂。

「國公爺，劉侍衛有要事稟報。」燕容走進來回稟。

慕錦毅拍拍衣袍站了起來，先是對著楚明慧道：「我先出去片刻，看劉通有何要緊事。」

「你有事忙便去吧。」楚明慧朝他點點頭。

劉通如今與紀芳訂親，她的身邊只剩燕容一人，為了燕容的親事，她花費了不少心思，可燕容卻始終表示無嫁人之心，楚明慧無奈，也只能順著她的意了。

慕錦毅這一去就去了大半日，直到點燈時分才回來。

小兒子慕紹霖這段日子跟爹爹玩得多了，如今一日不見他就要鬧彆扭，讓楚明慧頭疼不已，好不容易見慕錦毅回來，她忙不迭地將小傢伙塞到他懷中。

「你爹爹回來了。」

慕錦毅順手接過一臉委屈的小兒子，愛憐地揉揉他的腦袋。「又鬧你娘了？」

小傢伙抱著他的脖子撒嬌地蹭了蹭。「爹爹。」

慕錦毅無奈，只得抱著他哄了半晌，這才讓兒子開心起來。他吩咐奶娘將小傢伙帶了下去，這才嘆息一聲靠在椅背上。

楚明慧見他心情不暢，不禁疑惑地問道：「怎了？劉通尋你有何要事，怎嘆氣了？」

慕錦毅拉著她在身邊坐下，沈聲道：「五王妃過世了，妳可知道？」

「嗯，聽聞了。」

五王爺弒君自然是被誅殺，只不過念在他終究亦是皇室血脈，故對五王妃等女眷網開一面，也准許她們留在王府；只不過三個月前五王妃病逝，王府自然得收回來，今日就是朝廷派人到王府清理的日子。

只不過，侍衛在清點王府物件的時候，意外發現了王府地下室，且在地下室中發現了一個冰室，裡面竟然擺著一副冰棺，棺中躺著前王府侍妾劉氏，亦即葉九娘。

當下就有人回報給慕錦毅，這葉九娘是他當年與先帝商議過後放在彼時的五皇子身邊的細作，在事成之後他也曾派人去接她離開，葉九娘卻拒絕了。

再過不久，就聽聞她從五王爺府中消失了，他以為她是想明白之後自己離開了，哪料到如今竟然是在王府地下室發現了她的遺體，仵作檢查，在她身上發現了不少傷，推測她大概是被毒打至死。

將她毒打至死，卻又將她的遺體保存得這般好，這個人想來便是已逝的五王爺了。

「或許當年我應該再三確認她的安全。」慕錦毅輕嘆。

葉家一門倖存的兩個女兒，終究逃不過一死。

「葉九娘生前受了那麼多折磨，想來五王爺對她有恨；可將她的遺體保存在冰棺中，這裡頭或許還包含著深厚的愛，如此愛恨交加，或許，我有些明白當年他為何要針對國公府了，想來他大概是知道了葉九娘的來歷，明白她是我們派去的人。」

想到慘死的生母，以及妻子曾經遭受的危險，慕錦毅心情更為沈重，他在外頭做的事，卻累及了生母及妻子，這讓他怎麼不難過。

楚明慧也想到因五王爺而帶來的各種災難，她深深地嘆息一聲，緊緊握著慕錦毅雙手，無聲安慰著。

「我命人將她的遺體送回了葉家故鄉，讓她與她的親人葬在一處，這些年的恩恩怨怨，愛恨糾纏，就讓它隨著時間逐漸淡去吧！」

對葉九娘來說，五王爺是她的仇人之子；而對五王爺來說，葉九娘既是害了母族的罪魁禍首，更是辜負了他滿腔愛意的薄情女子。他鞭打她，是在發洩心頭的怨恨，將她的遺體保存下來，卻是因為心中縱是仇恨亦無法磨滅的愛。

有時楚明慧會想，若是沒有先皇后橫插一腳，先帝按他預料的那段時候毒發，五王爺會不會直接抱著葉九娘的遺體從王府裡消失？

情這一字，果真是害人不淺！尤其是摻雜著各種複雜情感的男女之情，愛恨嗔癡一念間，上一刻他縱是寵她如珍寶，下一刻卻是恨她入骨。

她長嘆一聲，只願魂歸故土的葉家姊妹，若有來生，做個平平凡凡的女子，幸福安樂度過一生。

春去秋來，晉安侯府的孫輩當中，最年幼的楚晟遠與楚晟澤相繼成婚，而當年不允許任何人再叫他阿盼的慕紹瑞，他的親事亦逐漸被提起。

楚明慧慈愛地看著如今已與他父親一般高大的少年，心中欣慰。

慕紹瑞這幾年雖跟著外祖父唸書，但也一直勤練武藝，身材比同齡的表兄弟自然要高壯許多，聽到娘親問他對未來妻子可有什麼要求，他也只是滿不在乎地道：「像娘親這般便好。」

楚明慧一愣，尚未來得及反應，便聽慕錦毅哈哈笑道：「好小子，有眼光！只不過這世間上像你娘親這般的女子再也沒有了，你與其尋個四不像，倒不如尋個獨一無二的。」

慕紹瑞照樣是隨便地道：「那娘親瞧著哪個孝順妳便訂哪個吧，左不過都是一雙眼睛、一個鼻子、一張嘴，又哪有什麼獨一無二的。」

楚明慧又好氣又好笑，拍了他的肩膀一下。「你給我認真些。這可是關乎你一輩子之事，哪能這般隨隨便便？」

慕紹瑞摸摸被她拍到的地方，又摸摸鼻子，嘀咕道：「妳不是已經很認真地挑兒媳婦了嗎？又哪會隨隨便便迎一個進門。」

「你！」楚明慧被他氣樂了。「敢情將來和你媳婦過一輩子的不是你，而是你娘啊？」

慕紹瑞不敢再出聲，只是向親爹慕錦毅遞了一個求救的眼神。

慕錦毅收到兒子傳過來的信號，佯咳一聲。「既然他暫且沒有看中的姑娘，也想不出有什麼要求，不如先放一邊。對了，七日之後的秋狩，我與瑞兒可都是要去的，行囊妳可準備好了？」

楚明慧瞪了他一眼，又恨鐵不成鋼地拍拍長子的手臂。「出去，讓人看了鬧心。」

慕紹瑞如蒙大赦，急忙躬了躬身便落荒而逃了。

「別人家都是慈母嚴父，咱家卻倒了過來，你再這般順著他，小心七老八十了也抱不上孫子，將來有得你頭疼了。」父子兩人的擠眉弄眼哪裡瞞得過她去。

慕錦毅訕訕地笑了一下，不敢再出聲。

「需要帶的東西都已經準備妥當了，你右臂用不得力，一定要注意，莫要技癢又跑上場去，若是又傷到，只怕到時連茶碗都端不起。」楚明慧叮囑道。

慕錦毅的右臂雖已經痊癒了，但是正如當初太醫診斷的那般，確實使不得力，除了些輕便的小物件，其他的就無能為力了。

前兩年他見兒子在舞劍，一時技癢跑上去父子對打，結果下場可想而知。

正因如此，楚明慧才特意叮囑他，畢竟此人自小學武，骨子裡對這些打打殺殺是十分熱衷，就怕到時見到滿場的熱鬧，心裡又癢癢了。

慕錦毅再三保證，絕不會再不顧身子而一頭熱，她這才稍放心。

七日之後，慕錦毅父子離開慕國公府，楚明慧日子過得倒也清閒。

這日，她正與燕容說話，只見丫鬟臉色蒼白地進來稟告。「夫人，出事了，國公爺受了傷，如今皇上命人護送他回府，世子爺也一同回來了。」

她大驚失色，猛地站起身來。「人呢？在哪？」

「正往這邊來。」

話音剛落，就見幾名御前侍衛打扮的男子小心翼翼地抬著軟架走了過來，而慕紹瑞則指揮著他們將架上的慕錦毅抬到正院西側間。

楚明慧急得快步走上前去，顧不得沿途向她行禮之人，她一把抓著兒子，顫聲問道：「你爹怎樣了？傷在何處？重不重？」

慕紹瑞紅著眼圈，哽咽道：「傷在胸口，是……是被猛獸襲擊所傷，都是為了救我，若不是我，爹就不會受傷了！」

想到一向對他寵愛有加的父親倒在他面前，慕紹瑞眼圈更紅了，若不是他武藝不精，又怎會讓那匹狼有反撲的機會？而父親更不會為了保護他而被惡狼抓傷。

楚明慧渾身顫慄不止，臉色慘白，她顫聲問道：「可有生命危險？」

「太醫說只要熬過這幾天，若是傷口沒有惡化就無大礙，若是……」

楚明慧晃了晃，臉色更慘白幾分。

圍場裡出了意外，傷的還是大名鼎鼎的慕國公，同啟帝也無心情再狩獵了，匆匆擺駕回宮，又特意安排了兩名太醫留守國公府隨時診治。

太醫們親自替慕錦毅換了藥，又叮囑了一番要注意的事項，並再三強調這幾日非常關鍵，絕不容任何閃失，這才到燕容命人準備好的客房稍作歇息。

慕紹瑞欲留在房中照顧父親，可楚明慧卻搖搖頭，堅決地讓他回去歇息了。

屋裡的人都退了出去後，她怔怔地望著臉色有些蒼白、靜靜躺在床上的慕錦毅，片刻，才顫抖著握住他的大手。

還好，他仍活著，仍在她的身邊。

直到此刻，她才發現，這個男人早就成了她生命當中不可或缺的一部分，無論他們之間曾經有過多少的愛恨恩怨，到這一刻，她心中才突然生出一絲慶幸，慶幸這一生，陪伴在她身邊的仍是他！

成婚這十幾年來，她怨過、恨過、不平過，也曾迷失過、失望過，甚至絕望過，但是她很慶幸，她沒有徹底迷失在那些仇恨當中，懂得迷途知返。

十幾年，她學會了放下過往的一切，如今，在她不曾察覺的內心深處，或許她也慢慢開始拾起對他的信任，拾起對將來幸福生活的期望，以及追求那些幸福的勇氣。

這幾年，她不是沒有察覺他對自己的小心翼翼，正如他當年承諾的那般，他盡了最大的努力讓自己做到最好，用最好的自己來待她。如今再回想他的戰戰兢兢，楚明慧不禁有點心疼，如此如履薄冰地維繫脆弱的幸福，並且持續數年之久，難道他就不累嗎？

當晚，慕錦毅發起了高燒，原本因傷而顯得異常蒼白的臉，如今卻是紅得似若抹了胭脂般。

整個國公府因為慕錦毅的傷而陷入一陣惶恐不安當中，連一向笑呵呵的老太爺及深居簡出的喬氏都被驚動了，親自到正院探望昏迷不醒且發熱不止的慕錦毅。

楚明慧照顧了慕錦毅一整夜，絲毫不敢合眼，冷水換了一盆又一盆，可慕錦毅依然降溫不下來。

兩名太醫也是一夜未睡，時刻關注著慕錦毅的傷勢，生怕他會有什麼不測，屆時同啟帝降罪下來，只怕他們承受不起。

喬氏見她滿臉憔悴，不禁濕了眼眶。「妳也要顧著自己啊，這些事交給下人們去做便可以，總不能大姪兒好了，妳又倒下吧？」

楚明慧勉強朝喬氏扯出一絲蒼白的笑。「不礙事的，他如今這般模樣，我就算想睡也睡不著，倒不如留在此處照顧他。」

喬氏久勸不下，只能嘆息一聲。「那我吩咐人給妳燉碗參湯，妳好好吃一些。」

她如今哪還有心思喝湯啊，只不過這畢竟是喬氏一番好意，她也只能接受了。

稍後，喬氏親自端了湯過來，又看著她喝了下去，再叮囑了她一番，才扶著丫鬟的手離開了。

老太爺自然也被慕紹瑞兄弟倆勸了回去。

直至次日酉時，慕錦毅的熱度才慢慢退了下來，讓楚明慧等人不禁鬆了口氣。

她輕輕將手覆在他的額上，仍是比較溫熱，但比之前好多了。

「夫人，妳先去歇息片刻吧，太醫都說了，國公爺既退了燒，那就沒有大礙了，妳這般不眠不休的，若是國公爺醒來，豈不是又要擔心？」燕容低聲勸道。

楚明慧思量片刻，終究仍是搖頭。「不了，我還是等他醒來再說。」

慕紹瑞亦加入了勸說。「娘，妳這樣，不說爹，便是兒子也擔心啊！」

最小的慕紹霖乾脆拉著她的手往屋外走。「去吧，霖兒陪妳。」

楚明慧最後只得任由兒子拉著回了正房，這才和衣躺在床上。

她迷迷糊糊地進入了夢鄉，感覺自己處在一片黑暗當中，彷彿有什麼力量牽引著她往前走，一直到眼前出現一道光。

她從光亮處出來，就怔住了。

這是……慕錦毅？

她心中一喜，快步上前。「你醒了？傷……」

她的手，從那慕錦毅身上穿了過去……

未等她從震驚中反應過來，慕錦毅突然往前飛奔，用力扯過一名藍衣男子護到身前，緊接著一聲悶哼，伴隨著藍衣男子的驚呼，一支羽箭從他後背直插了進去……

楚明慧駭然，急跑上前，欲扶起身受重傷的慕錦毅，可手再次摸了個空。

她捂著嘴眼睜睜地望著慕錦毅強撐著身子，撿起地上的劍砍倒了幾名黑衣人，護著藍衣男子邊戰邊退，而中了箭傷的背，鮮血慢慢滲了出來，很快將他背後的衣裳染紅了一大片。

畫面一轉，又見藍衣男子哽咽地問躺在地上奄奄一息的慕錦毅。「你這又何必？國公府哪能少了你！」

「你是她唯一的親兄長，若你有了不測，我……我又怎麼對得住她！」慕錦毅氣若游絲。

突然，他拚命掙扎著抓住男子的衣袖問：「舅兄，你、你說，若是……若是有來生，她可會接受我？」

楚明慧眼淚不斷滑落下來，那是前世的慕錦毅與楚晟彥。慕錦毅只說過他是中箭而亡，可卻從未說過是為了救她的親兄長！

她流著淚，任由場景不斷變換，看著太夫人得知親孫死亡的噩耗後一口鮮血噴出來，便直直倒了下去，再沒能醒過來；看著國公府一點一點衰敗下去，下人遣了一批又一批，夏氏由曾經風光無限的貴夫人變成了落魄鄙婦；看著慕淑穎一直無子，先後遭婆婆、夫君嫌棄，最終被休棄回府，每日與梅芳柔爭吵不休，相互指責。

曾經陷害過她、折辱過她的人，冥冥當中似是都遭了報應，就連那得逞的陳冰月，在回到了西其國後，也被西其王做為兩國結盟的禮品送到了南邨，結果在反抗南邨將軍的侵犯中激怒了對方，最終被那將軍遣為軍妓。

在那一世，晉安侯府雖遭受了史無前例的打擊，可她的父兄仍活著，侯府起復的希望仍存在。

可國公府，太夫人死了，慕錦毅死了，慕錦鴻投了五皇子，被登基的新帝秋後算帳。曾經風光無限的慕國公府，如今僅憑著新帝與慕錦毅的幾分情分頂著，還有一對遊手好閒的父子慕國公及慕錦康撐著。

一幕幕走馬看花般的前世場景在楚明慧眼前閃過，她定定地看著那些悲歡離合在她眼前上演，直至一道光閃過，將她推進了黑暗當中……

「夫人，夫人！」一個焦急的女聲將她從夢中喚醒了過來。

她怔怔地望著一臉擔憂的燕容，久久回不過神來。

那是個夢？

「夫人，國公爺已經醒了，妳不必擔心。」燕容一邊安慰，一邊將她臉上的淚水擦去。

到底得驚慌擔心到何等程度，才會連在睡夢中也流淚啊！

一聽慕錦毅醒了，楚明慧胡亂地整整髮髻與衣裳後，急急趕過去。

她一推開門，見慕錦毅正虛弱地與兩個兒子說話。一聽到響聲，他轉過頭來，先是不自覺露出一絲笑意，片刻間卻又似是想到了什麼，神情黯淡下去了。

楚明慧不解，可又顧不上深想，幾步上前拉著他的手關切地問：「傷口還疼不疼，有沒有哪裡不舒服？太醫可診過了？」

慕錦毅淺笑。「不疼，太醫看過了。」

慕紹瑞兄弟倆對望一眼，再向周圍的下人使個眼色，悄悄退了出去。

楚明慧又問了他幾句，見他仍是十分虛弱，也不敢再打擾。

兩人靜靜對望，良久，慕錦毅才輕輕反握住她的手，輕聲問：「妳可仍怨我、恨我？」

楚明慧一怔，倒沒想到他會問起這個。

「不，早就不怨不恨了。」她微微一笑。

慕錦毅合上眼，半晌，才有點飄忽地道：「可是，我卻怨恨自己……」

她愣住了。「你……」

慕錦毅露出個苦澀難當的笑容。「我作了個夢，夢到妳滿懷欣喜地替肚子裡的孩兒做著小衣裳；夢到妳在碧水湖底痛苦掙扎，哀求著人來救救妳的孩子；夢到了每晚夜深人靜之時妳將自己沈入湖中，只為了能感覺那失去的孩兒；夢到妳凝望西方，盼著夫君回來給妳一個有力的擁抱；夢到妳心如死灰，再不敢抱任何希望；夢……」

「都過去了，那些事都過去了，今生我們都好好的，沒有再禁受那些苦痛。」楚明慧含淚捂著他的嘴，不讓他再說。

慕錦毅淚光閃閃，輕輕將她的手拉下。「我讓妳遭受那麼多痛苦，又哪裡能讓妳不怨不恨？那樣的我，連我自己也無法輕易原諒，妳又憑什麼不怨不恨？」

兩行淚從他眼中流了下來，他緊閉雙眼，心中一陣痛楚。

「正因為曾經有過那麼多的不幸，那麼多的傷痛，我們才更需要好好珍惜當下的日子，上蒼讓我們重來一次，是讓我們重新開創更美好的人生，而不是糾結過去那些恩怨苦痛，我們又為什麼要讓過去的不幸來影響現在、影響未來？為什麼不學著放下？」楚明慧輕柔地替他拭去淚水。

慕錦毅怔怔地望著她，她微笑且堅定地朝他點了點頭。

他久久不語。是啊，過去的不能挽回，但他可以將曾經的遺憾加倍彌補到她身上，還她兩世的幸福！

慕錦毅傷勢痊癒後，楚明慧終於鬆了口氣，長子慕紹瑞的親事經過這麼久的挑挑揀揀也終於訂了下來，慕國公府亦迎來了新任的世子夫人。

「母親請用茶。」

「好好好，望妳與瑞兒舉案齊眉、白頭偕老。」楚明慧笑容滿面，看著面前的兒媳婦越發滿意。

「多謝母親。」剛進門的世子夫人羞澀一笑，臉上染了一絲紅暈。

今日是世子慕紹瑞與新婚妻子向長輩敬茶的日子，楚明慧望著這對佳兒佳婦，心中是抑制不住的濃濃喜悅。

慕錦毅夫婦回到正房，楚明慧正欲感嘆一句歲月不饒人，就聽丫鬟來稟道：「夫人，有燕州來的賀禮。」

「燕州？玉敏姊姊？」她大喜。

「瞧妳高興的，不過一份禮而已，若是見到人，豈不是要樂翻天了？」慕錦毅取笑道。

自兩年前夫妻倆將一切說開之後，兩人便決定徹底埋葬前生事，再也不提起半句。

「也不知她與唐大人如今怎樣了。」想起遠在他鄉的摯友，她心中一陣唏噓。

「想知道就去燕州瞧瞧唄。」

「當真？」見妻子果不其然一副驚喜萬狀的模樣，他不禁微微一笑。

唐家夫婦離京後，雖偶有來信，但從不提及兩人之間的事，他心裡也是十分好奇。

既然夫妻兩人都有此意，擇日便準備行程，慕錦毅如今只空掛著個國公爺及帝師的名頭，其實早就不怎麼過問政事了。再者，老太爺身體硬朗，每日與親家公楚仲熙相約垂釣，玩得不亦樂乎，讓京城不少人驚掉下巴。

老紈袴與老探花？這組合，太難以置信了！

慕錦毅挑了兩名護衛，一名馬伕，楚明慧則帶上燕容再加上小兒子慕紹霖，一行七人坐上往燕州的官船。

一行人在港埠處下了官船，又轉乘馬車，直奔燕州城而去。

進城後，走在熱鬧的大街上，護衛隨意逢人問起頗負盛名的百味樓，便得到路人指引，很快他們就來到了百味樓門前。

「唐夫人？咱們店的老闆不是唐夫人。」正擦著桌子的店小二聽了護衛的詢問，有點奇怪地回道。

那護衛無奈，只得一五一十回稟慕錦毅。

「不是唐夫人？」慕錦毅蹙眉。他側頭問妻子。「是這家店，妳沒記錯？」

「怎會記錯，燕州城獨一無二的百味樓，這名字還是當年我替她取的。」楚明慧也有點糊塗。

「小哥，不知貴店老闆是哪位，我們打京城來，特來此尋訪故友的。」楚明慧上前幾步，朝那小二微施了一禮，這才問道。

小二見她衣著不凡，知道是貴人，忙不迭地側身避過她的禮。

「不敢不敢，這位夫人，小店老闆雖也是女子，卻不是唐夫人，我們大家都喚她韓夫人。」

「韓夫人？」楚明慧一愣。

「這位韓夫人可是從京城而來？」她又問。

「這……我也是上個月才到燕州來的，並不大清楚，不過妳可以問韓夫人的管家韓先生，他同時也是咱店的掌櫃……啊，那便是韓先生。」

楚明慧等人順著他所指處望去，見一身簡單青衣的中年男子正朝這邊走來，她定睛一看，頓時啼笑皆非。

那韓先生，原來竟是曾經的刑部尚書黑面神唐永昆！

唐永昆亦不曾想到會遇到故人，他愣了片刻，才試探著喚了聲。「錦毅兄？」

慕錦毅戲謔地拍拍他的左肩。「韓先生，久仰久仰！」

唐永昆老臉一紅，佯咳一聲。

「韓管家？韓掌櫃？」慕錦毅笑咪咪地望著偽裝淡定的某人，故意道。

唐永昆嘴角抽了抽。這混蛋，專程來看笑話的？

他唐某人一世英明，居然淪落到有妻不能抱，還從夫君變面首的地步，這世間還有人比他更悲慘嗎？

不錯，現在韓玉敏不是唐夫人，他才是韓先生！想想從店小二升至韓掌櫃，再繼而成為韓管家的血淚史，他就悔不當初。人，真的不能做錯事啊！那個女人，到底哪來那麼多亂七八糟的想法，岳母大人到底是怎樣教出這般刁鑽的女兒。

慕錦毅死皮賴臉地要跟著唐永昆到韓府，而楚明慧堅持出嫁從夫，慕紹霖則要侍奉爹娘，至於護衛及燕容他們則表示主子在哪兒他們便去哪兒，是故最後這七人浩浩蕩蕩地跟著心不甘、情不願的唐永昆到了韓府。

其實唐永昆想將他們打發到客棧，總好過對著某人明顯看笑話的臉。

韓玉敏對他們的到來自是萬分驚喜，又見當年尚未滿月的慕紹霖轉眼就長這般大，不禁感慨萬千。

「妳如今與唐大人怎樣了？」兩人說了半宿的話，楚明慧終忍不住問。

「便這樣唄，他如今是我府裡的管家、店裡的掌櫃，挺能幹的，一個頂倆。」韓玉敏滿不在乎地道。

「什麼這樣，你們可是名正言順的夫妻，難道要這樣過一輩子？」楚明慧被她這種態度氣到了。

「轉眼也十年多了，難道妳還是無法接受他嗎？」

韓玉敏沈默了片刻，才迷茫地道：「我也不知道，這十年來他一直跟在我身邊，怎麼趕都趕不走，我打他罵他，他卻毫不在意，後來我就沒轍了。慢慢地，我好像習慣了這種生活，習慣將不願做之事扔給他，習慣了有人將自己照顧得妥妥當當的。我原以為自己會更樂意獨立開創屬於自己的未來，可是有時卻又覺得依賴人的感覺也挺好的。」

她頓了一下又道：「可是，若是讓我當過往不存在那般重新接受他，卻總有點意難平，若是兜兜轉轉又在一起，倒顯得我這些年的離家像一場鬧劇一般。」

「滴水穿石，也許唐大人的柔情與堅持，就是這樣的一滴水。妳不在他身邊的那幾年，他整個人都變了，京城中人送了他黑面神的外號，妳可知道？」楚明慧嘆息一聲。

「黑面神？」

「嗯，他臉上從不見笑意，加上在刑部時處事又不留情，這才得了這麼個外號。」

黑面神？那般溫和讓人如沐春風的男子……

韓玉敏澀然，心裡堵得厲害。

「情這一事，外人無法替妳拿主意，妳自己要考慮清楚，這個男人到底值不值得妳再冒一次險。還有，妳與他早已是夫妻，我亦相信以唐大人的堅持，這一生妳都是他的妻子，妳要決定的無非是未來要與夫君過怎樣的日子，妳可明白？」

韓玉敏一怔，這麼多年還是頭一回有人提醒她與唐永昆是夫妻的事實，即使是唐永昆，也不曾再提過此事，若是今日楚明慧不提，她仍會當自己是單身。

她突然有點哭笑不得的感覺，也許她這麼多年的堅持，在外人看來不過是夫妻間的彆扭吧，只不過她這個做妻子的氣性大了些，一鬧就鬧了十幾年。

敘舊一番後，眾人告別了唐家夫婦，慕錦毅一行人決定沿途觀看風光，放慢返京的行程。

待一行人走累了，就挑了處風景極佳之處歇息，此時春風拂面，讓人不禁心曠神怡，感嘆春色明媚，景色迷人。

「你覺得唐家夫婦會和好如初嗎？」坐在圓滑的石塊上，楚明慧問。

「難說，不過我瞧韓先生對現狀也頗為心滿意足的。」慕錦毅伸伸懶腰，不在意地道。

「還韓先生呢？寒磣人家那麼久還不夠？」楚明慧瞋了他一眼。

慕錦毅哈哈一笑。「這沒什麼不好，唐大人與唐夫人有不愉快過往，可韓先生與韓夫人沒有啊！」

楚明慧怔愣片刻，才會心一笑。「的確如此。」

兩人微瞇著眼享受春光，也不知過了多久，風中傳來男子擲地有聲的話。

「阿蕊，妳如今是我的人了，女子要從一而終，一心一意，那個魯什麼便忘了吧！」

楚明慧一怔，與身旁的慕錦毅不由得互看了一眼。這是……

兩人正疑惑間，只見一身書生打扮的年輕男子快步從身後不遠的小樹林走出，那背影瞧著有點落荒而逃的感覺，並且越走越快……

「紀淮，你這壞胚子。」隨著一聲女子的怒斥，那書生瞬間飛奔起來。

楚明慧與慕錦毅看著這對年輕男女的互動，不由得相視而笑。

果真萬物逢春，處處好春光！

——全書完

樸實純粹　演繹種田精髓／芭蕉夜喜雨

嫌妻當家

全套五冊

妻令一出，誰敢不從？

現代OL魂穿古代，竟然成了有夫有女的農村婦？
丈夫好不容易從軍歸來，這下卻帶了城裡的小三一起回家？
她想乾脆讓位逍遙去，卻發現脫身不易，丈夫還想勾勾纏……

文創風 237 1

她穿成農家媳婦喬明瑾，但丈夫軟弱，婆婆苛刻，女兒受欺，
還有愛看好戲、扯後腿的妯娌，平凡娘家也不給力，
她雖然無依靠，但古人身現代心怎能委曲求全？
既然此處不留人，她自己重建一個家！
但古代求生大不易，該怎麼發揮穿越女的本事？

文創風 238 2

婆婆和小三威逼，喬明瑾沒想到丈夫岳仲堯卻不放手，
和離不成只能選擇分居，幸好還有娘家的弟弟、妹妹幫忙，
她也適時發揮穿越女的本事，小出風頭卻引來城裡大戶周家六爺的注意，
惹了一個精明又冷峻的貴公子，是福是禍還不知，
但天下掉下來的金主，到底是接還不接？

文創風 239 3

周晏卿需要她的主意和本事，她需要周晏卿的財力和權勢，
兩人一拍即合，作坊緊鑼密鼓籌備，大家都知他們作坊專出新奇物事，
生意蒸蒸日上，日子過得好了，反而不知該拿心意堅定的丈夫怎麼辦，
而貴公子周晏卿也忽然跟她親近又交心，連家裡的帳冊都交給她打理，
但她是個外人，這份信任來得太快也太重，究竟他是有意還無意？

文創風 240 4

要說不懂岳仲堯的用心是不可能的，可是她該怎麼讓丈夫認清，
自己和他那勢利的娘是沒可能相處在一起了；
若不是留著一絲絲柔軟的情，若不是女兒對他依戀不捨，
她也想與岳家徹底了結，再無瓜葛才有真的平靜日子；
如今，周晏卿給了她一個機會，她是不是該把握這重新開始的可能？

文創風 241 5 完

原來他們喬家並非什麼鄉下平凡人家，
祖母和父親當初落難來到村裡，竟然是因為逃避家族鬥爭；
而今，老家的僕人找上門來，正是他們該「回家」的時候了……
從農村婦人到京城名門的喬家大小姐，她暫時放下的難題也再次來到眼前；
心向了哪一個，就是要負了另一個；而她，又該情歸何處……

輕鬆逗趣，煩惱全消／花月薰

夫人幫幫忙

全套三冊

將軍大人這頭銜喊起來好聽，實際上卻不好當，
人家做妻子的頂多就是管管府中大小事，
可她要養活的卻不僅僅是夫家一家子人而已，
就連夫君麾下二十萬步家軍的吃穿用度她都得一手包！
幸好她經商能力一流，要不肯定會被吃垮的啊～～

文創風 234 1

想她席雲芝雖是席府的長房大小姐，地位卻連條狗都不如，
為了不被掌家的五嬸娘折磨死，她求來在自家商鋪幫忙的活，
不料，五嬸娘卻要她陪著五房妹妹出嫁，當個通房丫頭！
她死活不肯，欲逃離席家，卻被抓入柴房關了起來，
幸好，此時一樁陰錯陽差的求親事件意外解救了她！
據聞，來求娶她的步家是被貶來守皇陵的沒落望族，
而她的夫君則是個跛了條腿、失了聖寵的戰敗將軍，
想來也是，若非這麼個破敗人家，老太太也不會讓她嫁的，
夫君是不是良人、未來會更好抑或更糟，她已顧不得了，
她只知，眼下若不嫁，等著她的便是死路一條！

文創風 235 2

席雲芝初為步家婦，便接下了掌家理財的重責大任，
可翻開帳簿一看，她實在不知該哭還是該笑——
五兩八錢，便是夫家所有的財產了。這將軍夫人可真不好當啊！
夫家一窮二白，她若不幫幫忙賺錢，怎麼養活一家老少？
幸好這些年她攢下了一小筆私房錢，而且經商有道，
想來要開間鋪子做做生意，那也是不成問題的，
眼下最大的問題是，被迫娶她的大君似乎很不喜愛她呀！
即便跛了條腿，但夫君步覃卻出乎她意料的俊美出色，
想想，跟她這等姿色平平的普通女子結婚，也真是委屈他了，
只怕連他以前將軍府裡的隨便一個丫鬟都能擊敗她吧？唉……

文創風 236 3 完

商鋪一間間地開，手中銀兩愈積愈多，
席雲芝終於成為洛陽城裡無人不知的席掌櫃，
並且，也整垮了害死她娘的席家，接收席家大半的店鋪，
加之現今夫君很愛她，夫妻倆和和美美的，日子實在好不愜意，
然而，此時一道聖旨下來，竟要傷癒的夫君返京領兵作戰去！
還好她適應力極強，即便京城人生地不熟、一切要重來也沒在怕，
只要能跟著夫君過日子，到哪兒不能買地、開店鋪賺錢呢？
雖說京城人心險惡了點、龍潭虎穴多了些，她倒也能應付自如，
但，這對手若換成突然覬覦起她美色的天皇老子，她就蔫了，
面對惹不起的皇帝，她只能匆匆帶著為護她而瀕死的夫君逃命啦～～

大器刻劃朝堂風雲　細膩描繪兒女情長／藍嵐

嫡女翻身計劃

全套三冊

穿越當嫡女怎麼會這麼命苦！
江家三姑娘沒爹沒娘沒人愛，簡直就是府中透明人。
她好歹也是個受過教育的新時代女性，才沒這麼容易認輸哩！
擬定計劃向前衝，目標直指人生勝利組——
窮困嫡女大翻身，變身貴婦樂呵呵～～

文創風 231 1

從備受寵愛的書香世家千金，穿成不受重視的二房嫡女，
生活品質的嚴重落差，江素梅花了不少時間適應，
畢竟要在大家族裡生存，不淡定機靈點怎麼行？
想她一個嫡女卻吃不飽、穿不暖，說出去只怕被別人笑！
可她背後沒有靠山，府裡上上下下誰把她當一回事了？
為了能安穩度過這段穿越人生，她得自個兒創造翻身機會。
靠著一幅賀壽聯，果真踏出了成功的第一步！
有了祖父的關注，原先在府裡像個透明人似的她，
日子總算也風風光光，像個正常的官家小姐了。
可這只是個開始，因為在這個女子做不了主的時代，
覓得好夫君，嫁得好人家，才能當上人生勝利組啊！

文創風 232 2

以江素梅沒爹沒娘的身世，即使出生官宦世家，
恐怕沒有大戶人家瞧得上，肯讓嫡子娶她為妻。
偏就這個出身望族、名滿京城的余文殊不但不介意，
還一副知她甚深，非卿不娶的自信姿態，
加上他一番驚人的告白，讓她紅著臉點頭應了。
不過雖嫁入名門，卻正逢余家百年來最艱難的時光，
聖上一道旨令，小夫妻便包袱款款，下鄉查稅去了。
出門在外，離家千里，他們能依靠的只有彼此，
雖是吃力不討好的工作，可夫妻攜手連心，還怕什麼難事？
只是他們都未曾想到，
眼看一切就要水落石出，背後竟又隱藏著莫測的危機……

文創風 233 3 完

離京數載，當年兩個人輕裝簡從，面對的是未知考驗；
而今歸來，已是幸福的一家三口，不變的，是家的溫暖。
只是這皇帝怕是見不得余文殊得閒，
一家老小欣喜團聚，都還沒能得享天倫之樂的喜悅，
他又急匆匆的趕赴下一個職位。
這些年官職一調再調，每次面對的挑戰只有更難，
不想只在丈夫身後為他持家生娃的江素梅，
大膽的替他出主意，想對策，竟也屢屢見效，
更以一介女子之力立下功勞，大獲賞賜。
可對她來說，做大官、發大財，這些都無關緊要，
能與他攜手守護這個家，一生不離，那才是世上最美的事！

文創風 257

君許諾 3 完

國家圖書館出版品預行編目資料

君許諾 / 陸戚月著. --
初版. -- 臺北市 : 狗屋, 2015.01
冊 ; 公分. --(文創風)
ISBN 978-986-328-400-0(第3冊:平裝). --

857.7 103025060

著作者	陸戚月
編輯	黃鈺菁
校對	沈毓萍　蔡佾岑
發行所	狗屋出版社有限公司
地址	台北市104中山區龍江路71巷15號1樓
電話	02-2776-5889～0
發行字號	局版台業字845號
法律顧問	蕭雄淋律師
總經銷	知遠文化事業有限公司
電話	02-2664-8800
初版	2015年1月
國際書碼	ISBN-13　978-986-328-400-0
原著書名	**《重生之明慧》**，由北京晉江原創網絡科技有限公司授權出版

定價250元
狗屋劃撥帳號：19001626
網址：love.doghouse.com.tw　E-mail：love@doghouse.com.tw